CB129027

O AGENTE

Do mesmo autor da série ***Deixados para trás***

JERRY JENKINS

O AGENTE

Pós-guerra. Pós-religiões. Antes do fim.

Traduzido por

A.B. PINHEIRO DE LEMOS

Editora Mundo Cristão
São Paulo

O Agente
Categoria: Literatura/Romance

Copyright © 2003, por Jerry Jenkins
Portuguese edition © 2003 by Editora Mundo Cristão with permission of Tyndale House Publishers, Inc.

Título original em inglês: Soon

Tradução: Alfredo Barcellos Pinheiro de Lemos

Preparação de texto: Vicente Gesualdi

Revisão: Geuid Dib Jardim

Capa: Douglas Lucas

Impressão: Imprensa da Fé

A 1ª edição foi publicada em março de 2004, com uma tiragem de 10.000 exemplares.

Dados Internacionais de Catalogação na Publicação (CIP)
(Câmara Brasileira do Livro, SP, Brasil)

Jenkins, Jerry
O agente / Jerry Jenkins ; traduzido por Alfredo Pinheiro de Lemos. – São Paulo : Mundo Cristão, 2004.

Título original : Soon.
ISBN 85-7325-363-0

1. Ficção norte-americana 2. Guerra Mundial, III . Ficção I . Título.

04-1565 CDD - 813.5

Índice para catálogo sistemático
1. Ficção : Literatura norte-americana 813.5

Publicado no Brasil com a devida autorização e com todos os direitos reservados pela:

Associação Religiosa Editora Mundo Cristão
Rua Antonio Carlos Tacconi, 79 – CEP 04810-020 – São Paulo – SP – Brasil
Telefone: (11) 5668-1700 – Home page: www.mundocristao.com.br

Editora associada a:
- Associação Brasileira de Direitos Reprográficos
- Associação Brasileira de Editores Cristãos
- Câmara Brasileira do Livro
- Evangelical Christian Publishers Association

Printed in Brazil
10 9 8 7 6 5 4 3 2 1 04 05 06 07 08 09 10 11

Para

BILL OUDEMOLEN

com afeto

Obrigado a

Dianna Jenkins, Elisa Petrini,
David Vigliano, Ron Beers,
Ken Petersen, a equipe da Tyndale,
John Perrodin, Tim MacDonald
e Mary Haenlein

Imagine... no religion too.

JOHN LENNON
Imagine

De cartas para a revista *TIME*

28 de outubro de 2002

"(...) proibir todas essas religiões, cultos e conceitos inventados pelo homem para cultuar Deus. Impedir que os diferentes líderes religiosos divulguem suas opiniões como únicas e absolutas. (...) Proibir as religiões, o que fàrá com que haja menos lutas."

Jorma Kajaste • Espoo, Finlândia

"Se não houver religiões, mas apenas empatia, altruísmo e humanismo para apontar o caminho, o mundo seria realmente um lugar iluminado."

Preeti Kumar • Harlington, Inglaterra

AO FINAL DA III GUERRA MUNDIAL, no outono de 2009, foi determinado pelo governo internacional, em Berna, Suíça, que a partir de 1° de janeiro do ano seguinte a designação Anno Domini (A.D.), "no ano de nosso Senhor", ou "depois de Cristo" (d.C.), seria substituída por pós-III Guerra Mundial (P.3). Assim, 1° de janeiro de 2010 A.D. se tornaria 1° de janeiro de 1 P.3.

PRÓLOGO

23h 5min, Horário Oficial do Leste dos Estados Unidos

Segunda-feira, 22 de dezembro de 36 P.3.

Brightwood Park, Washington, D.C., capital da Terra de Colúmbia, Sete Estados Unidos da América

UM CIDADÃO COMUM não reconheceria o perigo. Mas o solitário ocupante do Chevy Electrolumina era o Major Andrew Pass, reformado, ex-integrante do Comando da Força Delta.

Ele comprimiu a ponta do polegar direito contra a ponta do dedo mínimo, a fim de ativar células implantadas nos molares. Poderia ter efetuado a ligação com os outros dedos, mas optou pelo reconhecimento de voz. Rapidamente, enunciou os números que o ligariam, por meio de um circuito privado, seguro, com seu irmão, no complexo subterrâneo.

— Aqui é Jack, Andy. — A voz ressoou pelos molares, o som indo direto para o tímpano. — O GPS mostra que você segue pela Rua 16, a caminho de Silver Spring.

— Certo. Meu tempo estimado de chegada era vinte e três e quinze...

— Era...

— Isso mesmo. Eu...

— Não diga mais nada. Já posso vê-los. Qual é o tipo de veículo?

— Parece um Suburban Extended Hydro. Estão atrás de mim.

— Tem certeza?

— E estou desarmado, Jack.

— Pode despistá-los?

— A neve é profunda e compacta, mas tenho de tentar.

— De que você precisa?

— Só queria que você cuidasse de Ângela, caso eu não consiga escapar.

— Nada de fatalismo agora, Andy.

— Se eu não tornar a falar com você dentro de dez minutos, espalhe a notícia.

Andy comprimiu de novo as pontas do polegar e do dedo mínimo. Espiou pelo espelho retrovisor. Calma. O Suburban impulsionado por hidrogênio estava a cerca de três quarteirões de distância. Àquela altura, já deviam saber que ele sabia. Mas era evidente que não pretendiam estragar tudo com um excesso de ansiedade.

Ele pensou em ligar pessoalmente para a filha, mas precisava se concentrar. Jack saberia como lhe dar a notícia.

Andy virou à direita, e depois à esquerda, com as luzes apagadas. A manobra não o livraria do Suburban, que poderia alcançá-lo em poucos segundos, graças à sua potência colossal, mesmo com aquele tempo. Por um momento, porém, estava fora da linha de visão de seus perseguidores. Andy enfiou a mão no bolso e tirou a pedra branca, lisa e achatada, que indicaria às pessoas que queria conhecer que era uma delas. Baixou a janela por alguns centímetros, e jogou a pedra para a noite gelada. Teria de se livrar do Chevy também.

Entrou numa viela, à procura de um lugar em que pudesse esconder o pequeno carro. Nada. Ele saltou e correu por três quarteirões, através do vento gelado, entrando e saindo das sombras, sempre pelas vielas. Sentia-se grato pelas corridas e exercícios diários, que lhe permitiam manter um bom condicionamento físico aos 56 anos. Mas se repreendeu por ter deixado o complexo sem uma arma.

Há meses que Andy não chegava sequer perto de qualquer perigo, só que isso não era desculpa para relaxar. Mas se conseguisse se distanciar bastante do Suburban, poderia pedir a Jack para mandar alguém buscá-lo em outro carro, que não fosse suspeito.

Outro Suburban preto passou à sua frente e parou, derrapando um pouco. Andy ouviu portas abertas e batidas, o barulho de botas na neve. Virou-se para voltar pelo caminho por que viera, mas o primeiro Hydro se aproximava, bloqueando sua fuga. Andy escorregou, mas conseguiu se manter de pé, enquanto corria para a esquerda. Sua intenção era usar o peitoril de uma janela e subir para o telhado de um prédio de um só andar. Tarde demais. Os perseguidores avançaram pela viela, e ele se descobriu sob a mira de armas de alta potência.

Uma mulher magra, de lábios finos, os cabelos prateados, adiantou-se.

— Andrew Pass?

Ele não responderia.

Outro uniforme, um homem ainda jovem, apalpou-o. O vapor saía por sua boca, o que indicava para Andy que o garoto estava excitado.

— Desarmado. — Ele algemou as mãos de Andy nas costas, o aço frio em seus pulsos. — Vou passar o detector.

Essa não!

O jovem começou a passar o aparelho pelo corpo de Andy. Parou quando um som estridente indicou o biochip de identificação por baixo da pele, no antebraço direito. O jovem examinou o registro que apareceu.

— É mesmo Pass.

Cabeça Prateada acenou para que os demais uniformes assumissem suas posições. Levaram Andy para um furgão sem janelas, e empurraram-no pela entrada traseira. As portas fechadas, ele arriou no chão. Com as mãos algemadas nas costas, não tinha como se segurar. Rolou pelo chão e bateu na porta, no instante em que o veículo partiu.

Sua família ou seus compatriotas tomariam conhecimento do que lhe aconteceria? Conseguiria escapar? Tinha de tentar. Tinha de fazer alguma coisa.

Andy calculou que a viagem demorou de dez a quinze minutos, numa velocidade em que seu corpo era jogado de um lado para outro. Quando o furgão finalmente parou, com uma nova derrapagem, ele conseguiu sentar firmando um pé no chão e comprimindo o ombro contra a parede lateral. As portas foram abertas, e puxaram-no para fora.

O pavimento gelado era imundo, e o ar recendia a tijolos mofados. Pareciam estar numa área industrial em ruínas. Uns poucos prédios ainda eram usados, a julgar pelas luzes externas, mas sem dúvida se encontravam vazios àquela hora. Os outros davam a impressão de abandonados, como cascos negros além dos faróis dos veículos que cercavam Andy – os Suburbans e outro que só agora aparecia, uma limusine comprida e escura. Andy fez um esforço para descobrir quem estava lá dentro, mas as janelas escuras eram impenetráveis. *Alguém muito importante*. Ele estremeceu.

A mulher de cabeça prateada foi se postar ao lado da limusine. Conversou com uma pessoa no banco traseiro. Voltou para o foco de luz e acenou com a cabeça para um de seus subalternos, que levou um Suburban até a porta da frente de uma ruína escura, à esquerda. Dois homens tiraram um tambor de combustível da traseira do veículo. Rolaram para dentro do prédio, meio sem jeito. Dois outros agarraram os braços de Andy e arrastaram-no para a porta, enquanto um terceiro empurrava-o por trás. Passaram pela porta, para um vasto espaço vazio. Os dois homens com o tambor, que haviam entrado antes, tiraram a tampa perfurada, que caiu no chão, com o maior estrépito.

Andy fechou os olhos. Respirou fundo, o vapor acre entrando pelas narinas. Imaginara um momento assim. E orou para se manter estóico.

A mulher aproximou-se de Andy, os olhos tão prateados quanto os cabelos. *Olhos de psicótica.*

Ela inclinou-se para o ouvido de Andy e murmurou, com uma respiração quente e úmida:

— Pode reconhecer esses vapores, Sargento?

Andy fitou-a em fúria, a pulsação disparada, determinado a se manter calado. A rendição não fazia parte de sua natureza. Um chute repentino poderia derrubar aquela bruxa. Um ombro abaixado e uma cabeçada acertariam mais um ou dois. Mas suas chances de escapar eram praticamente inexistentes. Mesmo que conseguisse alcançar a porta, havia pelo menos mais quatro homens lá fora, além do motorista e da pessoa que viajava na limusine... e todos, com certeza, armados. Estaria disposto a morrer enfrentando os inimigos, ou com balas nas costas? O tempo se esgotava depressa.

— As ações têm conseqüências, Andy — disse a mulher. — Agora, outros receberão o recado. Os SEUA não toleram subversivos.

Andy tinha vontade de cuspir na cara da mulher. *Permaneça calado. Forte.* A mente era uma vertigem só. *Tortura? Morte?* Arriscara a vida no campo de batalha, mas nunca se defrontara com tamanho horror pessoal. Sua fé seria bastante forte?

— Esta é a sua oportunidade de um autêntico martírio, Andy. A santidade.

Então seria assim? A morte ignominiosa, sem uma luta? Andy aprendera que coragem não era ausência de medo, mas sim o controle do medo. Só que não estava controlando direito agora. *Vou mesmo morrer.*

Dois homens levantaram-no para cima do tambor, que era revestido com napalm. Andy tentou chutá-los, mas seus calcanhares bateram na beira do tambor, enquanto as mãos baixavam para o combustível surpreendentemente frio e gelatinoso. Um dos homens também meteu os pés de Andy dentro do tambor. Assim ele ficou, imobilizado, os pés acima da cabeça, o queixo tão comprimido contra o peito que mal conseguia respirar.

— Pronto, senhor! — gritou a mulher.

Andy não ouviu a resposta, mas presumiu que o superior da mulher — o homem na limusine? — se encontrava agora dentro do prédio. *Para quê? Para me ver sofrer?*

— Podem fechar! — ordenou a mulher.

Alguém pôs a tampa no tambor, encerrando Andy lá dentro. Uma tênue claridade passava pelas aberturas. Nada em seu treinamento fora capaz de curar a claustrofobia. A respiração saía aos arrancos, através de dentes cerrados.

— Recuem três metros, senhores!

O som de um fósforo riscado. A pequena chama caindo no latão. A explosão do vapor. Andy não queria emitir qualquer som, mas fracassou. Aspirara bastante ar para encher os pulmões pouco antes de ser envolvido pelas chamas, com um calor tão infernal que não podia nem imaginar. Soltou o ar dos pulmões com um grito tão intenso que pôde ouvir acima do rugido do fogo.

E continuou a gritar, enquanto pôde, pois sabia que, na próxima vez em que aspirasse, levaria chamas e combustível para os pulmões. O corpo se transformara num mero pavio. Enlouquecido pela dor e incapaz de se mexer, Andy finalmente cedeu à respiração da morte... a invasão final, misericordiosa, que queimou os pulmões e projetou-o de um mundo para o outro.

1

WASHINGTON, D.C., AINDA SABIA como celebrar feriados. Embora a cidade fosse agora apenas uma das sete capitais dos Sete Estados Unidos da América, em ocasiões como aquela voltava a seus dias de glória, e lembrava aos mais velhos a passagem do século, antes de a guerra mudar tudo, inclusive o calendário.

Uma densa nevasca não diminuía o tráfego nem parecia arrefecer a animação daquele 24 de dezembro — véspera do Festival de Inverno, o Wintermas — de 36 P.3. Luzes ornamentavam os monumentos, aqueles que haviam sobrevivido à guerra ou foram erguidos depois. Só os memoriais da guerra permaneciam às escuras. Embora os heróis militares fossem reconhecidos, com funerais apropriados, a guerra propriamente dita não era comemorada havia mais de 35 anos.

As principais artérias da cidade histórica faiscavam com luzes brancas piscando, transformando as árvores numa alegria só. A Ala Oeste, tudo o que restava da Casa Branca, reluzia através da neve que caía. E, por trás, a árvore de Wintermas da Terra de Colúmbia iluminava o gramado. Havia um Papai Noel em cada esquina, tocando sinetas e agradecendo aos transeuntes pelos donativos. Não eram para o Exército de Salvação, já que, a rigor, não restava mais *salvação*, nem *exército*. O dinheiro iria para um fundo de ajuda humanitária internacional.

Numa elegante rua arborizada, na velha Georgetown, havia uma fileira de casas antigas, de três andares, quase idênticas. No caminho da casa da esquina, a neve deslizava do capô ainda quente de um Ford Arc alugado. O motor elétrico do carro começava a esfriar. Pegadas recentes — de dois adultos e duas crianças — levavam à porta da frente. Embora não houvesse decorações externas, a janela da sala íntima exibia uma reluzente árvore de Wintermas.

Ali, o Dr. Paul Stepola, Jae Stepola e seus filhos, de Chicago, sentavam contrafeitos com os pais de Jae, um ex-general do exército, Ranold B. Decenti, e sua esposa, Margaret.

Aquela era a primeira Véspera de Wintermas que os Stepolas celebravam com os Decentis, em dez anos de casamento. Tradicionalmente, passavam as festas com a mãe de Paul, que era sozinha. Já os Decentis — graças à ascendência de Ranold, durante o pós-guerra, na Organização Nacional da Paz, para a qual Paul também trabalhava — compareciam a uma incessante sucessão de festas de fim de ano de alto nível. Mas Ranold deixara a arena administrativa, e a mãe de Paul morrera em setembro, depois de uma prolongada e dolorosa batalha contra um câncer no cérebro. Sua morte era esperada e não totalmente indesejável. Por isso, não havia tristeza na mudança de cenário das festas, que tornava os cumprimentos tão cerimoniosos. Os quatro adultos cumprimentaram-se com apertos de mão. A filha Brie, de 7 anos, e o filho Connor, de 5, receberam cumprimentos formais.

Paul nunca soubera direito como deveria tratar o sogro. Experimentara papai, General Ranold e até mesmo o último cargo que o velho de 66 anos ocupara na ONP, vice-diretor. Naquele ano, Paul chamava-o de *senhor*, e mentiu ao dizer que era maravilhoso tornar a vê-lo.

Margaret Decenti podia muito bem ser invisível. Sorria de vez em quando, mas quase nunca falava. Seu destino na vida, parecia a Paul, era fazer tudo o que o marido mandasse. E ela sempre obedecia, com um rosto impassível. Às vezes pedia a Jane que mandasse as crianças pararem de fazer uma coisa ou outra.

Para complicar as festas para Paul, naquele ano, havia o fato de que Jae mais uma vez reclamava do tempo que ele passava em viagem... seu código para indicar que não confiava no marido. Ele fora surpreendido numa indiscrição, que a esposa insistia em chamar de "caso", havia mais de seis anos. Aos 36 anos, 1,92 m de altura, musculoso, a mente ágil, Paul sempre fora atraente para as mulheres. Durante as viagens, jantava de vez em quando com uma colega. Depois de alguns drinques, a mulher podia irradiar sinais de convite, às vezes de uma maneira impudente. Se a mulher era atraente — o que costumava acontecer com alguma freqüência — Paul não recusava.

Os encontros eram quase sempre por uma única vez, sem compromissos, servindo apenas para quebrar o tédio da viagem. Na mente de Paul, nada tinham que ver com seu casamento. Mas Jae revistava sua bagagem, como Sherlock Holmes, e o interrogava de uma maneira implacável. As obsessões ciumentas e os silêncios de lábios contraídos começavam a deixá-lo cansado e irritado. Paul costumava adorar o simples fato de olhar para Jae. Agora, mal podia suportar sua presença na mesma sala.

Haviam se conhecido no curso de pós-graduação na Universidade do Distrito de Colúmbia, em 22 P.3, logo depois que Paul deixara a Força Delta, a unidade de elite contraterrorista, ultra-secreta. Ele ingressara no exército em homenagem ao pai, que morrera na III Guerra Mundial, quando o filho ainda era bebê. Apesar de sua inclinação óbvia, a carreira militar não era promissora, já que quase não havia mais conflito armado no mundo. Por isso, Paul optara por fazer um doutorado em estudos religiosos, com o estímulo da mãe.

Ela lhe ensinara que todas as guerras derivavam dos contos de fadas de extremistas religiosos, e que a carreira mais gratificante que se podia escolher naquele momento era a que ajudava a manter uma sociedade intelectual e humanista, que evitava a religião e a guerra.

— Estude as principais religiões e vai compreender — dissera ela, várias vezes. — Descobrirá o motivo pelo qual as pessoas seguem déspotas como ovelhas. Temos de estudar a história, ou estaremos condenados a repeti-la.

Parecia que tudo o que Paul lia sobre religião era orientado pela convicção da mãe. Seu programa de estudos religiosos era praticamente um curso de história militar, ainda mais quando se chegava à III Guerra Mundial. Fora causada pela guerra santa muçulmana contra os judeus e o Ocidente, que começara com os atentados terroristas contra as torres do World Trade Center, em 2001, na cidade de Nova York. A invasão do Iraque pelos Estados Unidos, em 2003, levara a uma escalada no conflito entre Israel e palestinos, provocando ataques terroristas de grandes proporções nas nações que tentavam contê-los, tanto na América do Norte quanto na Europa, em 2008. Enquanto isso, católicos e protestantes continuavam em sua guerra na Irlanda do Norte, culminando com a destruição de monumentos históricos em Londres. Os Bálcãs explodiram com as perseguições mútuas de católicos, muçulmanos e ortodoxos sérvios. Hinduístas e muçulmanos guerreavam por Caxemira. Várias outras facções religiosas asiáticas entraram em conflito. Não demorou muito para que o mundo inteiro estivesse em chamas com os ataques, contra-ataques e represálias. Tudo desembocara numa guerra nuclear total, que a maioria pensara que sinalizava o fim do mundo.

Jae estudava economia, e a atração imediata de Paul fora retribuída. Ela era alta e ágil, uma festa para os olhos. Garantiu que Paul agradaria a seu pai, ex-general do exército e um dos fundadores da ONP. Casaram em 26 P.3, logo depois de concluírem a pós-graduação.

Paul pensava em trabalhar numa grande empresa. Mas como seu Ph.D. em estudos religiosos não lhe abrisse portas, Jae insistira que tentasse um emprego na ONP. A Organização Nacional da Paz surgira das cinzas do FBI e da CIA, depois da III Guerra Mundial. Como a CIA, era um serviço de inteligência internacional, embora mínimo, já que a ONU supervisionava a manutenção da paz global no mundo do pós-guerra. E como o FBI, cuidava de crimes interestaduais — que hoje em dia têm grandes possibilidades de serem internacionais —, como fraude, crime organizado, terrorismo e tráfico de drogas.

Paul fora treinado em Langley, na Virgínia. Passara os primeiros anos na organização em Chicago, atuando na seção de crime organizado. Ali, surpreendentemente, seu curso de pós-graduação encontrara o maior proveito.

O estudo das principais religiões do mundo levara-o a conhecer as mais diversas culturas, o que demonstrara ser valioso quando investigações levavam-no ao exterior. Agora, a maior parte de seu trabalho era no exterior, em uma das equipes de consultoria da ONP contratadas para ajudar outros governos a treinarem suas forças de inteligência e manutenção da paz.

Ranold Decenti parecia considerar o trabalho do genro um serviço burocrático fácil. Paul nunca fora menosprezado de uma maneira direta, mas o tom e a atitude do sogro eram condescendentes. Era evidente que Ranold considerava os primeiros anos da ONP, quando ajudara a desenvolver e dirigir a organização de sua sede em Washington, como a época de ouro.

— Naquele tempo as pessoas entravam na agência pela ação, não para ensinar e oferecer consultoria. E ninguém queria ficar em alguma capital regional. Os melhores e mais brilhantes vinham para Washington.

— Talvez isso fizesse sentido quando era a capital do país — comentou Paul. — Hoje em dia, ninguém mais dá qualquer atenção a Washington.

— Sei disso muito bem. Agora, em vez de uma liderança visionária, temos um diretor-geral que só sabe atender a um bando de chefes de escritórios, cada um com sua própria agenda.

— As forças-tarefas operam por meio das fronteiras regionais.

— É verdade, mas...

As crianças entraram correndo na sala, acompanhadas por Jae, agora de pijama. Queriam saber se podiam abrir os presentes de Wintermas naquela noite, em vez de esperarem até a manhã seguinte. Margaret deixou escapar um suspiro audível.

Ranold lançou-lhe um olhar capaz de acabar com uma nevasca.

— Não!

Ele soltou um grunhido tão ameaçador que Brie recuou. Mas Connor continuou a olhar para a árvore de Wintermas.

— Por que tem uma bandeira em cima de sua árvore, vovô? A mãe de meu amigo Jimmy diz que as pessoas, no tempo em que ela era pequena, punham estrelas e anjos em cima de suas árvores. Ela ainda tem alguns.

Ranold acenou com a mão, desdenhoso.

— Não quero isso na minha casa. E espero que na sua também não tenha.

— Claro que não tem — interveio Paul.

Connor foi para o colo de Paul, e passou os braços por seu pescoço. Paul podia sentir o cansaço do filho.

— Por que não, papai?

— Conversaremos a respeito de manhã — disse Paul. — Agora, por que você e sua irmã...

— Mas por que não? São bonitos, e ficam melhor numa árvore de Wintermas do que uma bandeira velha.

Ranold levantou e foi até a janela. De costas para os outros, ele declarou:

— Aquela bandeira representa tudo aquilo em que eu acredito, Connor.

— Ele não estava fazendo um comentário específico sobre a bandeira — protestou Paul. — Não pode compreender ainda. É apenas...

— Seu filho tem idade suficiente para aprender, Paul.

— O problema nunca surgiu antes, Ranold. Planejo lhe dizer...

— Não deixe de fazer isso! E deveria investigar essa mãe que esconde ícones contrabandeados.

Paul balançou a cabeça.

— O que há de errado com anjos e estrelas, papai?

— Prometo que contarei tudo amanhã.

— Conte agora, Paul!

— Dê uma folga, Ranold. Eu decido quando e como educar meu filho...

Jae levantou-se. Acenou com a cabeça para Brie, e pegou a mão de Connor.

— Neste momento, ele vai para a cama — anunciou Jae.

— Pois então conte a ele na cama — insistiu o pai.

• • •

Jae evitou o olhar de Paul enquanto levava as crianças para a escada.

— Dêem boa noite para o vovô e a vovó.

As duas crianças entoaram um boa-noite. Margaret também lhes desejou boa noite. Ranold resmungou:

— Está bem, está bem...

Essa é ótima, pensou Jae. *Paul e papai já estão brigando.*

Ao se casarem, Paul parecia admirar e procurar o sogro. Mas sempre houvera um impulso de competição entre os dois. Paul recusara uma boa oferta do escritório da ONP em Washington. Em vez disso, pedira para trabalhar em Chicago, sua cidade natal, a fim de escapar da sombra do sogro. Para Jae, fora uma aventura instalar-se em uma nova cidade. Ficara ainda mais encantada ao conseguir um emprego no Conselho de Comércio de Chicago. Depois, as crianças nasceram, e ela se tornara uma mãe que fica em casa. Agora que as duas estavam na escola, sentia falta do clima de camaradagem de um escritório, mas achava que não podia voltar a trabalhar com Paul viajando tanto. Mesmo quando em casa, ele já não era um companheiro como antes. Mantinha-se tão distante e distraído que as antigas suspeitas de Jae haviam ressurgido. Ela aguardara ansiosa o Wintermas em Washington, como uma pausa nessas preocupações.

Paul alcançou-a no alto da escada.

— Qual é o problema? — perguntou Jae.

— Sabe muito bem. Não gosto que seu pai critique as crianças.

— Também não gosto, mas você sabe como ele é. E sabe o que ele perdeu por causa de um bando de fanáticos religiosos.

— Pare com isso, Jae. A reação dele foi exagerada. Connor fez um comentário inocente e...

— Papai tem razão para ser hipersensível.

— Todo mundo tem áreas sensíveis, Jae.

— Sei disso. — Jae levou as crianças para suas camas. — Mas ele perdeu todo o seu exército e a população de um estado inteiro. Tenho certeza de que você se lembra que o Havaí era um estado naquele tempo.

Paul inclinou-se para abraçar Connor, que se virou para o outro lado, como se estivesse transtornado pela conversa.

— Havia muitos estados naquele tempo, Jae.

— O que está querendo dizer com isso?

Eles saíram para o corredor, fechando a porta do quarto das crianças.

— Apenas que não é a mesma coisa que seria agora perder toda uma região. E isso não lhe dá o direito de dizer como devo criar meus filhos.

— Ora, Paul, ele não tinha essa intenção. Papai era um general. Está acostumado a dizer o que pensa.

— Eu também.

As lágrimas afloraram aos olhos de Jae.

— Por favor, Paul... quero que o feriado seja muito agradável. Mamãe acha que papai anda impaciente porque tem dificuldade para se ajustar ao trabalho de consultoria... longe dos refletores.

— Foi uma opção dele, pelo que sei. Cansou-se da administração, e decidiu que poderia ser mais "criativo" em projetos especiais, o que quer que isso signifique. E já tem mais de um ano.

— É verdade. Mas para alguém como papai, é difícil renunciar a uma equipe grande à sua disposição, à autoridade e a todas as prerrogativas do cargo, mesmo que esteja fazendo o que quer. Não seja muito rigoroso com ele. Não pode descer agora e tentar fazer as pazes?

— E como poderia fazer isso? Não vou pedir desculpas porque não...

— Não estou dizendo para você pedir desculpas. Apenas que acalme a situação. Tome uma bebida com papai. Há muitas coisas sobre as quais podem conversar. Não vamos começar o feriado com o pé errado.

— Está certo, farei isso. Independentemente do que você pensa, não gosto de ter confrontações com o velho arrogante.

• • •

Ao descer para a sala, com a sensação de que era um adolescente a caminho do gabinete do diretor da escola, Paul refletiu que nada transtornava o sogro mais do que a religião. Ranold era o comandante do Exército do Pacífico dos Estados Unidos durante a guerra. Voltava de Washington, para seu quartel-general no Forte Shafter, ao norte de Honolulu, quando o desastre acontecera. O conflito entre facções religiosas asiáticas, no Mar do Sul da China, resultara no lançamento de duas ogivas nucleares. Uma parte colossal da China Meridional, inclusive Kowloon, fora separada do resto do continente. Além da devastação das próprias bombas, com a morte de dezenas de milhões de pessoas, a violência para a topografia provocara um *tsunami* de tamanha magnitude que cobrira a ilha de Hong Kong, inundara Taiwan, que ficara sob dezenas de metros de água, correra pelo Mar das Filipinas e o Mar do Leste da China, destruíra o Japão e a Indonésia, passara pela Bacia do Noroeste do Pacífico e a Fossa do Japão, para finalmente alcançar a corrente do Pacífico Setentrional.

Alcançara as ilhas do Havaí antes que se pudesse pôr em prática qualquer plano de evacuação, tragando todo o estado. Não houvera um único sobrevivente em todo o Havaí. A grande onda alcançara o sul da Califórnia e a Baixa California, projetando-se para o interior mais do que se previa. Com isso, matara mais alguns milhares de pessoas, que pensavam ter fugido por distância suficiente. Mudara a paisagem e a história de milhões de quilômetros quadrados da costa oeste do que era conhecido antes como América do Norte. O mapa global nunca mais seria o mesmo. Dezenas de anos depois, ainda persistia a tristeza pelo terrível tributo em vidas humanas.

Um milhão de vezes mais destrutivo do que as bombas atômicas que haviam acabado com a guerra anterior, o *tsunami* acalmara todos os extremistas do mundo. Parecia que, da noite para o dia, todas as nações haviam perdido o apetite para a guerra.

Facções contra a religião e contra a guerra derrubaram quase todos os chefes de estado. Um governo internacional aflorara das cinzas e lama. Os Estados Unidos foram reformulados, passando a consistir de sete regiões.

A Terra Atlântica, no nordeste, abrangia dez antigos estados, tendo a cidade de Nova York como sua capital. Colúmbia agrupava nove estados do sudeste, com a capital em Washington, D.C. O presidente dos Estados Unidos fora deposto, e o vice-presidente se tornara governador regional, subordinado ao governo internacional na Suíça. A Terra do Golfo incluía o Texas e cinco estados próximos, com a capital em Houston. A Terra do Sol era formada pelo sul da Califórnia, Arizona e Novo México, com a capital em Los Angeles. A Terra das Rochosas era formada por sete estados, com a capital em Las Vegas. A Terra do Pacífico, com capital em San Francisco, abrangia o norte da Califórnia e quatro estados do noroeste, inclusive o Alasca. E Chicago se tornara a capital da Terra Central, que incluía dez antigos estados do Meio-Oeste.

O pai de Paul morrera no início da guerra, quando a Coalizão de Nações Muçulmanas atacara Washington, D.C. *A perda de Ranold não é a única que tem importância. Toda a sua geração ainda se concentra nos horrores que testemunhou. Nunca temos permissão para esquecer como eles sofreram, a fim de que pudéssemos aproveitar uma vida de paz.*

Paul sentiu uma pontada imediata de culpa. No início do século XXI, o mundo era mais feio do que ele podia conceber. A guerra devastadora deixara cicatrizes — pessoais e globais, físicas e psíquicas — que nunca seriam curadas. Ele não deveria deixar que o sogro o provocasse. Detestava o farisaísmo virtuoso do velho, mas talvez pudesse conceder-lhe algum desconto.

Quando ele chegou à sala íntima, no entanto, Ranold e Margaret não se encontravam mais ali. Paul olhou para o relógio. Onze horas em ponto. Ele ligou a TV de tela enorme e se acomodou numa poltrona.

— A polícia local informou esta noite a descoberta macabra do corpo carbonizado de um militar condecorado. Ao que tudo indica, foi o resultado de um trágico acidente. O corpo do Major Andrew Edward Pass, ex-integrante da Força Delta, foi encontrado nas ruínas de um armazém abandonado, ao norte do Jardim Zoológico de Colúmbia.

Paul levantou, a boca escancarada, prendendo a respiração. *Andy? Andy Pass?*

— Porta-vozes da polícia disseram que não havia qualquer razão determinada para a presença do Major Pass no prédio, mas descartaram a hipótese de incêndio criminoso. O incêndio foi causado por um curto-circuito. A polícia especula que Pass pode ter visto as chamas e tentou apagá-las. Pass, pelo que se sabe, tem participado de serviços comunitários desde que foi para a reserva, há cinco anos. Honras militares serão prestadas no sepultamento, no Cemitério Regional de Arlington, às dez horas da manhã de sábado, 27 de dezembro.

Paul atravessou a sala, até o bar do sogro. Serviu-se de dois dedos de *scotch*, ergueu o copo, acrescentou mais dois dedos. Ranold entrou na sala nesse instante, de roupão e chinelos.

— Quer gelo, Paul?

— Não, obrigado.

— É uma dose e tanto.

— Acabei de descobrir que meu comandante na Força Delta morreu. Ele foi como um pai para mim e...

— Pass?

— Já soube?

— Pode me servir um uísque também. Mas prefiro *bourbon*.

— A notícia diz que ele ficou preso num armazém em chamas.

— Não acredite em tudo o que ouve, Paul.

— Como assim?

— É duvidoso o que aconteceu primeiro: ele ficar preso lá dentro ou o armazém pegar fogo.

— Mas quem poderia fazer isso?

— Quando foi a última vez que ouviu falar de Pass?

— Não sei... há sete ou oito anos.

— Portanto, não tem a menor idéia do que ele andou fazendo desde que foi seu protegido em Forte Monroe.

— Não, não tenho. Mas Andy era o melhor...

— Sente-se.

Ranold pegou o copo estendido por Paul e acenou para uma cadeira.

Paul arriou no couro macio. Ranold inclinou-se em sua direção.

— Pass liderava uma célula religiosa clandestina aqui em Washington, em Brightwood Park.

— Uma célula religiosa? Que facção?

— Cristã.

— Andy Pass? É difícil de acreditar. Ele era um veterano, um patriota...

— Há pessoas que mudam de lado. Os verdadeiros crentes. Só um homem que é capaz de fé pode ser convertido.

— É o que dizem.

— E é verdade, Paul. Temos células surgindo como cobras em pilha de lenha. É preciso liquidá-las quando são pequenas. Corta-se a cabeça, e o rabo logo morre.

— Cortar a cabeça? Qual é o seu envolvimento neste caso, Ranold?

O sogro sorriu.

— Detesto cobras.

Ele bateu com seu copo no de Paul. Tomou um gole do uísque.

— Vamos torcer para que Andrew Pass sirva como um exemplo para os outros subversivos.

• • •

Paul foi para a cama corroído por dúvidas. Como Andy Pass podia ter se tornado um subversivo, religioso ou de qualquer outro tipo? As pessoas mudam, é claro, mas Andy sempre parecera sólido como uma rocha. E Ranold era arrogante e presunçoso. Toda a história teria sido causada por sua dificuldade em se ajustar ao novo cargo, um esforço para se manter em primeiro plano? Teria recolhido as informações de seus antigos companheiros na agência? Ranold era um anti-religioso radical e adorava estar por dentro de tudo o que acontecia. Talvez todos aqueles anos no trabalho de espionagem o tivessem transformado num obcecado por conspirações.

Paul queria acreditar na história de Ranold, mas tinha certeza de que não era bem assim... e isso o enchia de raiva.

2

JAE FICOU CHOCADA com a notícia da morte do antigo comandante de Paul. Encontrara-o apenas umas poucas vezes — a mais recente em seu casamento —, mas sabia como Paul o admirava, até mesmo amava. Tentou confortá-lo, mas ele permaneceu retraído, cortês mas distante, parecendo deprimido, mesmo no Dia de Wintermas. Falava tão pouco que só no sábado é que Jae soube que o marido pretendia comparecer ao funeral de Pass.

— Temos de pegar o vôo às duas e meia — lembrou ela. — Podemos voltar antes de uma hora?

— Vou sozinho. E voltarei a tempo.

— Por que não posso ir também?

— É trabalho.

— Trabalho? Por que a ONP se preocuparia com uma morte acidental? E se Andy estivesse sendo investigado, não seria o escritório de D.C. que cuidaria do problema?

— Sabe que não posso falar sobre o meu trabalho.

— Tem certeza de que não há outro motivo para não querer que eu vá?

— Pare com isso, Jae. Não estou com a menor disposição para discutir.

— Mas tem de admitir que parece estranho...

— Não toque mais nesse assunto.

Jae sabia que não adiantaria pressionar Paul mais um pouco. O sigilo era fundamental em seu trabalho. Mas o que poderia ser tão confidencial num funeral?

E, de repente, ocorreu-lhe uma possibilidade: *E se Andy Pass fosse da ONP? E se tivesse morrido no cumprimento do dever?* A desconfiança por reflexo deixou-a envergonhada. Inclinou-se para abraçar Paul. Como ele virou a cabeça, o beijo foi em seu rosto.

— Está bem — murmurou Jae, dando um passo para trás. — Acho que mereci isso.

Paul deu de ombros.

Ela aceitou isso como um perdão. *Tenho de controlar minhas suspeitas.*

• • •

O ânimo de Paul era mais sombrio do que deixara transparecer para Jae. Poderia ter relatado a essência do problema de Andy sem entrar em detalhes, mas não fora capaz de falar a respeito. Ranold também não dissera mais nada sobre o caso, embora Paul sentisse que o sogro o estudava. De vez em quando, os dois trocavam olhares carregados. Três dias a remoer o caso de Andy só serviram para aumentar ainda mais o senso de traição de Paul. Comparecer ao funeral era trabalho, como ele dissera a Jae, mas era uma questão mais pessoal do que oficial... para tentar confrontar o inimigo que corroera seu mentor por dentro.

Num nevoeiro intenso, ele seguiu para o sul, atravessando o Rio Potomac para a Virgínia, até o Cemitério Regional de Arlington. Ficava ao sul do lugar onde outrora se erguia a estátua de Iwo Jima e a noroeste da Cratera Memorial do Pentágono. A estátua famosa, destruída por uma bomba suja de terroristas islâmicos no início da guerra, era agora representada por uma foto, guardada num quiosque, mostrando o incidente real, ocorrido há um século, quando quatro fuzileiros dos Estados Unidos instalaram uma bandeira em Iwo Jima, na II Guerra Mundial.

A cratera no lugar em que antes se erguia o Pentágono era envolta por uma cerca totalmente ornamentada, em que os visitantes penduravam momentos das pessoas amadas perdidas ali durante a III Guerra Mundial. Fora preciso a maior ogiva que já caíra em território americano para destruir um dos maiores prédios do mundo, seis meses antes do final da guerra. Era um míssil balístico norte-coreano, lançado de um submarino, voando bastante baixo para se esquivar ao radar. Um impacto direto, no pátio interno do Pentágono, praticamente vaporizara a estrutura.

O cemitério, ainda um santuário nacional, escapara aos danos da guerra, e continuava tão bonito quanto antes. Naquele dia estava coberto por vários centímetros de neve, o que fazia com que as fileiras de lápides brancas de militares americanos parecessem ter nascido diretamente do manto gelado.

Paul foi encaminhado para um prédio baixo de pedra, na parte nova, pós-guerra, em que todas as lápides eram retangulares, sem cruzes, Estrelas de Davi ou quaisquer outros símbolos religiosos antigos. Quando se identificou como funcionário do governo, um cadete pegou seu carro para estacioná-lo.

O prédio era comprido, estreito e baixo. Na frente, havia um caixão, coberto pela bandeira americana de sete estrelas. A única ornamentação se encontrava na parede por trás, uma exposição de bandeiras americanas do passado, do primeiro modelo de treze estrelas, a famosa bandeira feita por Betsy Ross, ao modelo de cinqüenta estrelas que precedera a versão atual.

Paul recebeu um pequeno programa impresso entregue por um jovem oficial. Teve a impressão de avistar agentes da ONP espalhados pela sala. Nenhum deles retribuiu seu olhar. Ele também reconheceu três antigos companheiros do exército, sentados juntos, quase no meio da sala. Cumprimentaram-no com uma efusividade que fez Paul invejar tanta inocência. Para eles, Andy Pass ainda era um herói.

Ele soube que os três haviam voado da cidade de Nova York, onde trabalhavam em grandes corporações. Dentro dos limites do decoro pela ocasião, escarneceram de Paul por continuar a trabalhar para o governo.

— Não há muita necessidade de estudos religiosos em Wall Street — comentou Paul. — E o mundo acadêmico não me atrai.

O homem ao lado inclinou-se para Paul.

— Aposto que foi sua mulher quem o pressionou para entrar na ONP. Estou certo?

— A decisão foi minha, mas ela ficou satisfeita.

— Ainda casado? — perguntou um dos homens, mostrando o dedo vazio, com uma expressão orgulhosa.

Os outros dois fizeram a mesma coisa.

— Há dez anos — informou Paul, mostrando a aliança.

— Pobre coitado... — murmurou o terceiro. — Se eu ainda estivesse casado, não estaria aqui esta noite, mas sim me divertindo em D.C.

— Quem poderia imaginar que o ímã de mulher em nossa turma seria o único que continuaria casado? — disse o homem ao lado de Paul, dando um tapinha em suas costas.

Os outros riram.

— Mas posso apostar que você ainda tem seu charme antigo. Estou certo?

Paul revirou os olhos. Não pôde deixar de sorrir, contra a vontade.

— Você não vale nada. Ainda usa os mesmos truques antigos. Estou certo?

Paul balançou a cabeça.

— E você ainda diz "Estou certo?" depois de cada frase.

— Como eu disse, algumas coisas nunca mudam.

— Exceto Andy — disse Paul, outra vez solene. — Antes que a cerimônia comece, podem me dizer se sabem alguma coisa sobre sua morte?

Os três trocaram olhares.

— Só o que saiu no noticiário. Por quê?

— Apenas gostaria de saber. Há anos que não tinha notícias de Andy. Fiquei chocado. Já viram a esposa?

Eles sacudiram a cabeça em negativa.

— E Andy também tinha filhos, não é?

Os três confirmaram com acenos de cabeça.

Foi nesse instante que um homem idoso, de terno azul, subiu no pódio para iniciar o serviço memorial.

— Estamos aqui para celebrar a vida de Andrew Edward Pass, nascido no dia 12 de novembro de 1989 A.D., morto aos 56 anos de idade, no dia 22 de dezembro de 36 P.3. Ele optou pela carreira militar depois dos primeiros ataques terroristas aos Estados Unidos, em setembro de 2001 A.D., dois meses antes de completar doze anos. Mais tarde, ingressou no Centro de Treinamento de Oficiais da Reserva. Fez um curso extraordinário e foi para a Academia Militar dos Estados Unidos, em West Point, Nova York. Destacou-se como segundo-tenente durante a invasão americana do Oriente Médio. Prestou serviços eminentes e heróicos a seu país durante a III Guerra Mundial. Alcançou o posto de major, no comando do Primeiro Destacamento Operacional das Forças Especiais, mais conhecido como Força Delta. Senhoras e senhores, peço que se levantem todos os que serviram ou treinaram sob o Major Pass, em qualquer estágio de sua carreira militar.

Paul e seus companheiros levantaram. Ele ficou surpreso ao constatar que metade da audiência também levantou.

— Peço que os outros também se levantem, por favor, e cantem comigo "America the Beautiful".

Paul sabia, por seu curso na universidade, que aquela era uma das canções patrióticas de base religiosa que haviam recebido letras diferentes desde a guerra.

— Ó terra de um vasto céu, dos campos dourados ondulando!
Terra de montanhas imponentes e as planícies mais férteis!
América! América! Por ti nos empenhamos de coração,
Em plena fraternidade, de mar brilhante a mar brilhante.

Depois da canção, o mestre-de-cerimônias anunciou que a filha do Major Pass apresentaria um tributo ao pai; e convidou qualquer outra pessoa que desejasse oferecer uma palavra de lembrança a se apresentar. Uma linda jovem levantou na primeira fila e foi para o microfone. Tinha um lenço de papel amassado numa das mãos e uma folha na outra. A voz saiu rouca, como se tivesse um aperto na garganta.

— Meu nome é Ângela, e sou a única filha de Andrew Pass. Nossa família sente-se profundamente comovida pela presença de tantas pessoas, embora eu confesse que não esteja surpresa. A influência que papai teve sobre vocês, levando-os a encontrarem tempo para virem homenageá-lo dessa maneira, não é estranha para nós. Ele exerceu o mesmo efeito em sua casa.

A jovem correu os olhos pela audiência.

— Vocês o consideravam rigoroso e exigente? Nós também. Mas nunca o consideraram injusto ou cruel, não é mesmo? Nem nós. Ele os desafiou a procurar dentro e além de si mesmos os recursos que nem sabiam que possuíam. Ele os impulsionou e inspirou a alturas que nunca poderiam ter alcançado de outra maneira. Se isso aconteceu, então vocês conheceram meu pai.

Ela fez uma pausa.

— Papai não podia esconder sua frustração, às vezes até seu desprezo, pelo que aconteceu com seu amado país antes de sua filha nascer. Mas ele era um homem de profunda fé e convicção, o que ficou demonstrado em sua vida. Encontramos conforto hoje no fato de que ele continua a viver. Em tudo de bom que há em vocês e em mim, ele continua a viver. E enquanto ainda andarem por este mundo pessoas que foram moldadas, de alguma maneira, por esse homem extraordinário, ele continuará a viver.

Por mais que tentasse, Paul não pôde perceber qualquer coisa naquelas palavras que indicasse alguma pista sobre a morte do pai. Também não sentiu qualquer coisa que insinuasse a atividade subversiva de Andy... embora a frase sobre profunda fé pudesse ser interpretada de mais de uma maneira. Sua raiva aumentava. Ele olhou para as pessoas sentadas ao redor. Os agentes da ONP que avistara antes estariam fotografando e identificando todos os presentes. Em algum lugar na sala se encontrava a serpente que mordera Andy, inoculando o veneno que gerava o fanatismo e a violência. Fora isso, em última análise, que custara sua vida. Se um soldado determinado como o Major Pass podia sucumbir à atração do faz-de-conta, ninguém era imune.

Se eu pudesse pôr as mãos nesse fanático... nesse assassino...

Havia uma fila à esquerda do pódio. Paul sentiu que os companheiros do exército fitavam-no. *Eu era o predileto de Andy.* Ele fez um esforço para conciliar sua fúria com a inegável dívida de gratidão que tinha com Andy, que fora seu virtual pai substituto no exército. Independentemente do que Andy se tornara, Paul decidiu, ele merecia ser celebrado pelo passado. Por isso, levantou-se e foi para o final da fila.

Quando chegou sua vez de falar, Paul notou a surpresa de Ângela ao se identificar. Teve de fazer um esforço para encontrar as palavras certas.

— Os dois anos em que servi e treinei sob o comando do Major Andrew Pass continuam a ser os mais importantes de minha vida. Andy Pass representava tudo o que o exército tinha a oferecer. Era a ele que tínhamos de impressionar para permanecer entre os eleitos. Mas por trás de seu estilo de comandante rigoroso, havia uma essência de humanidade, que eu nunca encontrei em outros oficiais superiores. Quando reconheceu que eu não apenas obedecia, mas também gostava de todas as missões difíceis de que me incumbia, Andy recompensou-me, como fez com tantos outros, com respeito e amizade. Só quero dizer que ele mudou minha vida. Fez com que eu quisesse me superar sempre e tratar os outros da maneira como ele me tratava. Espero poder corresponder a seu modelo.

Mais tarde, Paul entrou na fila para passar pelo caixão e cumprimentar a família. Ficou surpreso quando Ângela saiu de seu lugar para ir ao seu encontro.

— Então você é Paul Stepola — disse ela, sorrindo entre lágrimas, enquanto pegava a mão de Paul entre as suas. — Papai falava muito bem de você.

A dignidade e afeto da jovem haviam ficado patentes quando ela falara, mas de perto sua beleza era desconcertante. E recendia a lavanda. Apesar de sua raiva de Andy e da gravidade da ocasião, a atração de Paul por Ângela foi imediata, intensa e visceral.

— Não é tanto assim — murmurou Paul. — Seu pai teve muitos aprendizes e subordinados ao longo dos anos...

— Falo sério. Você devia ser a síntese do que ele procurava para a Força Delta.

Paul mal podia murmurar como se sentia satisfeito em conhecê-la. Pensamentos desenfreados passavam por seu cérebro. Embora não desconhecesse o poder da sedução, nunca antes sentira aquele tipo de ligação instantânea e irresistível com qualquer mulher... nem mesmo com Jae.

Ainda bem que ela não está aqui.

— Seus comentários foram perfeitos — declarou Ângela. — Ficou evidente que o conhecia muito bem.

— Ele significava muito para mim, Ângela... para todos nós. Espero que possamos conversar mais um pouco sobre Andy qualquer dia desses.

— Também espero. Seria ótimo. — Ela largou a mão de Paul e gesticulou na direção de dois meninos. — Aqueles são meus filhos. Eu gostaria de apresentá-los.

— Será um prazer.

Paul recuperou o controle no mesmo instante. Ela era casada. Ora, ele também era!

Ele apertou as mãos dos meninos, que foram persuadidos a fitá-lo nos olhos e dizer que sentiam muito prazer em conhecê-lo. Paul guardou no bolso o cartão de Ângela.

• • •

O enterro foi restrito. Paul foi para o estacionamento com os companheiros. Recusou o convite para almoçar por causa de seu vôo. Eles foram embora, deixando-o outra vez isolado em sua raiva. Relutante em voltar, ele saiu da calçada para o cemitério coberto de neve. Passou pelas fileiras de lápides e pelos memoriais de Robert E. Lee e John F. Kennedy. Foi para uma seção em que todas as lápides tinham a forma de uma cruz.

Uma placa informava: *Os símbolos religiosos eram comuns antes da III Guerra Mundial, quando era costume que todos os soldados indicassem a denominação de sua preferência.*

Paul cuspiu em repulsa.

Enquanto andava entre as sepulturas, sua indignação foi aumentando. A vida fora arrancada daqueles rapazes e moças — muitos recém-saídos da adolescência —, e por quê? Porque muçulmanos fanáticos resolveram travar uma guerra santa contra o Ocidente? Porque grupos religiosos na Bósnia disputavam a primazia? E assim continuava, até a alvorada da história, as pessoas perseguindo umas as outras por causa de idéias abstratas. O fato de que suas lápides simbolizavam as idéias por que haviam morrido parecia a mais cruel das ironias.

E sobre o que eram essas idéias? Noções bizarras de uma vida posterior. Paul podia se identificar com a necessidade de acreditar que havia alguma forma de nirvana no final. Gostaria de ter conhecido o pai; e como isso não acontecera, agradava-o pensar que um dia ainda poderia encontrá-lo. Mas valia a pena matar por esses desejos? Morrer por isso? Sua mãe tinha razão. O fato de que todos aqueles fanáticos religiosos pensavam que conheciam a verdade — muitos convencidos de que a sua era a única verdade — provava que todos estavam iludidos.

Mas ainda pior do que a ilusão era a compulsão para impor essa ilusão aos outros... corromper até mesmo homens de espírito forte, como Andy Pass.

Paul sentia o estômago vazio e os pés gelados. Nada usava sobre os sapatos, porque não planejara aquela incursão pela neve. Voltou para seu carro. Virou-se para olhar as cruzes, as fileiras dando a impressão de que se estendiam até o horizonte. *Espero que isso tenha lhes proporcionado algum conforto. E, no entanto, aqui estão.*

• • •

Quando Paul voltou, constatou que Jae já arrumara tudo e preparara as crianças para a viagem. A bagagem foi levada para o carro, e as despedidas começaram. Ranold segurou o braço de Paul, a fim de detê-lo, quando ele se encaminhava para o carro. Enquanto Jae ajeitava as crianças no banco de trás, o velho murmurou:

— Ir ao funeral talvez não tenha sido uma boa idéia.

— Como assim?

— A agência preocupa-se cada vez mais com os subversivos internos, Paul. Se vier à tona... a verdade sobre Pass... e as pessoas souberem que você compareceu a seu funeral, que eram velhos amigos...

— Não fui como um velho amigo.

— De qualquer forma, foi uma imprudência.

— Está querendo dizer que isso poderia me prejudicar dentro da agência?

— Exatamente.

— Para isso, eu teria de saber a verdade antes, não é mesmo?

Ranold comprimiu os lábios.

— Você sabia. Eu lhe contei.

— Neste caso, eu estaria em dificuldades se alguém na agência souber que me contou, não é mesmo? Mas tenho certeza de que posso contar com sua discrição... papai.

3

PAUL SENTIU-SE ALIVIADO ao despertar em sua própria cama, em Chicago, na manhã de domingo. O sol de inverno entrava pelas janelas, refletido na neve limpa. Jae já descera com as crianças, e ele podia ouvi-las insistindo para patinar no gelo.

— Acho que eles se sentiram muito confinados na casa de meus pais — comentou Jae, quando Paul sentou-se à mesa do desjejum. — Mas pode ser ótimo para todos nós fazer algum exercício e respirar um pouco de ar puro.

— Poderia levá-los? — pediu Paul. — Não estou com vontade de patinar e quero arrumar tudo na casa de mamãe. Pretendo aproveitar os feriados para aprontar a casa para a venda.

— Podemos ajudá-lo.

— Não precisa. Você já fez muita coisa. A maior parte do que restou na casa são as lembranças que ela guardava, e sou o único que sabe o que guardar ou jogar fora.

— Parece uma tarefa deprimente, depois de um funeral.

— Foi o funeral que me deixou no estado de espírito para fazer isso.

• • •

A verdade era que Paul também se sentira confinado. Ansiava por uma tarde sozinho. Entrou na casa da mãe, parou no vestíbulo e apreciou o silêncio. A mãe passara toda a sua vida adulta na casa pequena e imaculada, numa comunidade suburbana, em que Paul fora criado. Passara a ter uma empregada depois que começara a perder as faculdades mentais. Durante os últimos anos, mergulhara cada vez mais na demência senil, incapaz até de reconhecer o próprio filho e os netos. No Wintermas anterior, Paul armara uma árvore para a mãe, embora compreendesse que ela não tinha a menor idéia do que se tratava.

Embora quase todo o câncer fosse agora curável, ainda havia determinadas variedades que desafiavam os melhores esforços da ciência moderna. Um século de estudos ainda não haviam decifrado os complexos mecanismos do cérebro. Para a mãe de Paul, os tratamentos mais avançados só haviam servido para retardar a doença virulenta. Tudo o que os médicos podiam fazer, Paul fora informado, era mantê-la confortável, sem sofrimento, até o final. A morte da mãe, quando ocorrera, fora anticlimática, pois ele já havia se despedido anos antes.

Os cômodos lá em cima estavam agora vazios, mas Paul ainda não cuidara do porão, que estava abarrotado de uma vida inteira de recordações. Uma lata de lixo ao seu lado, ele começou a examinar as caixas empoeiradas. Há décadas que as transações financeiras haviam se tornado eletrônicas; por isso, Paul ficou surpreso ao descobrir pilhas de cheques usados antes da guerra... arquivados com cuidado, preenchidos em dólares, a moeda dos Estados Unidos no tempo em que cada país tinha a sua. Apesar de meticulosa, a mãe era do tipo que guardava tudo. Paul separou alguns cheques, para mostrar aos filhos, e jogou fora o resto.

No início da tarde, já havia removido as coisas de metade do espaço. Agora, começava a verificar os objetos do casamento dos pais. A mãe lhe dera, havia muito tempo, alguns dos papéis, fotos e pertences do pai. Paul se lembrava de alguns ao examiná-los agora, os que a mãe guardara, do tempo em que era pequeno. Encontrou a certidão de casamento dos pais, o convite para a cerimônia, realizada no salão de festas de uma base militar. Havia também uma pilha de antigos cartões de cumprimentos, presos com uma fita, com desenhos por fora e mensagens impressas na parte de dentro, dando os parabéns aos pais por seu nascimento. Por baixo, havia um envelope grosso, apergaminhado, cor de creme, com o resto de uma bolha de cera vermelha achatada na dobra... um lacre rompido, calculou Paul.

Ele limpou a poeira das mãos, pegou o envelope e virou-o. Na frente, havia uma inscrição, em letras pretas: "Para meu filho, no seu 12º aniversário". Paul recordou que um de seus colegas de escola recebera uma carta assim, no dia de seu nascimento, expressando as esperanças para o futuro. Interrogara a mãe a respeito, mas ela declarara sua ignorância sobre essa tradição. *Então de onde vinha aquela carta?* Ele abriu o envelope e tirou a carta. Ficou surpreso ao ver a data de seu nascimento na parte superior do papel.

Meu amado filho:
Seu nascimento hoje foi um milagre, proporcionando-me uma alegria maior do que jamais conheci ou pensei que fosse possível. Ao segurá-lo no colo pela primeira vez, eu me senti abençoado...

Paul fez uma pausa, ao ler a palavra estranha e antiquada.

... com a suprema dádiva neste mundo. Um dia você vai pegar no colo seu próprio filho e sentirá toda a profundidade e extensão do amor de um pai.

Estará completando doze anos no dia em que ler esta carta. No limiar da vida adulta, terá idade suficiente para compreender outro tipo de amor: o amor de Deus. É um amor vilipendiado no momento em que escrevo. Ocorreram perseguições e atos terroristas no mundo inteiro, supostamente em nome de Deus, como diferentes grupos o interpretam. Isso nos levou a uma guerra mundial. Muitas pessoas, inclusive sua mãe, afastaram-se de um Deus que consideram a causa do sofrimento no mundo. Mas você não deve fazer isso, filho. Primei-

ro, porque o amor de Deus transcende todas as dádivas terrenas, inclusive a dádiva de seu nascimento para mim. Deus amava tanto o mundo que sacrificou seu Filho perfeito e único, morto na cruz para nos salvar. Aceitar esse amor foi a decisão mais importante e satisfatória de minha vida.

A segunda razão é que o Filho de Deus prometeu voltar, em toda a sua glória, para reunir aqueles que acreditaram. A Bíblia nos diz: "... e os guiará para as fontes da água da vida. E Deus lhes enxugará dos olhos todas as lágrimas".

Mas aqueles que rejeitarem Deus enfrentarão um destino muito diferente: punição e sofrimento além de qualquer coisa que podemos imaginar ou tenhamos infligido uns aos outros. O final da Bíblia, o livro do Apocalipse, descreve em detalhes intensos e aterradores o que acontecerá com aqueles que incorrerem na ira de Deus.

Isso pode ocorrer em sua vida, filho. Muitos estudiosos consideram que os conflitos do mundo atual representam a consumação das profecias da Bíblia. Os Evangelhos nos dizem que devemos estar preparados em todos os momentos, "pois o Filho do Homem virá em hora inesperada". E no Apocalipse, o próprio Senhor nos lembra várias vezes que "virei em breve".

Espero estar do seu lado no momento em que ler esta carta. Mas se isso não for possível, espero pelo menos ter tido tempo de instruí-lo nessas coisas, assim que tiver idade suficiente. Se não, você terá de procurar a verdade sozinho. Exorto-o a abrir o coração para a verdade... a se tornar não apenas um homem, mas também um homem de Deus.

Seu pai que o ama muito,
Paul Stepola Sr.

Paul ficou olhando para a carta, consternado. O pai morrera quando ele era muito pequeno, até para ter uma lembrança objetiva. Formara uma imagem do homem pelas fotos e histórias da mãe, além dos relatos de seus companheiros militares, que invariavelmente o descreviam como nobre e corajoso, honesto e afetuoso... em suma, um herói e amigo de confiança. Era irônico que até a semana passada esses mesmos termos podiam ser aplicados a Andy Pass. Como era possível que os dois homens nos quais se espelhara — aqueles que acreditava que definiam melhor o que significava ser um homem — não eram o que pareciam?

Aquela era a única comunicação direta que já recebera do pai. E era evidente que a mãe escondera a carta. Só podia ter sido ela quem rompera o lacre, indicando que não confiava no marido.

Tinha medo de que Paul, aos 12 anos, fosse suscetível às palavras do pai? Queria preservar as ilusões de Paul — e as suas — em vez de reconhecer que seu pai era tão crédulo e covarde? Teria ficado chocada — como acontecia com Paul agora — porque o marido apenas oferecia ao filho, em vez de sabedoria e inspiração, o mito sobre um homem que morrera na cruz e voltaria para punir os que não engoliam a história?

Eu precisava mais de você aos doze anos. Merecia melhor. Obrigado, mamãe, por me poupar desta carta até agora.

E a idéia de que as profecias da Bíblia estavam sendo consumadas, que o Filho de Deus voltaria em breve... ora, a urgência era uma constante em quase todas as fraudes. Uma oferta única... uma oportunidade que não acontecerá de novo... os preços nunca mais serão tão baixos... tudo a troco de nada... Como o pai podia cair nessas sugestões? Paul conhecia o livro do Apocalipse, pelos estudos que realizara, mas nunca o havia lido, embora soubesse que era poderoso, com abundante simbologia. A conversa exuberante do que aconteceria se a pessoa não quisesse comprar era outra tática comum dos vigaristas: a ameaça do fogo do inferno para apavorá-la e fechar logo o negócio. Todas as religiões não ameaçavam com as punições mais incríveis para manter os fiéis sob controle? Seu pai seria mesmo tão ingênuo? Depois de uma vida inteira de admiração, Paul sentia agora desprezo pelo incauto patético que descobria que o pai fora.

Que tipo de homem se tornava presa de tamanho absurdo, a ponto de dizer que era "a decisão mais importante e satisfatória de minha vida"? E que tipo de homem tentaria impor aquela insanidade a uma criança? Talvez a mãe, com toda a sua racionalidade e aversão à religião, não pudesse sequer justificar o ato de mostrar uma carta assim ao filho... ou talvez se sentisse envergonhada demais. Ele só podia imaginar o que Ranold diria. O sogro não poderia ter plantado aquela carta, não é mesmo? Mas era uma coincidência, aquela carta e a descoberta sobre Andy Pass na mesma semana.

O envelope parecia quase intacto, depois de passar trinta e tantos anos dentro de uma caixa. O lacre estava escuro, esfarelando, mas só um perito poderia dizer se era novo ou antigo. O mesmo se aplicava à tinta, que dava a impressão de ser do tipo que se guardava num tinteiro, usando-se uma caneta antiquada para escrever. Ele poderia comparar a caligrafia em termos visuais, mas seria necessária uma análise de computador para testá-la, de forma incontestável, e verificar se era a mesma de outras cartas do pai guardadas pela mãe.

Estivemos em Washington por tempo suficiente para alguém plantar uma carta aqui, é claro... mas por acaso avisei a alguém que viria esvaziar o porão da casa de mamãe neste fim de semana?

Paul examinou a caixa de mementos, que não parecia menos empoeirada do que as outras. Estivera no meio de uma pilha de outras caixas; por isso, tinha a tampa limpa, sem oferecer qualquer pista. Mas talvez a questão do tempo não fosse tão importante. Andy, com certeza, vinha sendo investigado por vários meses. Durante esse período, as pessoas em sua vida podiam ter sido investigadas também... inclusive Paul, se Ranold, que sabia que ele outrora considerara Andy como um pai, estivesse no comando.

Ranold saberia que não tinha o menor sentido desconfiar que Paul pudesse ser um cristão. Mas talvez a carta fosse uma espécie de teste de lealdade... para verificar se Paul sabia a verdade sobre Andy e olhara para o outro lado. Se Paul descobrisse de repente que seu próprio pai fora um cristão, seria natural que procurasse a única outra pessoa religiosa que conhecia e em quem confiava. Assim, em qualquer momento durante os últimos três meses em que a casa da mãe de Paul permanecera vazia, a carta poderia ter sido plantada ali, para fazer com que ele se revelasse.

Ao projetar uma trama, Paul teve de reconhecer que parecia exagerada demais. Talvez estivesse se agarrando a qualquer possibilidade para escapar da realidade de que seu pai era um doido, não o exemplo irrepreensível de homem que ele idolatrara por trinta anos. Mas o exagero não significava que fosse impossível. Paul sabia muito bem que inventar e plantar uma carta era brincadeira de criança para a ONP; e se a operação fora um dos primeiros projetos especiais de Ranold, então ele não hesitaria em fazer o que fosse necessário.

A carta em si era provavelmente a única chave para a verdade. Paul rasgou um pedaço da aba do envelope, depois repôs a carta no envelope, que guardou na caixa, por baixo da pilha de cartões de congratulações.

Era o seu destino, pensou Paul, amargurado. Andy e seu pai, até mesmo Ranold, estavam maculados pela ameaça cristã. No dia seguinte sondaria seu superior sobre a extensão do problema cristão — se as atividades tinham uma escala nacional ou se restringiam-se a Washington — e tentaria descobrir qualquer indicação de que ele próprio se encontrava sob suspeita.

E se toda essa infestação espalhou-se além do quintal de Ranold, quero ser um exterminador. E não apenas pela segurança nacional.

4

NO MEIO DA MANHÃ de segunda-feira, Paul foi falar com seu superior, Robert Koontz, que era o chefe do escritório da Organização Nacional da Paz, em Chicago. Parado na porta, Paul reconheceu, com toda franqueza, que era a sala de Koontz que ele ambicionava, mais do que seu cargo. Grande e decorada com bom gosto, num tema náutico, a sala tinha janelas em duas paredes, oferecendo vistas amplas do Rio Chicago e do Lago Michigan.

Koontz, aos 60 anos, tinha a parte superior da cabeça calva e brilhante, com cabelos grisalhos ao redor. Trabalhava no computador, mas gesticulou para que Paul sentasse.

— Como foram os feriados? — perguntou ele, os olhos ainda fixados na tela.

— Como sempre. Exceto por Andrew Pass.

Koontz empertigou-se, mas não se virou.

— Você o conhecia?

— Sabe que sim, Bob. Vi agentes da ONP no funeral. Já devem ter lhe comunicado que eu compareci.

Koontz virou-se na cadeira. Levantou as mãos.

— Tem razão, Paul. Claro que eu sei. Já tinha me falado. Serviu com ele no exército. Lamento por sua perda.

— Obrigado. Mas por que a presença da agência?

Koontz suspirou.

— Pass era um fanático cristão.

Então a notícia já se espalhou.

— Isso é incrível. E a família?

— Achamos que o irmão, John... mais conhecido por Jack... também está envolvido, mas não tem se destacado para se tornar vulnerável.

— Mais alguém? Esposa? Filhos?

— Pelo que sabemos, a esposa está divorciada. Por isso, achamos que não, mas não podemos ter certeza.

— Fomos nós que o liquidamos, Bob?

— O que seu sogro disse?

— Ninguém é capaz de guardar um segredo melhor do que um velho espião. Isso significa um sim?

— Bom...

— Por que... ele resistiu?

— Pode ter certeza. Soube que confiscamos um arsenal em seu carro. E tentou liquidar alguns dos nossos. Um homem duro... mas você sabia disso.

— Quer dizer que a história sobre o incêndio no armazém...

— Estritamente para a imprensa. Seus cúmplices entenderam o recado muito bem, mas não queremos que o público se meta em nossos assuntos. Se transpirar que esse culto existe, só vai aumentar. E ainda mais com mártires. Não se pode deixar que comece. É só lembrar a história.

Ele tornou a se virar para o computador e moveu o cursor na tela.

— Há mais de cem anos, a Rússia fechou quase todas as suas igrejas e liquidou mais de quarenta mil sacerdotes. Converteram as igrejas nas cidades grandes em museus e as igrejas rurais se tornaram estábulos ou prédios de apartamentos.

— Como nós fizemos.

— Mas entenda uma coisa. Na passagem do século... depois da queda do comunismo, é claro... dois terços de todos os russos identificaram-se como cristãos.

— Então a insurreição fervilhava clandestina.

— Bingo. Não podemos deixar que aconteça aqui. O que aconteceu na Rússia, China e Romênia, há algumas décadas, pode ocorrer aqui, debaixo de nosso nariz. A religião não será erradicada enquanto os fanáticos não forem contidos. Se os deixarmos ter uma base de operações aqui, poderemos ter um levante religioso em grande escala.

— Há mesmo um culto cristão armado?

— Há muita coisa que só agora estamos descobrindo, Paul. Resolvemos formar uma força-tarefa para determinar a extensão do problema — se temos apenas algumas células isoladas ou se a situação é pior.

— É uma doença — comentou Paul. — Um vício. A religião se apodera das pessoas. Depois, parece que não podem guardar para si mesmas... querem difundi-la, impregnar outras pessoas. Deixa-me enojado... ver o desperdício de alguém como Andy Pass.

— Exatamente — concordou Koontz. — É por isso que temos de tratar o problema como a guerra contra as drogas: descobrir a ameaça, combatê-la e liquidá-la.

Ele fez uma pausa. Balançou a cabeça e acrescentou:

— Isso tem o potencial de destruir tudo por que o país se empenhou desde a guerra. Tenho idade suficiente para lembrar como eram as coisas. Foram os extremistas religiosos que perseguiram os homossexuais, assassinaram médicos que faziam abortos... antes de concedermos as subvenções para os partos, a fim de promover o repovoamento... e jogaram bombas nos laboratórios de pesquisas de célula-tronco, que produziam a cura para a maioria das doenças. E depois dos ataques terroristas de 2005, foram os extremistas que desafiaram as leis de tolerância e se amotinaram, matando muçulmanos.

Paul estudara tudo isso no curso de pós-graduação. É claro que as pessoas queriam vingança pelos atentados a bomba contra o Super Bowl e a Disneylândia, além dos ataques com gás nos metrôs de Washington, Boston e Nova York. A mesma coisa ocorrera na Europa, com a destruição da Torre Eiffel, da Ponte de Londres e do Vaticano. E viera a guerra... a vida na Terra quase extinta por causa do fanatismo religioso.

— Temos sorte porque a guerra terminou daquela maneira e nos acordou — disse Paul. — A abolição da religião foi o melhor resultado que uma tragédia já teve.

— Tem toda a razão. Paz por mais de uma geração. Nem uma única nação em guerra, pela primeira vez na história. Mas não podemos considerar que vai durar para sempre. Nem agora... nem nunca mais.

— O que é essa nova força-tarefa?

— Estamos chamando-a de Fanáticos Clandestinos.

— Pode me incluir nesse esforço, Bob. Sabe que eu tenho a experiência necessária. A corrupção de Andy Pass... e de tantos outros... exige vingança.

• • •

Na semana seguinte, Paul foi enviado ao México, numa missão de consultoria. Voltou na terça-feira, depois do fim de semana prolongado pelo feriado de Martin Luther King Jr. A grande notícia em Chicago foi a de que um orador, num discurso de celebração de King, usara duas vezes o termo arcaico e proibido de *Reverendo*, ligado ao nome do mártir. Um comentarista de TV sugeriu que a cidade declarasse uma moratória das cerimônias do Dia de King, "até que os organizadores aprendessem a se controlar".

Felícia, a secretária de Paul, uma negra alta, de quarenta e tantos anos, não pôde esconder sua emoção.

— O Dr. King morreu muito antes de meu nascimento. Não importa o que digam, ele era mesmo um reverendo. Se pararem de celebrar o Dia de King por um detalhe sem maior importância, vai haver problemas. Com toda sinceridade, Dr. Stepola, acha que há algum mal em usar o título de um homem, um título que ele obteve e sempre usou?

— Claro que há, Felícia. E os organizadores deviam saber disso. Ligar a religião com um herói como o Dr. King é brincar com fogo.

— *Ligar?* Não foi de lá que o Dr. King tirou sua filosofia de não-violência?

— Se fala de sua tática, creio que ele se baseou em Mohandas Gandhi. Pense a respeito... como esse título liga o Dr. King a ocultismo e ignorância.

— Eu só queria dizer...

— O Dr. King foi um produto de seu tempo. Acha que realçar a cegueira da época serve à sua memória? Quando queremos homenagear Thomas Jefferson, lembramos que ele era dono de escravos?

Felícia parecia abalada. Paul sorriu.

— Terei de prendê-la por praticar a religião, Felícia?

— Pode me algemar. Mas terá de pedir reforços.

— É mesmo? — Paul soltou uma risada. — Tenho minhas dúvidas. Mas, falando sério, passei quatro anos estudando as principais religiões. E é a mesma coisa que estudar a guerra. A história é toda assim. Pode ter certeza de que a religião é o oposto da não-violência.

Embora parasse por aí, Paul sentia-se surpreso por uma secretária da ONP defender a religião diante de seu chefe. Mas antes do Wintermas, ele próprio pensara muito pouco sobre uma ameaça cristã nos SEUA. *Esquecemos de que o preço da liberdade é a eterna vigilância. Consideramos a paz como um fato líquido e certo. Só que não é mais assim.*

O rio parecia correr o risco de congelar, o que era uma raridade. Ele contemplou a paisagem, além da foto de Jae em sua mesa. Tinha de reconhecer que pensara mais em Ângela Pass do que em sua própria esposa enquanto estivera ausente. Ficara bastante aliviado quando Koontz dissera que ela não era uma suspeita. Ângela dissera que sempre desejara conhecê-lo e que adoraria se pudessem se encontrar para conversar sobre o pai. Felícia tocou o interfone.

— Koontz quer falar com você.

Paul pôs o paletó, apertou a gravata e pegou um bloco de anotações. Parou para a verificação de íris em duas barreiras de segurança. A secretária de Koontz acenou para que entrasse.

— Ele está no videofone, mas pediu que você entrasse assim que chegasse.

Paul entrou na sala e fechou a porta, no momento em que Koontz dizia:

— Ele está aqui. Ligarei mais tarde.

Koontz desligou, mas não ofereceu uma cadeira a Paul.

— Era o comandante. Falando a seu respeito, Step.

Paul limitou-se a acenar com a cabeça, sem saber o que dizer. Koontz levantou.

— Vamos embora.

Ele apontou para baixo com o polegar.

A sala segura?

Koontz sorriu.

— Tenho novidades.

— Está bem — murmurou Paul, mais como uma pergunta.

Koontz abriu o armário atrás da mesa, onde havia um cofre com código de DNA. Tirou do cofre uma caixa de metal para guardar documentos.

Paul seguiu-o até o elevador. Desceram dezesseis andares para o porão. Em cada controle de segurança, a identificação de Koontz era suficiente para os dois passarem. No corredor que levava à sala segura, no entanto, Koontz e Paul foram tratados como qualquer outro. Embora conhecessem os guardas uniformizados pelo nome havia anos, não houve conversa irrelevante, nem o protocolo foi abreviado. As imagens holográficas dos documentos de identidade foram examinadas por computador e comparadas com seus rostos. Além da verificação de íris, ambos encostaram a palma numa tela, para conferência das impressões digitais e do DNA.

Passaram por um detector de metais e finalmente receberam duas chaves de metal para a sala segura, um detalhe que sempre parecera extravagante para Paul. As chaves eram supostamente uma precaução contra microfones que podiam ser embutidos nas modernas trancas eletrônicas. Koontz destrancou uma porta de aço de dez centímetros de espessura. Havia outra porta a cerca de quinze centímetros da primeira, esta de madeira, também com dez centímetros de espessura, também trancada. Depois que entraram e Koontz trancou as duas portas, um guarda lá fora efetuou uma última verificação na sala. Não havia qualquer sinal de qualquer artefato de intromissão. Koontz apertou um botão ao lado do monitor, acionando o chamado ruído branco, um zumbido quase inaudível que interferia em qualquer equipamento de gravação, o que tornaria a conversa ininteligível.

Havia seis cadeiras confortáveis, de couro grená, em torno de uma mesa redonda de mogno. Afora isso, a sala estava vazia, exceto por um jarro de *pewter* com água gelada e vários copos. Koontz largou a caixa de documentos na mesa e despejou água gelada em dois copos. Pôs um pequeno guardanapo debaixo de cada copo.

— Perdi minha vocação — disse ele, enquanto sentava e apontava uma cadeira para Paul. — Eu daria um garçom sensacional.

Paul sorriu, fazendo um esforço para manter a calma. Koontz, em geral objetivo e profissional, parecia estar ganhando tempo. Paul especulou se o sogro estaria certo. Despertara suspeitas ao comparecer ao funeral de Pass? Seu plano era alegar que não tinha noção das atividades de Pass desde que o conhecera na Força Delta... o que era verdade. Ou seria algum problema relacionado com a carta de seu pai? *A suposta carta de meu pai.* Ainda tinha o fragmento que rasgara do envelope na carteira. E se ele fosse revistado? *Quer a carta tenha sido plantada ou não, especular a respeito não é crime. Seria muito estranho se eu não fizesse isso.*

Koontz levantou, tirou o paletó e pendurou-o no encosto de sua cadeira. Afrouxou a gravata.

— Fique à vontade — disse ele a Paul. — Temos um trabalho para fazer aqui.

— Estou bem assim, pelo menos por enquanto.

Paul já estivera duas vezes na sala segura, e sabia que a temperatura era mantida constante.

— Continua hábil em armas de fogo, Paul?

— Claro. Posso atirar com qualquer coisa, de uma pequena pistola de duas balas a um lança-foguetes. Pratico no estande de tiro de duas em duas semanas, no mínimo.

— Possui alguma arma semi-automática de dupla ação?

— Tenho uma Beretta 11.5 milímetros e uma Walther Stealth.

— Alguma preferência?

— Depende. O que tenho de fazer com a arma?

— Matar alguém a uma distância curta.

Paul hesitou.

— A Beretta é quase insuperável, Bob. Quem terei de matar?

— Espero que ninguém. Mas este trabalho exige que ande armado.

— Que trabalho?

— A nova força-tarefa. Você pediu e foi incluído.

— Isso é sensacional. Pode me dizer uma coisa... Ranold está envolvido?

— A Unidade de Projetos Especiais em D.C. está desenvolvendo algum tipo de operação. É confidencial... só para quem precisa saber... e calculo que mais adiante nossos caminhos devem se cruzar. Neste momento, porém, vamos funcionar mais como uma câmara de compensação de informações.

— E qual será meu papel?

— Terá duas funções. Quero que seja um curinga. Oficialmente, terá de participar de missões estratégicas. Vai nos esclarecer sobre o que as pessoas acreditam e ajudar a interpretar o que disserem nos interrogatórios. Também terá de fazer perguntas. Extra-oficialmente, deve me manter informado do tamanho e força do culto. Ainda não sabemos se as várias facções estão ligadas. Até que ponto são sofisticadas? Atuam em escala nacional ou são grupos independentes que apenas se parecem e agem da mesma forma?

— Preciso conhecer sua teologia, convicções e práticas.

— Achamos que alguns estão empenhados em sabotagem. Lembra daquele incidente com o Lago do Reflexo, em Washington?

— Quando ficou vermelho? Não foi uma brincadeira?

— Não exatamente. Na presença de uma centena de turistas, a água se transformou em sangue. Sangue humano autêntico; nós testamos. É preciso apenas uma pessoa numa multidão assim para alegar que foi um milagre... o que de fato aconteceu, diga-se de passagem, embora tenhamos impedido que saísse nos jornais... e você tem uma crise religiosa em andamento. Os cristãos encenam esses supostos milagres e usam-nos para conquistar convertidos, dizendo que são sinais de que o mundo se aproxima do fim.

Koontz inclinou-se para a frente.

— Detesto dizer isso, mas achamos que Pass estava por trás do incidente no Lago do Reflexo. Quando tentamos interrogá-lo... ora, a maneira como ele lutou fez com que se tornasse um "suicídio pela polícia".

Paul balançou a cabeça.

— Os extremistas são capazes de morrer por sua causa.

— Tenho de ser franco com você, Paul. Não vai ser nada fácil. Mais pessoas vão morrer. Não se pode evitar.

— É preciso fazer tudo o que for necessário.

Koontz abriu a caixa de documentos e passou as duas horas seguintes mostrando a Paul o que acreditavam ser a prova de presença cristã em todos os sete estados.

— Entende agora o que temos de enfrentar?

— É chocante como isso se transformou de repente numa bola de neve.

— Fico contente que você esteja a bordo. E caso esteja especulando, acarreta um considerável aumento de nível e remuneração. — Koontz levantou e começou a recolher os materiais. — Permanecerá na mesma sala e pode informar Felícia. Antes, porém, teremos de aumentar sua classificação de segurança. O que já terá sido efetuado quando você voltar.

— Voltar de onde?

Koontz enfiou a mão no bolso interno do paletó e tirou um envelope fino.

— Passagem de avião, reserva de hotel e informação de contato — disse ele, estendendo o envelope por cima da mesa. — Sua primeira missão: San Francisco. Descobrimos uma célula cristã liderada por uma viúva idosa e rica, a que demos o codinome de Polly Carr.

Paul sorriu.

— Então vocês conhecem um pouco da história cristã.

— Ouvi dizer que existiu um Policarpo, mas não sei de nada a seu respeito.

— Qual é a missão?

— Ao que parece, essa mulher mora numa mansão vitoriana quase em ruínas, numa área da cidade antes elegante e agora em deterioração, chamada Sea Cliff. Metade das casas ali está abandonada. Ela mora sozinha. Recebemos um aviso de que todo domingo, antes do amanhecer, cerca de 24 pessoas vão até sua casa. Saem separadas. Estamos convencidos de que é alguma espécie de reunião religiosa. Quero que vá até lá com homens da força-tarefa e verifique a situação. Se for o que pensamos, vamos prender todo mundo. Você supervisionará os interrogatórios de nosso escritório em San Francisco.

— Não me parece que precisarei de uma arma para esse tipo de ação.

Koontz deu de ombros.

— Nunca se pode ser cuidadoso demais.

— Quando devemos dar a batida?

— No próximo domingo, dia 25.

— Estou presumindo que posso contar à minha esposa.

— Seu novo cargo, claro que sim. Detalhes da missão, claro que não.

• • •

Na volta para sua sala, Paul passou pelo laboratório da divisão. Era dirigido por Trina Thomas, uma ruiva exuberante do Sul, que parecia gostar de uma conversa provocante tanto quanto Paul. Embora ela fosse casada, Paul sempre pensara que era o fato de trabalharem juntos que os impedia de darem o último passo.

— Dr. Stepola! — exclamou ela. — Tenho sentido saudade. Há muito tempo que não nos honra com uma visita.

— Só o trabalho mais premente poderia me manter longe.

— México, não foi? Trouxe alguma coisa para nós? Um artefato precioso?

— Para ser sincero, vim pedir um favor pessoal. Por Jae.

— Ela está disposta a permitir que eu o tire de suas mãos?

— Infelizmente, não. É mais um... projeto de genealogia, eu acho. Jae encontrou um documento e quer saber se a idade em que foi escrito pode indicar que pessoa da família o fez.

— Resolverei o problema esta tarde... por um preço. Que tal um almoço?

— É um preço que pagarei com o maior prazer. Mas não hoje, lamento dizer. Tenho de partir numa missão amanhã.

— Cobrarei quando você voltar.

• • •

Jae ficou impressionada, embora um pouco cautelosa, com o novo cargo de Paul.

— Fico contente que seja apenas nos SEUA. Mas como você acaba de voltar para casa, não posso dizer que estou satisfeita por ter de viajar de novo.

— Não comece, Jae. Sei o que a preocupa e não agüento mais me defender. Mesmo que eu tivesse um trabalho burocrático, que não me obrigasse a viajar, você ainda diria que tenho outra mulher.

— Paul, não acha que devemos procurar um aconselhamento conjugal, quando você voltar?

— Vá sozinha, Jae. Você é a paranóica.

5

O AVIÃO DE PAUL aterrissou no Aeroporto Internacional de San Francisco pouco depois do meio-dia de sábado. Sua cidade predileta passara de setecentos mil habitantes para mais de um milhão, somente ao longo de sua vida.

Ele pegou um táxi para o norte, seguindo pela auto-estrada 101, que tinha agora sete faixas de rolamento, nas duas direções. Contemplou as águas de um azul profundo da Baía de San Francisco. Desde a guerra que a linha do horizonte fora pontilhada por novas torres, construídas para resistir aos tremores ocasionais que ainda atormentavam a área. O prédio da Pacifica Life & Casualty, todo de vidro, em forma de O, era uma maravilha. Os centros regional e municipal, lado a lado, o primeiro na forma do símbolo de infinito, o outro como um *ankh*, atraíam fotógrafos do mundo inteiro. O centro de San Francisco, reconstruído depois dos danos residuais do *tsunami*, ostentava réplicas de suas casas geminadas exóticas e coloridas. Até mesmo os bondes haviam sido restaurados.

Paul registrou-se no Presidio Hotel, eqüidistante do reconstruído Palácio das Belas Artes e do Cemitério Nacional, no novo Golden Gate Park.

Ao se instalar no quarto, Paul sentiu alguma coisa nova e estranha, que não experimentara antes em suas missões no exterior. Houvera nervosismo, é verdade, excitação, expectativa do desconhecido. Mas nunca um senso de perigo real. Era emocionante.

Um zunido na tela plana na parede indicou uma mensagem. Paul apontou o controle remoto e clicou. Era de Larry Coker, agente no escritório local, supervisionando a operação da manhã seguinte.

— Aguardo ansioso pelo nosso encontro — comunicou a imagem. — Virei buscá-lo para jantar às seis horas. Fiz uma reserva no Smyrna's Sole Emporium. Ligue-me se não gostar de peixe. Iremos a outro restaurante.

Paul preferia a carne de boi, mas também gostava de peixe, ainda mais em San Francisco. A mensagem objetiva parecia confirmar o que ele ouvira sobre Coker, que era o tipo de homem que não hesitava em assumir o comando. Era mais jovem do que Paul e integrara as forças especiais da Marinha. Paul tinha certeza de que se dariam muito bem.

Coker parou na frente do hotel, num sedã da agência, um minuto antes das seis horas. Pareceu satisfeito porque Paul esperava no lado de fora. Saiu do carro e trocaram um aperto de mão vigoroso. Ele tinha cabelos louros e curtos, as faces rosadas, com mais de um metro e oitenta de altura, largo e forte. Paul calculou que ele devia pesar em torno dos cem quilos.

— Ei, cara... senhor... ouvi coisas extraordinárias a seu respeito — comentou Coker.

Paul sorriu. Seguiram pela 101, para leste. Ao se aproximarem do reconstruído Fisherman's Wharf, Coker começou a apontar as áreas de interesse, do memorial ao Museu Marítimo destruído até o Forte Mason, plenamente computadorizado e interativo, do Instituto de Arte com exposições holográficas ao histórico Cable Car Barn, a estação de força original dos bondes da cidade. Ele falava muito rápido, e Paul não teve coragem de lhe dizer que provavelmente sabia tanto sobre San Francisco quanto seu anfitrião.

— Não há mais barcos de pesca atracando aqui — comentou Coker. — Eles processam todo o peixe em navios-frigoríficos e entregam direto aos varejistas e atacadistas.

— Eu já sabia.

Para Paul, uma cidade situada entre o Oceano Pacífico a oeste e a Baía de San Francisco a leste não precisava de promoção. Era formada outrora por quarenta colinas, mas agora só tinha vinte. Coker insistiu em subir e descer pela Russa e a Nob Hill, mas ainda assim chegaram ao Wharf e ao Smyrna's a tempo para a reserva.

Sentaram-se num canto isolado. Paul adorou o ambiente, com madeira escura do mundo antigo, linho e prata proporcionando um toque de classe. Mal podia acreditar que Coker escolhera um restaurante tão elegante. Talvez houvesse mais no homem do que parecia à primeira vista.

Durante o jantar, eles compararam lembranças da vida militar, com os comentários joviais de sempre sobre a rivalidade entre Exército e Marinha.

— Agora, vamos conversar sobre a operação amanhã. — Coker espalhou o material sobre a mesa, para que Paul pudesse ter a perspectiva certa. — Estas são fotos aéreas e tiradas em terra da casa de Polly Carr. Esse é o seu codinome.

— Já me informaram.

— Significa alguma coisa?

Paul deu uma explicação sucinta, falando de Policarpo, Polycarp em inglês, o mártir cristão.

— Muito estranho. Gostaria de saber por que o escolheram.

— Não tenho certeza — respondeu Paul. — Talvez porque essas pessoas estão atraindo problemas, como aconteceu com Policarpo.

— Deve ser isso mesmo. Seja como for, vou levá-lo até lá esta noite, para que tenha uma noção do terreno. O bairro é quase deserto e por isso não teremos problemas com vizinhos bisbilhoteiros. — Ele apontou para uma foto aérea. — Vamos estacionar *vans* sem qualquer identificação aqui. Você ficará comigo e meus homens aqui, cerca de um quarteirão e meio ao sul da casa, na Rua 25. Terá uma visão clara da casa, das pessoas entrando e saindo. Vamos lhe entregar um cartão de monitoramento, que serve ao mesmo tempo como guia de localização e transmissor de áudio do microfone dentro da casa para os receptores em seus molares.

— Já plantaram um microfone?

— Há dois dias.

— Bom trabalho.

Coker recolheu o material e guardou-o.

— Se não se importa, quero entrar com meu pessoal na primeira onda, já que estamos acostumados a trabalhar como uma equipe.

— Faz sentido — comentou Paul, desapontado.

— Haverá ação mais do que suficiente. Vamos nos divertir um pouco.

— Espera resistência?

Coker inclinou a cabeça para o lado.

— A lei é clara... qualquer reunião para a prática da religião está proibida. Se eles não estivessem inseguros sobre o que fazem, não procurariam se esgueirar às escondidas.

— Algum indício de armas?

— Minhas instruções são para prender uma viúva e seus companheiros de conspiração contra o governo. Não creio que poderemos simplesmente bater na porta e esperar que eles nos acompanhem submissos. Mas se pensou em "força excessiva", não se preocupe. Meus homens estão impacientes e ansiosos pela ação, mastigando o freio, como se dizia, mas faremos tudo de acordo com as normas.

— Não estou preocupado. E a palavra é mascando.

— Como?

— A expressão correta é mascando o freio.

Coker soltou uma risada.

— *Policarpo, mascando o freio...* eis aí outra diferença entre o Exército e a Marinha. Não tínhamos vocabulário de classe em nossas forças especiais.

— Desculpe. É que sou um pouco rigoroso com as palavras.

— Sei disso, Professor. E amanhã vai descobrir o que nosso treinamento significou. Vamos pegar aqueles criminosos mais depressa do que você pode dizer Força Delta. Depois, poderá jogar Mexe-Mexe com o pessoal, ou qualquer outra coisa que tem de fazer.

• • •

Coker apareceu na manhã seguinte numa *van* branca, com as janelas escuras. O frio úmido penetrava fundo em Paul, apesar do chapéu, sobretudo e luvas.

Paul embarcou, depois que Coker baixou a janela para mostrar seu rosto. Coker vestia-se todo de azul-marinho, da cabeça aos pés, inclusive as botas que subiam até as panturrilhas. O cinto grosso tinha vários compartimentos, para tudo — munição, cassetete, uma Glock Century Três, de calibre 50.

— Aqui está a metade de nossa equipe — disse ele, enquanto seguiam pela 101 para oeste. — Senhoras e senhores, este é o Dr. Paul Stepola, nosso conselheiro do escritório de Chicago.

Quatro homens e duas mulheres, todos vestidos como Coker, com rifles Bayou Solar, murmuraram variações de "Bom dia, Doutor" e "Boa sorte, senhor". Ninguém falou mais nada. Coker virou a van para o sul na Rodovia 1, para oeste no Geary Boulevard, e depois para o norte na Avenida 25. Parou pouco antes da California Street. Desligou o motor, ajeitou na cabeça os óculos de visão noturna. Entregou um segundo visor a Paul. Baixou a voz para que seu pessoal não pudesse ouvir.

— A outra metade da equipe já tomou sua posição, em contato visual com a casa. Há dois líderes de unidades, inclusive eu, e uma equipe da SWAT com doze membros.

— Quantas pessoas devem comparecer à reunião?

— O máximo de comparecimento que já registramos foi de 23 pessoas, senhor.

— Paul, por favor.

— Está bem, Paul.

Coker entregou-lhe o que parecia ser um cartão de crédito, com um circuito embutido, sintonizado na freqüência do receptor no molar de Paul.

— Poderá ouvir todas as nossas transmissões, além das vozes captadas pelo microfone dentro da casa. Também serve para nos avisar onde você se encontra, não importa o que possa acontecer.

A fidelidade era espantosa. Através dos óculos de visão noturna, Paul não registrou nenhum movimento entre a *van* e a casa às escuras. Ouviu um animal — provavelmente um cachorro — se mexer, ganindo baixinho. Também ouviu um zumbido do que presumiu ser uma geladeira e o tique-taque de um relógio. Cerca de meia hora depois, ele e Coker ficaram alertas, ao ouvirem um outro barulho no interior da casa.

— Só pode ser a velha — murmurou Coker. — Temos certeza de que ela mora sozinha.

O cachorro animou-se de repente quando uma luz acendeu. Paul ouviu o barulho de água correndo, da mulher fazendo alguma coisa na cozinha. Era evidente que ela falava com o cachorro, enquanto punha água e comida em suas tigelas. Vários minutos passaram, até que Coker resmungou:

— Um fantasma às três horas da madrugada.

Paul sorriu por ele ter usado para o primeiro visitante o mesmo termo que daria a um avião inimigo. Um homem alto e magro, de vinte e poucos anos, aproximou-se da casa. Vestia roupas modestas e um casaco que era muito leve para o tempo. Tinha as mãos nos bolsos.

O homem bateu na porta da frente, não muito forte, três vezes. Quando a mulher abriu, o jovem disse:

— Ele ressuscitou.

Ao que a mulher respondeu:

— Ele ressuscitou mesmo.

Coker murmurou:

— Parece uma saudação religiosa.

Paul reconheceu a frase como uma saudação da igreja antiga, referindo-se a Jesus.

O que levava duas pessoas comuns, tão desgraciosas — uma velha vivendo com um cachorro numa casa quase em ruínas e aquele jovem tão malvestido, cujo porte indicava uma extrema timidez —, a se juntarem a um grupo proibido, apesar do perigo que corriam? Nenhum dos dois parecia ousado, visionário ou perigoso. *Não são agitadores*, pensou Paul. *São perdedores, com vidas vazias, tentando se apoiar em algum faz-de-conta, na esperança de alguma recompensa gloriosa depois da morte. As reuniões secretas são suas únicas emoções.*

Mas isso não explicava Andy Pass, que tinha uma família, o respeito de seus colegas e uma carreira importante e satisfatória. E o que dizer de seu próprio pai? Paul corou ao pensamento.

— Viu alguma coisa? — perguntou Coker.

— Não. Essas pessoas me deixam nauseado.

Durante os quinze minutos seguintes, mais de vinte visitantes apareceram, sozinhos e aos pares. Paul notou um casal de meia idade, provavelmente os mais idosos ali depois da anfitriã. Calculou que deviam ter cinqüenta e tantos anos. O homem era corpulento e mancava. A mulher carregava uma bolsa enorme e parecia usar um uniforme branco por baixo de um casaco esfarrapado.

— Podem estar armados — murmurou Coker.

— Dá para perceber — respondeu Paul. — Bonnie e Clyde. Um casal de velhos desamparados.

— A casa pode ser uma fábrica de bombas, por tudo o que sabemos.

Foi nesse instante que a velha dona da casa anunciou:

— Creio que todos já chegaram.

— Vamos embora! — exclamou Coker, pegando seu capacete.

6

— **VAMOS COMEÇAR** pela leitura da Bíblia, um de cada vez. Não demorem muito. Enquanto esperamos pela nossa vez, podemos cantar.

Coker disse:

— A Bíblia é contrabando. Podemos entrar agora.

— Espere um instante — pediu Paul. — Quero ouvir um pouco. Talvez nos revelem quais são suas intenções.

Era como se os compêndios de Paul adquirissem vida. As pessoas na casa começaram a cantar:

Ó, graça maravilhosa! É doce o som
Que salvou um desgraçado como eu!
Eu era perdido e fui encontrado,
Era cego e agora posso ver.

— Eles vão mesmo ver, dentro de poucos minutos — comentou Coker.

Paul ouviu-o conversar com seus homens. Não podia haver a menor dúvida de que um crime estava sendo cometido. Mas qual era o sentido? O que tanto fascinava aquelas pessoas para correrem tamanho risco?

Agora, a mulher pôs-se a falar:

— Tenham coragem, irmãos e irmãs. Esta é a palavra do Senhor. "Abençoados sejam aqueles que lavam suas túnicas para poderem entrar pelos portões da cidade e comer o fruto da árvore da vida... Eu, Jesus, enviei meu anjo para transmitir esta mensagem às igrejas. Sou ao mesmo tempo a fonte de Davi e o herdeiro de seu trono. Sou a fulgurante estrela da manhã." Que cada pessoa que escute agora diga: "Venha." Que venham aqueles que têm sede... todos os que quiserem. Deixem que venham e bebam a água da vida sem custo... E aquele que é fiel testemunha de todas essas coisas diz: "É verdade, virei em breve". Amém. Venha, Senhor Jesus!

Houve uma pausa.

— E qual é a nossa instrução em vista de tudo isso? — A mulher voltou a ler. — "Portanto, partam e façam discípulos em todas as nações, batizando-os em nome do Pai, do Filho e do Espírito Santo. Ensinem esses novos discípulos a obedecer a todos os meus mandamentos. E tenham certeza de uma coisa: Estarei sempre com vocês, até o final dos tempos."

— Os procedimentos oficiais determinam que entremos em ação agora — declarou Coker. — Quanto mais tempo continuarmos sentados aqui, mais vulneráveis...

— Só mais um minuto — pediu Paul. — Ela vai dizer agora o que nos interessa.

A mulher continuava a falar:

— Assim, meus caros, não estamos sozinhos. O Senhor está conosco, e muitos outros fiéis se levantam, se juntam, convencidos de que o fim é iminente. Todos já vimos os sinais de que a vinda do Senhor está próxima. É por isso que devemos nos empenhar no serviço ao Senhor. Temos missões críticas para desempenhar... apesar da lei, apesar do perigo... confiando que Deus nos conceda a coragem necessária. Como Jesus disse a seus discípulos: "A colheita é tão grande, e os trabalhadores são tão poucos. Portanto, peçam ao Senhor, que tem o comando da colheita; peçam que envie mais trabalhadores para seus campos".

Ela fez uma pausa.

— E por que acreditamos nisso, meus amigos? O próprio Jesus disse: "Virei em breve! Abençoados aqueles que obedecem à profecia escrita neste pergaminho". Mais tarde, ele torna a dizer: "Virei em breve, e levarei minha recompensa, a todos de acordo com seus atos. Eu sou o Alfa e o Ômega, o Primeiro e o Último, o Começo e o Fim".

Aqueles malucos, falando sobre proselitismo, fez o sangue de Paul correr gelado nas veias. Então eles esperavam espalhar seu veneno pelo mundo inteiro... "façam discípulos em todas as nações". Conspiravam alguma coisa grande, "apesar da lei, apesar do perigo", dissera a mulher. E a idéia de que o fim era iminente, de que Jesus viria em breve, era a justificativa para a sedição pura e simples.

— Já esperamos tempo suficiente — insistiu Coker. — Vamos entrar.

— Tome cuidado. Essas pessoas podem ser mais loucas do que pensamos.

— Relaxe, Professor. Sabemos o que fazer.

Coker virou-se e fez sinal para que seu pessoal o seguisse. Deu a volta até a janela de Paul e levantou o polegar.

— Observe, escute e aprenda.

Ele se afastou, atrás de seu pessoal, que corria para a casa. Em menos de um minuto, a casa foi cercada. E pelo que Paul pôde perceber, ninguém lá dentro tinha a menor idéia do que estava acontecendo.

— Quero que todos saiam antes de o sol nascer — declarou a mulher. — Assim, vamos cantar outro hino e depois encerrar com uma oração.

Coker ergueu o braço e movimentou o punho num círculo. Sem bater, sem anunciar, sem qualquer aviso... todo o pessoal correu para a casa ao mesmo tempo. Paul tirou os óculos de visão noturna e saltou da *van*, para chegar mais perto. Janelas foram quebradas, as portas da frente e de trás arrombadas, bombas de gás lacrimogêneo lançadas dentro da casa. Gritos espalharam-se pelo ar.

Através dos receptores, Paul ouviu os membros da SWAT berrarem palavras de estímulo uns para os outros. E, de repente, um novo som... inconfundível, inesquecível, os fachos de raio laser atingindo carne humana. Não era um ataque, mas sim um fuzilamento. Aquelas párias em andrajos não eram apenas um bando de sonhadores iludidos... estavam armados com armas de alta potência.

Paul correu pela escuridão, a arma na mão. Quando se aproximou da varanda, os lança-chamas entraram em ação. A velha passou pela porta da frente, girando, com uma vela de fogo enfunada em sua esteira. A imagem hedionda, do corpo crepitando, com um cheiro de carne queimada, fez Paul parar abruptamente. Abateu-a, com um único tiro, uma massa no chão, sibilando, fumegando.

Um estrondo ensurdecedor fez a terra tremer. Foi seguido por explosões menores, mas crescendo em intensidade. Paul caiu de joelhos. *A casa é mesmo uma fábrica de bombas!*

— Coker! — berrou Paul. — Caia fora!

Ele avistou um movimento branco no lado da casa... o uniforme branco que vira por baixo do casaco. O casal de meia-idade conseguira sair da casa, e tentava fugir, tão depressa quanto o homem podia correr. Paul disparou. O vulto branco caiu, arrastando o homem para o chão. Paul disparou de novo, e o homem ficou imóvel.

A casa de madeira balançou, virou sobre fundações, a crepitar com uma intensidade cada vez maior, estilhaçando. Um homem projetou-se pela janela da frente, cambaleou pela varanda, alcançou a grade. Quando Paul mirou, o chão começou a ondular, derrubando-o para a frente, no instante em que disparava. Teve a impressão de que o raio atingia o homem no peito, no instante em que ele pulava por cima da grade da varanda.

Paul tentou se levantar, mas o chão ondulou de novo. Pulsou contra sua barriga como um enorme coração batendo no centro da Terra. Uma fenda abriu-se à sua frente. Ele cobriu a cabeça com os braços e rolou pelo terreno em movimento para a rua. Desceu a ladeira, escorregando, engatinhando quando conseguia se erguer. Já percorrera mais da metade da distância quando conseguiu ficar de pé e pôr as pernas machucadas para correr. Cambaleou até o fundo da ladeira, agora cercado pelos faróis das Suburbans da polícia de San Francisco.

Dois guardas de capacete correram para ajudá-lo. Paul desabou em seus braços. Outra explosão ensurdecedora, e uma enorme ondulação subterrânea derrubou os três, embolados. No instante em que se separaram, um tremor final fez com que detritos chovessem do alto da ladeira. Permaneceram estendidos no chão, as cabeças cobertas, até que os tremores cessaram. Quando finalmente conseguiram ficar de pé, o topo da colina estava invisível, coberto de fumaça e poeira, à claridade enevoada da manhã.

Enquanto os guardas o ajudavam a entrar na ambulância, Paul leu seus lábios, indagando o que acontecera.

— Bomba — balbuciou ele, através dos lábios inchados e sangrando, os ouvidos abalados demais para saber se emitia qualquer som.

Tinha os olhos inchados, quase fechados, e mal suportou estender o corpo todo machucado na maca. Enquanto os paramédicos ligavam-no às máquinas, um pensamento aflorou, com toda a dor e o zumbido nos ouvidos: *Que bomba poderia causar tamanho estrago?*

• • •

Era um milagre. Foi o que os médicos disseram sobre os ferimentos de Paul... ou a ausência de ferimentos mais graves.

— Você só sofreu cortes e equimoses — comentou um deles. — Parece muito pior do que está na realidade.

Paul tentou lembrar esse fato quando examinou as manchas roxas nos braços, pernas e tronco, através de uma lupa com lâmpada. O chapéu, o casaco e as luvas que haviam salvo sua vida já se encontravam em farrapos antes mesmo de os médicos cortarem tudo, no hospital. Mas Paul insistiu em ficar com os fragmentos.

Sofrera ruptura dos tímpanos, mas o reparo era simples, com a tecnologia moderna, um trabalho que podia ser feito na sala de emergência. Precisaria se manter resguardado de ruídos durante uma semana. O que era um alívio, porque ele sentia-se atordoado demais para agüentar novas perguntas.

• • •

O pai de Jae demonstrara o maior entusiasmo com a nova função de Paul.

— É exatamente o que ele precisa. Um homem ainda jovem como Paul, treinado para a vida militar... é inevitável que acabe frustrado depois de dois ou três anos num cargo burocrático, atrás de uma mesa. Eu não o respeitaria se isso não acontecesse. Era o que eu sempre via na agência. Será a melhor coisa para ele, Jae.

Por isso, quando Paul voltou para casa todo machucado, Jae ficou consternada, mas decidiu que nada faria. Seria bastante difícil para as crianças lidar com um pai ferido — ainda mais com uma aparência tão assustadora quanto a de Paul — sem ouvir os pais brigarem. E se Ranold estivesse certo? E se parte do desafeto de Paul fosse a necessidade de um novo desafio, uma oportunidade de provar do que era capaz? E não havia a menor dúvida de que ele demonstrara seu valor. Era um herói. Naquele momento, o casamento andava tão abalado que ela aceitaria quase que qualquer coisa para revitalizá-lo.

• • •

— Um milagre — disse Koontz, batendo com a folha impressa. — É isso que os subversivos estão alegando que foi a explosão em San Francisco.

Os dois sentavam na sala segura, avaliando a Operação Polly Carr, depois das duas semanas para tratamento de saúde de Paul. Culminara como uma espécie de terremoto que os cientistas não conheciam, que causara pânico até mesmo na cidade protegida contra terremotos, porque parecera muito com um ataque terrorista. O topo da colina se abrira, formando uma cratera em que a casa da viúva e mais algumas nas proximidades, todas abandonadas, haviam desaparecido. Os fortes tremores, ocorridos em forma de ondas, haviam desenraizado árvores e deixado rachaduras nas estradas. Mas as casas reforçadas contra terremotos, em pontos mais abaixo da colina, só haviam sofrido danos mínimos. Mesmo assim, essas casas foram evacuadas, até que estudos geológicos determinassem se a colina era estável e, se possível, o que provocara aquela estranha convulsão da terra de madrugada.

— Foi uma bomba — garantiu Koontz. — Apenas não sabemos de que tipo. Tenho dúvidas se algum dia descobriremos, com todo o topo da colina desabando em cima da casa. Mas é óbvio que essas pessoas são mais sofisticadas e perigosas do que pensávamos.

— O que aconteceu com o pessoal da ONP, com suas táticas e armas especiais?

— Todos morreram.

Paul balançou.

— Pobre Coker... Era um homem dinâmico.

— Achamos que os subversivos também sabiam disso.

Paul inclinou-se para a frente.

— Há uma coisa que preciso lhe contar sobre aquela noite, Bob.

— Pode falar.

— Coker e seu pessoal entraram na casa... sem aviso, sem identificação. Desfecharam um ataque com lança-chamas, gás lacrimogêneo, Bayous com baionetas de laser, pistolas de pulsar...

— Deve ter sido incrível.

— E foi mesmo. Ouvi os disparos... e não dá para saber se foram apenas de nosso pessoal. Quando corri para ajudar, a velha saiu da casa. Estava em chamas. Foi antes de eu saber qualquer coisa sobre uma bomba.

Bob deixou escapar um suspiro profundo.

— Onde está querendo chegar?

— Sabíamos que eles estavam armados? Parecia que o nosso pessoal caíra numa armadilha. Por isso, atirei na velha.

— Para mim, você acabou com o sofrimento dela.

— E foi então que a bomba explodiu. Sabíamos que havia uma bomba ali?

— Desconfiávamos.

— Por que não fui informado?

Koontz hesitou.

— O comandante de uma operação como esta precisa de amplos poderes discricionários. Talvez ele considerasse a situação perigosa demais para informá-lo de tudo. Não podemos saber.

— Continuei a atirar. Nem sequer pensei em fazer prisioneiros. Acertei mais três pessoas... uma mulher que parecia uma enfermeira e dois homens, quando tentavam fugir.

— Matou-os?

— Acho que sim.

— Suas primeiras mortes?

— Isso mesmo.

Koontz sorriu.

— É terrível. Mas não deixe que isso o perturbe. Fez aquilo para que foi treinado, sob fogo inimigo. De qualquer maneira, eles teriam morrido na explosão. Você é o único sobrevivente. Nos dias de hoje, poucos de nós já mataram alguém. Pense da seguinte maneira: a bomba explodiu. É o mais perto que chegaremos de provar que as pessoas naquela casa eram terroristas.

— Não estou arrependido do que fiz, Bob. Só lamento por aqueles garotos, Coker e os outros. Eles não sabiam de nada, e viraram fumaça. Não tiveram a menor chance.

Koontz acenou com a cabeça em concordância.

— Guerra de guerrilha. É isso que temos de enfrentar.

7

A SEGUNDA-FEIRA SEGUINTE à reunião com Koontz foi o primeiro dia oficial da volta de Paul ao trabalho. Ele chegou cedo, para encontrar Trina Thomas empoleirada na mesa de Felícia, as pernas cruzadas, um sapato de salto alto pendendo da ponta do pé.

— Oi, bonitão. Eu estava lhe escrevendo um bilhete. Parece que andou se engalfinhando com um cacto.

— Na semana passada, parecia que eu havia brigado com um urso pardo.

— Tenho certeza de que pode derrotar um urso pardo com a maior facilidade. Mas, falando sério, como se sente?

— Muito bem, o que é surpreendente. Nem mesmo sinto mais dor, embora esteja todo roxo e preto.

— Uma atitude de macho. Vim avisar que submeti aquela amostra que me trouxe a dois exames diferentes, durante sua ausência.

Paul abriu a porta de sua sala.

— Vamos entrar.

Depois que Trina sentou, com a porta fechada, ele perguntou:

— O que descobriu?

— É um papel antigo, de excelente qualidade. O pouco papel que usamos hoje em dia é feito com as fibras reconstituídas dos plásticos, que antes eram considerados indestrutíveis. Mas na passagem do século, o papel possuía um alto conteúdo orgânico... polpa de madeira, até mesmo fibras de tecido. Os papéis mais baratos são feitos de madeira moída, que é tratada com ácido. Por isso, amarelavam e se deterioravam muito depressa. Sua amostra é de primeira qualidade, com um alto conteúdo de algum tecido, possivelmente algodão. É por isso que se manteve em tão boa forma.

— É possível comprar um papel assim hoje?

— Não, ao que eu saiba. Não está disponível, em termos comerciais, desde a guerra. Há um grande excedente de papel de plástico, com o qual é mais barato e mais fácil de trabalhar. Além disso, o produto final é muito mais estável. Pode haver artesãos que ainda produzem papel orgânico em pequenas quantidades, para obras de arte e coisas similares. Mas a análise espectroscópica em seu papel mostra que as fibras começaram a se dissolver a um ponto que sugere que deve ter entre 35 e 50 anos. É parte de um envelope, não é mesmo? Eles costumavam fechar os envelopes lambendo a goma na aba.

— Que coisa nojenta!

— Não é tão sanitário quanto nossos envelopes de pontos unidos, nem tão seguro. Depois que você fecha um moderno envelope de segurança, ninguém mais pode abri-lo e fechá-lo sem ser descoberto, porque os pontos não se alinham mais da mesma maneira. Mas naquele tempo, se a pessoa quisesse ter certeza de que ninguém mais além do destinatário abriria a carta, poderia usar um lacre de cera. Há alguns vestígios em sua amostra.

— Muito interessante.

— De onde Jae acha que vem?

— Aquele projeto de genealogia. Algum parente durante a guerra.

— Faz sentido. Havia uma carta dentro? Devia ser importante, a julgar pela qualidade do envelope. E provavelmente não era uma impressão eletrônica. Foi escrita à mão?

— Vou perguntar.

— Era de esperar que uma mensagem tão formal estivesse assinada. E 35 anos não é tanto tempo assim. Estou surpresa que os parentes de Jae não pudessem identificar o documento.

— Agradeço por ter tirado seu tempo para fazer os testes.

— Avise-me se Jae quiser um teste da tinta. Poderia determinar a idade com mais precisão. Mas é claro que você me deveria um segundo almoço por isso.

• • •

Paul já esperava que Trina insistisse no assunto e adivinhasse quem escrevera a carta. O pessoal do laboratório de criminalística estava acostumado a desenvolver longas histórias a partir de fragmentos de provas.

Mas se era verdade o que ela dissera, a carta poderia ser real, uma perspectiva que horrorizava Paul. Era difícil saber o que seria pior... descobrir que era o alvo de uma manobra de incriminação da agência ou que o pai, que tanto idolatrara, deixara-se enganar por um culto maligno.

Mas ele precisava saber... e, agora, mais do que nunca, depois que quase morrera. A tinta era a chave, dissera Trina. A análise grafológica acrescentaria certeza. Mas a intuição e a curiosidade de Trina poderiam se tornar um problema. A última coisa que Paul queria naquele momento era uma especulação sobre a carta no escritório.

Mas não poderia usar Ângela Pass? Segundo seu cartão, ela trabalhava para a Biblioteca do Congresso, que devia ter meios de testar a carta. Poderia escrever para ela através do E-mail seguro que usava para se comunicar com os informantes. Ângela não teria como saber que ele trabalhava na ONP. Agora que era conhecida a verdade sobre Andy, a carta não tinha mais valor para Ranold como teste da lealdade de Paul. Mas era provável que o velho espião ainda o considerasse com alguma suspeita. Se fora mesmo Ranold quem plantara a carta, procurar Ângela seria uma boa maneira de desmascará-lo.

Ele enviou uma mensagem para Ângela, reiterando seu prazer por conhecê-la. Aproveitou o fato de que ambos tinham pais militares e alegou que trabalhava num projeto comemorativo para o pelotão de seu pai. Ela não teria algum colega que pudesse identificar o soldado que escrevera uma determinada carta, através da comparação de duas imagens que ele escanearia e enviaria... e talvez pudesse ajudá-lo também a determinar a época, numa amostra da tinta?

Dois podem fazer o jogo da espionagem.

E pedir a ajuda de Ângela poderia atiçar uma faísca entre os dois, pensou Paul, com um sorriso.

• • •

Jae sentira-se surpresa com a relutância de Paul em conversar com o sogro, durante as duas semanas de recuperação em casa. Ele alegara que sentia muita dor. Mas agora que voltara ao trabalho, havia poucos dias, Paul atendia sem hesitar as ligações de Ranold. Jae considerou que era um bom presságio... que a nova satisfação de Paul no trabalho promovia melhores relações com o sogro, o que podia também ser o presságio de um contentamento maior em sua própria casa.

• • •

Koontz recomendou a Paul que retomasse o trabalho devagar. No final da semana, no entanto, ele já estava pedindo uma nova missão.

— Quero manter meu impulso — disse ele. — E não posso fazer isso se passar o tempo todo no escritório. Preciso de outra missão no campo.

Paul não confessou sua raiva pelo fato de Andy Pass — ou seu pai — ter sido enganado pela promessa da "fonte da vida eterna", ou a ameaça de que Jesus voltaria em breve. Não podia se livrar da imagem do jovem e devotado Coker sorrindo e fazendo o sinal do polegar levantado, antes de correr para uma fábrica de bombas... e para a morte no tremor de terra que sacudira o topo da colina. Recordou como disparara contra a velha, a mulher de branco e o homem que mancava; e continuava a ver o momento em que seu raio de calor atingira o homem saltando da varanda. As equimoses de Paul curavam depressa, mas a raiva persistia. Como gostaria de ter matado mais... de ter matado todos!

Ele se deixara distrair por alguns dias. Primeiro, tivera o almoço com Trina Thomas em agradecimento por seu trabalho nos testes com o pedaço de papel. Fora um encontro lânguido, prolongando-se pela tarde, com muito vinho. Culminara com um beijo, que deixara Paul aliviado por não ter assumido uma dívida maior com Trina.

Ângela respondera com a maior satisfação à mensagem de Paul. Expressara sua ansiedade em ajudar o velho pelotão de seu pai. Paul transmitira umas poucas linhas que seu pai escrevera para a mãe e uma frase da carta: "Um dia você vai pegar no colo seu próprio filho, e sentirá toda a profundidade e extensão do amor de um pai". Também mandara um fragmento da data no alto da página, para a análise da tinta.

Mantivera longas conversas com Ranold durante a noite, a fim de determinar se o velho sabia sobre a carta e seu contato com Ângela.

Mas agora sentia-se irrequieto, como se estivesse numa jaula, ansioso por ação.

— Temos uma situação delicada na Terra do Golfo — disse Koontz, depois de muita hesitação. — É estritamente para a descoberta de fatos, mas vou enviá-lo com toda a autoridade necessária para interrogar qualquer pessoa, em qualquer nível. Não precisa sequer levar uma arma.

— Agradeço sua consideração, Bob, mas não precisa me tratar como um bebê.

— Tem toda razão. Mas este caso deve ser fácil.

Koontz estendeu uma pasta.

— Terra de petróleo. Um poço de petróleo parou subitamente de bombear petróleo e pegou fogo.

— Não entendo nada de petróleo, Bob. É um problema fora do comum?

— Não deveria ser, além do prejuízo para os investidores. Mas o que está acontecendo agora não tem precedentes. Não é um incêndio subterrâneo, mas uma coluna de fogo com sessenta ou setenta metros de altura.

— Parece perigoso. Por que não podem apagar?

Koontz levantou as mãos.

— A espuma não está funcionando, e não conseguiram encontrar um meio de abafar o fogo. É outra "ocorrência inexplicável", que será um prato cheio para os fanáticos. As pessoas que vêem essas coisas sempre falam, e os rumores espalham-se como fogo em mato seco. Pessoalmente, acho que deve ser alguma sabotagem industrial.

— Preciso ver.

— Que tal partir amanhã de manhã?

8

PAUL SEMPRE GOSTARA do chefe do escritório da ONP na Terra do Golfo. A maioria dos outros era de burocratas sempre bem arrumados e meticulosos. Lester "Tick" Harrelson tinha menos de um metro e setenta de altura e devia pesar pouco mais de sessenta quilos. Tinha cabelos rebeldes, pelos quais passava a mão a todo instante, sempre em vão. A gravata vivia frouxa, e ele tinha dificuldade para manter a camisa dentro da calça. Mas era um profissional, e seu pessoal o idolatrava.

Tick e Donny Johnson, presidente da Sardis Oil e o oposto polar de Tick, receberam-no no portão do Aeroporto Internacional Bush, em Houston. Tick e Donny só tinham em comum as botas e os chapéus de vaqueiro, além do empenho em resolver o problema imediato. Johnson era alto e largo, com um porte condizente com seu tamanho. Dava a impressão de que se sentiria mais à vontade num macacão de operário, mas o terno era sob medida.

— É um prazer tornar a vê-lo, Doutor — disse Tick, ao apresentá-lo ao magnata do petróleo. — Seja bem-vindo de volta. Não imagina como me sinto contente por vê-lo de novo na sela. Este garoto é um herói, Donny.

Donny Johnson lançou um olhar de aprovação para as equimoses no rosto de Paul. Quase que esmagou a mão de Paul quando trocaram um aperto.

— Bem que precisamos de um herói neste momento.

— Mas eu...

— Eu costumava chamar aquele poço de meu Spindletop. Agora, não passa de dinheiro queimando.

Tick interpretou:

— Spindletop foi o primeiro poço produtivo do Texas, o que nos pôs no mapa naquele tempo. Produzia cem mil barris por dia, pelo que dizem.

Johnson sacudiu a cabeça.

— Hoje em dia dobramos essa produção com a geomagnética, mas naquele tempo era algo extraordinário. O maior poço de petróleo que o mundo conheceu. Um milagre, diziam... e é assim que estão chamando meu poço em chamas agora, deixando as pessoas na maior excitação.

— Quem diz que é um milagre?

— Cabe a você descobrir, Mister. O incêndio ainda não tem 48 horas, e a notícia já se espalhou pela Internet. E quando encontrar essas pessoas... — Johnson cerrou os punhos enormes — darei um jeito de arrancar seus miolos.

— Em termos figurativos, é claro — interveio Tick. — A atividade religiosa é punida de acordo com a lei. A sabotagem...

— De acordo com a lei? — repetiu Johnson. — Temos nossas próprias idéias sobre a lei no Texas.

Tick dava a impressão de que já ouvira aquilo muitas vezes.

— Vamos mostrar a Paul o que está acontecendo.

Os três embarcaram na limusine à espera. Embora fosse apenas março, Paul suava em seu terno de lã, apesar do ar condicionado do carro. Tirou o paletó.

— Afrouxe também a gravata — sugeriu Tick.

Mas Paul recusou. Houston era há muito tempo uma das cidades mais povoadas do país. Recentemente, tomara o terceiro lugar de Chicago, atrás somente de Nova York e Los Angeles. A distância, Paul avistou alguns dos edifícios mais altos do mundo, proporcionando à cidade portuária uma linha do horizonte espetacular. As janelas da maioria dos edifícios eram reflexivas, refletindo o sol implacável. O clarão proporcionava à cidade um brilho dourado etéreo. O campo de exploração da Sardis Oil ficava a cerca de duas horas de carro do aeroporto.

— Esta não é a minha área, Sr. Johnson — explicou Paul, enquanto deixavam as extensas áreas suburbanas e avançavam por terreno vazio. — Minhas perguntas podem parecer estúpidas.

— Nada parece estúpido por aqui, Mister. Trabalhei com petróleo durante toda a minha vida, e não posso explicar o que está acontecendo.

— Fale-me sobre esse poço.

— É um poço produtivo, em vez de um poço *wildcat.* O *wildcat* é aquele poço de exploração que abrimos quando estamos à procura de novas reservas. Assim que encontramos uma reserva, instalamos os poços de produção. Com a geomagnética, não precisamos de muitos trabalhadores numa equipe. Mas quando um poço como este começa a bombear petróleo, investimos milhões na exploração.

— Com que freqüência os poços de petróleo pegam fogo?

— Acontece, mas é raro. Hoje em dia, a causa quase nunca é mecânica. Às vezes um raio atinge um poço. Às vezes o incêndio é ateado. Como agora.

— Parece ter certeza.

— Os mexicanos estavam por trás.

— Digamos que foi uma facção estrangeira — disse Paul. — Como fariam isso?

— Não apenas estrangeira... mexicana — garantiu Johnson. — Eles trabalham aqui, aprendem nossa tecnologia o bastante para sabotar, achando que isso ajudará sua insignificante indústria petrolífera. Ou talvez tenham sido os árabes. Eles adorariam nos ver voltando ao Oriente Médio em busca de petróleo.

— Paul é nosso expert em religião — informou Tick. — Os rumores sobre milagres sugerem que é uma ameaça cristã... que pode ser um ato terrorista cristão.

— Cristãos, mexicanos, árabes... não me importo. Alguém tem de pagar.

• • •

O campo petrolífero ficava a cerca de quinze quilômetros da estrada. Quando o motorista baixou a janela, para falar com o guarda no portão, um forte cheiro de fumaça química invadiu a limusine.

— Que coisa! — exclamou Paul. — Pode-se ficar tonto só de respirar aqui!

— Não é brincadeira — resmungou Donny. — Vai deixá-lo doente se respirar por tempo demais.

— Você sente a verdadeira poluição quando está a favor do vento — disse Tick. — A coluna de fumaça de um incêndio tão grande eleva-se por centenas de metros na atmosfera. O vento lá em cima dispersa a fumaça por centenas de quilômetros ao redor... sobre as águas do Golfo, se tivermos sorte.

A limusine aproximou-se do poço em chamas, com uma cerca ao redor e vigiado por dois guardas, usando macacões protetores de Haz-Mat e armados com Bayous de laser.

— Não ficaremos por tempo suficiente para precisar do traje protetor — disse Donny. — São quentes demais. Mas temos óculos de proteção, máscaras e capas compridas.

Ele bateu na janela interna. O motorista baixou-a. Entregou um saco com os equipamentos, três capas compridas de lona e um chapéu Stetson. Donny distribuiu as máscaras, os óculos e as capas. Deu o chapéu para Paul.

— Protege do sol e evita grande parte da fuligem.

Mesmo com a máscara de Haz-Mat, Paul pôde sentir o cheiro acre. Sua camisa ficou encharcada de suor em minutos, por baixo da capa de lona. O incêndio parecia sobrenatural, sem o crepitar familiar da madeira. Em vez disso, havia um fluxo de vento ascendente, que turbilhonava para um gemido agudo lá no alto... e Paul imaginou que o barulho de um tornado seria parecido.

Mas foi o fogo propriamente dito que mais o impressionou. Com cerca de meio metro de diâmetro, era uma coluna de puro branco, as chamas projetando-se para o céu. Através da tela das ondas de calor, o fogo branco parecia aperolado, hipnótico, belo.

— É um típico incêndio de poço de petróleo? — gritou ele.

— Claro que não — respondeu Donny Johnson. — De um modo geral, pode-se ver apenas uma fumaça densa. Nada como isto.

— O que seus técnicos dizem?

— Recolheram amostras e voltarão hoje. Mas não têm nada que dizer por enquanto. Ninguém jamais viu nada parecido antes. Primeiro, houve muita fumaça. Depois, a coluna projetou-se da terra, como petróleo branco. Temos testemunhas que podem lhe contar tudo.

Paul quase podia compreender como fracos de espírito e impressionáveis podiam considerar algo tão misterioso e impressionante um milagre.

Só pode ser sabotagem.

Johnson apontou para o carro.

— Vamos voltar e tirar a máscara.

De volta ao carro, os homens enxugaram o suor do rosto.

— Até que ponto temos de nos afastar do poço para sair do carro sem a máscara? — perguntou Paul.

— Cerca de meio quilômetro. Mesmo assim, ainda se sente o cheiro. Não deve haver qualquer problema no acampamento da base.

Johnson mandou que o motorista os levasse para um campo próximo, onde havia mais poços.

— Reforçou a segurança para proteger estes poços? — indagou Paul.

— Acrescentamos dois homens de sentinela em cada entrada, além de nossos guardas regulares. Também temos arame farpado eletrificado por cima da cerca. E alarmes, é claro.

• • •

Do conforto do carro com ar condicionado, eles contemplaram os poços durante quase uma hora, enquanto comiam. O almoço estava em lancheiras, a sopa *gazpacho* bem temperada, grossas fatias de rosbife e presunto no pão.

— A carne é do meu rancho — anunciou Donny. — Melhor do que a comida servida no acampamento.

Finalmente, a limusine partiu para o portão de um conjunto de construções, com uma cerca, num trecho do terreno em que não havia nenhuma árvore, nem sequer um pouco de relva. Lá dentro, havia três construções de tijolos cinzas, retangulares, flanqueando outra, maior e quadrada. Uma quarta construção retangular fora concluída há pouco tempo. Ainda havia adesivos nas janelas e pilhas de material de construção nas proximidades.

— Nosso quartel-general de operações — informou Johnson. — Os operários e guardas trabalham sete dias consecutivos e depois têm três dias de folga com a família, em Beaumont ou Houston. Nos dias de trabalho, eles ficam nestes alojamentos.

Ele apontou para os prédios retangulares, enquanto continuava a falar:

— Temos duas equipes se alternando, cada uma cumprindo um turno de doze horas. Quando não estão dormindo, eles se mantêm ocupados. Cada homem tem seu próprio quarto, com uma cama e uma pia, além de um centro de diversões. Há uma sala comunitária em cada alojamento, para que possam jogar cartas e conversar. E ali, nos fundos de nosso escritório... — Johnson apontou para o prédio quadrado — há um refeitório e um ginásio.

— Uma boa organização.

— Custou caro, mas é melhor assim. Mantém os homens produtivos. Um bando de homens amontoados no meio do nada... é por isso que os trabalhadores nos poços de petróleo são conhecidos como *roughnecks*, os caras rudes e agressivos.

— Todos os que trabalhavam no poço que pegou fogo estão isolados no novo alojamento — informou Tick. — Tudo começou no terceiro dia de seu ciclo de trabalho. Assim, ninguém os espera em casa por enquanto. É mais fácil mantê-los aqui, para serem interrogados, antes de passar pela formalidade...

Ele fez uma pausa, piscando para Paul, antes de arrematar:

— ... de detê-los na cidade.

— Já entendi — murmurou Paul. — É mais fácil abafar os rumores. Teria de soltá-los em breve, ainda mais se advogados se envolvessem. E depois que voltarem para casa, quem sabe que histórias poderão contar?

Tick sorriu.

— Seus quartos foram revistados... é uma propriedade da companhia... os telefones confiscados e os implantes desativados. Todos permanecerão incomunicáveis até chegarmos ao fim de tudo isso. Tenho agentes entrevistando-os neste momento.

• • •

Depois de deixar Johnson no escritório, a limusine levou Tick e Paul ao novo alojamento.

— Que papel você quer assumir, Paul? Afinal, está na força-tarefa que investiga os fanáticos clandestinos.

— Acompanharei os interrogatórios, à procura de qualquer ângulo religioso.

— Quer saber de uma coisa, Paul? Acho que não tem qualquer relação.

— Não? Você ficaria surpreso se soubesse como essas pessoas são astutas e perigosas.

— Sei que representam uma nova ameaça que precisamos enfrentar. Quer interrogar os homens pessoalmente?

— Só se ouvir alguma coisa interessante.

— Tem carta branca para interferir no momento que quiser.

— Por falar nisso, o que exatamente estávamos procurando ao revistar os quartos das testemunhas?

Tick deu de ombros.

— Qualquer coisa fora do comum, eu acho. Não tenho a menor idéia do que poderia causar um desastre desse tipo.

A porta foi aberta para a sala comunitária. Vinte homens sentavam ali, em cadeiras dobráveis, sob a vigilância de guardas. Um lado parecia reservado para os mexicanos, que se mantinham apartados dos outros. Duas mesas compridas, também dobráveis, uma enorme tela de televisão, agora apagada, e uma lata de lixo grande eram os únicos outros acessórios na sala. O prédio ainda não estava pronto para a ocupação.

No meio de cada parede lateral da sala havia um corredor. O supervisor da ONP, Dirk Jefferson, saiu do corredor da esquerda. Cumprimentou Tick e Paul, efusivo. Levou-os pelo corredor, com portas abertas nos dois lados. Em cada quarto, havia uma cama desarrumada, com a cabeceira debaixo da janela, separada por pouco mais de um metro de uma pia e de um armário embutido, com quatro gavetas. Tudo recendia a tinta fresca. Paul presumiu que aqueles quartos ainda não haviam sido equipados com os centros de diversão.

Num ponto em que os homens não podiam ouvir, Tick explicou para Paul:

— Johnson teve o bom senso de reunir os homens aqui logo depois que o poço explodiu. Há 48 horas que nenhum deles saiu deste prédio. — Tick apontou para os corredores. — Estamos usando os quartos nas extremidades dos corredores para os interrogatórios. Houve alguns comentários pela Internet, mas tratamos de abafar depressa, antes que a imprensa tomasse conhecimento.

Alguém berrou na sala comunitária:

— Pare com isso!

Tick, Paul e Jefferson voltaram correndo pelo corredor, para encontrar um dos mexicanos no chão, gemendo, segurando o pé, o nariz ensangüentado, as lágrimas escorrendo pelo rosto. Um dos guardas aninhava um braço ferido, enquanto outro apontava sua Taser para um homem corpulento.

— O que aconteceu? — indagou Tick.

Ninguém falou, até que Tick adiantou-se para confrontar o guarda ferido.

— Ahn... Lloyd estava sacaneando os mexicanos — disse o guarda. — Acho que ele quebrou meu pulso.

Enquanto Tick virava-se para o homem corpulento, o mexicano no chão interferiu:

— Lloyd não estava sacaneando ninguém.

— Qual é a sua história, Lloyd?

O grandalhão ergueu os olhos para o teto, sem dizer nada.

— Vamos ouvi-lo, Lloyd — insistiu Tick. — Agora.

— Alguém pisou no pé daquele mexicano, e começou a surrá-lo. Eu apenas tentei separar.

Tick olhou ao redor.

— Vamos chamar um paramédico para vocês dois. Mas quero que saibam de uma coisa. O próximo homem que sair da linha, guarda ou trabalhador, será processado. E você... Como é mesmo seu nome?

— Lloyd... Stephen Lloyd.

— Já foi interrogado?

— Não, senhor.

— Pois acho que chegou sua vez. Vamos, Jefferson?

9

PAUL DESCEU PELO corredor para observar, curioso sobre Stephen Lloyd. Talvez ele fosse um herói... ou não passasse de um arruaceiro. Se Lloyd interferira por uma boa causa, ainda assim atacar um guarda armado era uma temeridade, com toda a ajuda nas proximidades. E se manter sem medo, por uma questão de princípio, podia ser um ato de nobreza ou imprudência, mas era também um típico comportamento extremista.

Jefferson sentou atrás de uma mesa, de frente para a porta, quase oculto pelas costas largas de Stephen Lloyd. Paul calculou que Lloyd devia ter pelo menos 1,90 m de altura e pesar em torno de 110 quilos. Usava uma camisa de malha branca, uma jeans clara, por cima de botas de um castanho amarelado. Tinha cabelos louros compridos e um bronzeado intenso.

Paul acenou com a cabeça para Jefferson, por cima do ombro de Lloyd, e encostou-se no batente da porta. Jefferson consultou um papel.

— É de Childress, Sr. Lloyd?

— Como eu disse ao seu pessoal ontem.

— Está muito longe de casa.

— Mais de seiscentos quilômetros. Você vai para o lugar em que há trabalho.

— E qual é sua idade?

— Vinte e cinco anos.

— Atleta?

— Joguei futebol americano na escola secundária.

— E não jogou na universidade.

Lloyd sacudiu a cabeça em negativa.

— Por causa das notas.

— Por que atacou o guarda, Stephen?

— Ele estava batendo nos mexicanos.

— E por que acha que ele fazia isso?

— Provavelmente acha que os mexicanos têm alguma coisa que ver com o incêndio.

— Por que acha que as pessoas pensam isso?

— Creio que todo mundo precisa de alguém para descarregar. Ninguém quer pensar que um americano seria capaz de fazer isso. Mas não acredito que os mexicanos tenham causado o incêndio.

— Então quem foi?

— Ninguém que eu conheça.

— Você é um homem do petróleo? O que acha desse incêndio? Como acontece?

— Não sou um homem do petróleo, mas apenas um trabalhador. Faço o que mandam. As coisas no fundo da terra estão além da minha compreensão.

— Mas deve ter uma opinião.

Stephen suspirou.

— Não vai ajudar muito. Acho que é alguma coisa natural. Alguma coisa na natureza.

Jefferson inclinou a cabeça para o lado.

— Uma coisa que nunca aconteceu na história registrada.

— Você perguntou.

Jefferson esvaziou um envelope em cima da mesa.

— Esta é sua carteira?

— Sim, senhor.

— E suas chaves?

— Também.

— E o que é isto?

Jefferson apontou para uma moeda cinzenta, opaca, presa numa tira de couro. Stephen deu de ombros, mas Paul notou que os músculos de suas costas se contraíam.

— Pode chamar de talismã da sorte.

— Leva-o para ter sorte?

— Pode-se dizer que sim.

Havia a imagem de um livro antigo gravada na moeda. Jefferson examinou-a.

— Não vejo uma moeda assim desde que era garoto. O que isso representa?

— Apenas um livro.

— Não tem idade suficiente para se lembrar de livros. É um leitor?

— Não muito.

Jefferson verificou a carteira. Tornou a guardar os três itens no envelope. Stephen tornou a relaxar.

— Deixe-me dar uma olhada — interveio Paul.

Stephen empertigou-se, enquanto Paul pegava o envelope. Tirou o medalhão e virou-o. O livro gravado estava aberto. O que havia por trás? Uma pena de escrever? Não. *A pena ficaria na frente do livro, não atrás.* E, de repente, Paul reconheceu o que era — uma folha de palmeira — e compreendeu o que significava.

— Vamos dar um passeio, Sr. Lloyd?

• • •

As sombras da tarde começavam a se alongar. Paul levou Stephen na direção das sobras de material de construção.

— Reconheci o medalhão — comentou Paul.

Stephen enfiou as mãos nos bolsos e deu de ombros.

— Acho que o identifica.

Stephen tirou as mãos dos bolsos e esfregou o rosto. Ainda assim, parecia ter perdido a cor.

— Não é um gesto isolado — continuou Paul. — Muitas pessoas carregam símbolos, para que possam se reconhecer.

Stephen pôs as mãos nos quadris, fechou os olhos e virou o rosto para o sol.

— E quando disse a Jefferson que era uma espécie de talismã, o significado era inteiramente diferente do que ele pensou, não é mesmo?

Stephen baixou o rosto e abriu os olhos para fitar Paul.

— E quando disse que o fenômeno do petróleo foi alguma coisa natural, pensava em sobrenatural, não é mesmo?

O grandalhão fez uma careta, como se não soubesse de que maneira deveria responder.

— A palavra é um sinal — insistiu Paul. — Um milagre.

Paul sentia-se como um caçador circulando a presa. Recordou, furioso, o serviço cristão em San Francisco, a viúva falando de "sinais", que "o advento do Senhor se aproxima", que "temos missões críticas para desempenhar... apesar da lei, apesar do perigo". E ele pensou também na saudação — a senha — dos fiéis.

— Preste atenção, Stephen. Ele levantou.

O suor aflorou na testa do homem.

— Quem ressuscitou? — sussurrou Lloyd.

Paul sentiu que ambos cambaleavam à beira de um precipício agora. *Ele vai negar?*

— Cristo ressuscitou.

Paul repetiu as frases de que podia se lembrar do serviço.

— Aquele que diz "Eu sou ao mesmo tempo a fonte de Davi e o herdeiro de seu trono. Sou a fulgurante estrela da manhã". O mesmo que diz "Que venham aqueles que têm sede".

Stephen Lloyd mal conseguia se manter imóvel. Paul repetiu as palavras da carta do pai, gravadas em seu cérebro:

— "Ele os guiará para as fontes da água da vida. E Deus lhes enxugará dos olhos todas as lágrimas."

Lloyd ofegava agora. Paul preparou-se para o golpe final.

— Aquele que nos lembra, em Apocalipse: "Virei em breve".

— Ele ressuscitou mesmo — balbuciou Stephen.

Bingo!

Quase chorando, Stephen segurou o braço de Paul.

— Ah, irmão, nunca fui testado assim. Você nunca sabe se terá coragem... quase não fui capaz...

Ele limpou os olhos com o pulso.

— Não é fácil ficar isolado — comentou Paul. — Ser testemunha de um sinal tão impressionante... imagino que não estava completamente sozinho.

— Graças a Deus, não — murmurou Lloyd.

— Há outros como nós?

— Alguns. Mexicanos, em sua maioria. Eles tendem a manter os costumes antigos. Mas o resto dos homens... Dá para acreditar? Tentam atribuir a culpa aos mexicanos, árabes, sabotagem. Não é incrível? Uma coluna de fogo! Se não fosse Deus, quem mais poderia ser?

Eles foram interrompidos pela aproximação de uma limusine. Donny Johnson saltou do banco traseiro. Com o chapéu de vaqueiro, era ainda mais alto do que Stephen Lloyd.

— Como vão as coisas por aqui?

— Muito bem — respondeu Paul. — Estou efetuando uma prisão.

Stephen Lloyd deu um passo para trás, sobressaltado.

— Quem? Você? — Johnson agarrou os braços de Stephen. — É o incendiário?

— Não, não... eu...

— Ele é um cristão — declarou Paul, desdenhoso. — Quero-o sob custódia...

— Ora, seu desgraçado...

Johnson acertou um soco na barriga de Lloyd, fazendo-o dobrar o corpo. Agarrou-o pelos cabelos, e passou a esmurrar seu rosto com a outra mão. Ao ouvirem o tumulto, Tick e Jefferson saíram correndo do alojamento.

— Pare com isso, Johnson! — berrou Tick.

Ele agarrou-o pelo braço. Johnson desvencilhou-se, o chapéu caindo da cabeça. Empurrou Lloyd contra os tijolos. Antes que Tick pudesse recuperar o equilíbrio, Johnson pegou um tijolo e começou a bater brutalmente na cabeça de seu empregado.

— Você vai matá-lo!

Jefferson avançou para Johnson, tentando contê-lo. Gritou para Paul:

— Ajude-me!

Paul assistia à cena com satisfação. Johnson apenas fazia o que ele próprio gostaria muito de fazer sem perder o emprego. Paul avançou, lentamente, no instante em que Johnson, finalmente esgotado, largou o tijolo.

— O que há de errado com você?

A pergunta de Jefferson, ofegante, era dirigida tanto a Paul quanto a Johnson. Tick ajoelhou-se para examinar o corpo imóvel no chão, a camisa de malha e a *jeans* escuras de sangue e terra. Ele levantou os olhos.

— Não encontro a pulsação, Donny. Terei de prendê-lo.

Johnson soltou um grunhido. O corpo relaxou.

— Perdi a cabeça. Afinal, era um agitador cristão, um sabotador...

— Quem lhe disse isso? — indagou Tick.

— Lloyd confessou para mim — interveio Paul. — Com isso, a jurisdição passa para a força-tarefa de Fanáticos Clandestinos. Deixe Johnson comigo. Quero sua ajuda. E reúna todos os mexicanos neste campo de petróleo para interrogatório. Tire os outros daquele alojamento.

• • •

Havia sete mexicanos, lado a lado, em duas fileiras, entre quatro guardas.

— Onde está aquele que teve o pé quebrado? — perguntou Paul.

Um guarda empurrou-o para a frente, da segunda fila. O homem cambaleou, o pé engessado com espuma de plástico. Paul segurou-o pelo braço e levou-o até o corpo ensangüentado de Stephen.

— Está vendo seu amigo?

O homem acenou com a cabeça em confirmação.

— Sabe o que o matou? Suas alianças. E ele me disse que tinha muitos companheiros entre os mexicanos. Você é cristão?

Não houve resposta.

— Não nega? Acha que é corajoso? A pergunta é muito simples. Você é cristão?

Silêncio.

— Durão, hem? Stephen também era, mas veja como ele está agora. Eu sei... e você sabe... quem está por trás do incêndio.

Paul obrigou o homem a ficar de joelhos.

— Quero nomes.

Ele pressionou a arma na nuca do homem.

— Você tem cinco segundos.

Um dos mexicanos por trás começou a chorar.

— Alguém quer falar? — gritou Paul. — Este homem está prestes a morrer.

Uma sirene soou nesse momento. Todos se viraram na direção do som. Paul avistou uma erupção de fumaça à distância. Johnson soltou um grunhido.

— Não pode ser outro poço!

Ele virou-se e correu para a limusine. Paul foi atrás. Pegou a maçaneta da porta traseira no instante em que Johnson sentava na frente, ao lado do motorista. Paul jogou-se no chão, enquanto a limusine partia em alta velocidade. Foi empurrado de um lado para outro, enquanto a limusine percorria o terreno irregular e alcançava a estrada. Ele conseguiu sentar no banco.

Viu no chão as capas protetoras que haviam usado naquela manhã, junto com o chapéu que Johnson emprestara. Apesar da fuligem acre nas capas, Paul vestiu uma. Descobriu que era a mesma que usara antes. Guardara nos bolsos a máscara e os óculos de proteção. A fumaça impregnava o ar mais e mais, à medida que se aproximavam do local. O carro parou no portão, que foi aberto por guardas usando máscaras, cobertos de fuligem.

— Desliguem esse alarme! — gritou Johnson pela janela. — Os bombeiros não entram enquanto eu não mandar! Façam uma chamada e descubram onde estão todos os trabalhadores!

Os guardas ao longo da cerca já reuniam os trabalhadores, alguns de máscara, outros de peito nu, as camisas amarradas sobre o rosto. Os homens pareciam se mover devagar demais para um guarda, que sacou uma Laser Taser, que disparava finos filetes de arame farpado, num arco de cinco ou seis metros. Quando as farpas pegavam em roupa ou carne, transmitiam uma carga elétrica, o que fez os homens gritarem de dor e correrem para as posições indicadas.

O motorista continuou a avançar, mas logo teve de diminuir a velocidade, pois o pára-brisa e as janelas estavam completamente escuros. Os jatos de ar para limpar o pára-brisa eram quase inúteis contra a fuligem oleosa. Johnson não se intimidou. Pôs uma máscara e os óculos de proteção e pegou emprestado o quepe do motorista.

O motorista baixou a janela interna.

— Passe-me uma dessas capas, Stepola — disse Johnson. — A maior.

— O que pensa que vai fazer, Johnson? — indagou Paul. — Chame a brigada de incêndio e espere no carro. Você está preso.

— Eu sou a lei aqui, Mister. Quem manda sou eu, não a ONP. — Ele brandiu uma Walther Stealth. — Vou matá-lo se tentar me impedir.

Paul ergueu as mãos.

— Você é louco de avançar para um incêndio assim.

Johnson abriu uma fresta da janela.

— Há uma corrente de ar ascendente. — Ele olhou para o motorista. — Espere cinco minutos. Vou pegar um terrorista.

A fumaça entrou no carro quando Johnson abriu a porta. O motorista cobriu a cabeça com os braços e tossiu. Paul, com os óculos de proteção pendurados no pescoço, pôs a máscara.

— Temos de detê-lo — disse ele ao motorista.

Ele comprimiu o polegar contra a ponta do dedo mínimo, várias vezes, tentando ativar seus implantes no molar. Nenhum sinal. Havia alguma coisa interferindo com a freqüência.

— Pode pedir ajuda?

O motorista estava pondo uma máscara. Tentando fazer uma ligação pelo telefone do carro. Nada.

— Vou atrás dele — declarou Paul.

— Mister, eu daria os cinco minutos que ele pediu. O homem conhece este campo como a palma de sua mão. Se você se perder, morreremos na tentativa de encontrá-lo.

Paul hesitou, depois decidiu continuar dentro da limusine. *Tick e os outros viram a explosão. Já devem ter chamado a brigada de incêndio.*

Longos minutos passaram. Paul e o motorista, boca e nariz cobertos, permaneceram em silêncio. Depois de dez minutos, Paul não pôde mais suportar a espera.

— Johnson é um rancheiro. Ele teria uma corda no carro?

— Na mala.

Os óculos de proteção no lugar, a capa toda abotoada, a máscara cobrindo o nariz e a boca, Paul foi até a mala. Encontrou um rolo de corda, na cor laranja de emergência. Amarrou uma extremidade na cintura e entregou o rolo ao motorista.

— Mantenha a janela entreaberta, para soltar a corda à medida que me adianto. Darei um puxão a intervalos aproximados de um minuto. Se não sentir nada depois de mais de dois minutos, pode me puxar de volta.

Perto do carro, a fumaça era relativamente tênue, apenas um nevoeiro oleoso.

— Johnson! — gritou Paul, esquadrinhando o terreno.

À frente, o ar parecia mais denso. O poço devia ser naquela direção. Paul se perguntou até que ponto a máscara seria eficiente contra uma fumaça mais densa.

O carro ficou logo oculto, à medida que Paul avançava pela fumaça. Ele limpava os óculos de proteção com a manga. Foi andando em ziguezague pela estrada, afastou-se para a esquerda, voltou à estrada, afastou-se para a direita. Durante todo o tempo, esquadrinhava o solo, à procura de um corpo caído.

— Johnson! — berrou ele de novo, a voz abafada.

Paul continuou a parar de vez em quando, tentando se orientar, fazendo um esforço para ver qualquer coisa através da fumaça. Até mesmo sua noção de tempo estava distorcida. *Conte em voz alta.* Ele passou a entoar os números, parando cada vez que chegava a cem, para dar um puxão na corda.

— Johnson!

Em um dos ziguezagues, ele encontrou uma faixa mais larga de cimento. Devia estar se aproximando do poço.

O vento aumentou de intensidade, e a fumaça turbilhonou em torno de Paul. Podia ouvir um zumbido crescente, a distância. Puxou mais o chapéu na cabeça e prendeu a máscara mais apertada. Deu um puxão na corda, para se certificar de que continuava ligado ao carro. A visão foi ofuscada pelo vento crescente, que lançava fuligem oleosa nos óculos de proteção. Tentou limpar, mas espalhou a sujeira, a tal ponto que mal podia ver qualquer coisa.

O zumbido era cada vez mais alto, mais rápido. *Aquele som de tornado!*

Uma ponta de luz, um clarão, uma zoeira total. *O que está acontecendo?*

Frenético, Paul esfregou os óculos de proteção com as mangas, lutando para conter o pânico. O vento começou a uivar. *O que é isso?*

Agora, ele tinha de ver de qualquer maneira. Protegendo os olhos com o braço, arrancou os óculos de proteção.

Um jato de luz dissipou a fumaça. Uma chama branca projetou-se para o céu. Um calor intenso. Uma coluna de fogo. Dor. *Um fogo branco.*

• • •

Jeans branca, camisa branca, chapéu de vaqueiro branco. Todos os outros vestiam-se com a maior exuberância, e por isso a figura nem sequer se destacava no hipódromo, o Houston Cheetah Racetrack. A estrutura de vidro e aço, ao sul da cidade, era enorme e modernista, com três pistas de corridas, centenas de guichês para apostas e lugares para dezenas de milhares de pessoas, que vinham assistir às criaturas de beleza mais exótica e mais rápidas do mundo.

Em torno das arquibancadas e pistas, havia jardins suntuosos, em que se podiam encontrar inúmeros restaurantes, das melhores às mais humildes atrações para turistas em Houston. Eram exatamente oito horas da noite quando a figura de branco sentou-se a uma mesa de um restaurante na categoria dos humildes, Horatio's House of Ribs. Pediu um filé, uma salada de repolho e batata e uma Black Cow. Enquanto esperava pela comida, a figura virou a esteira de papel, "Texas History Quiz", e começou a anotar no verso os acontecimentos do dia: o brutal assassinato de Stephen Lloyd, a detenção dos trabalhadores no campo da Sardis Oil, o desconhecimento do paradeiro de seu dono, o famoso magnata Donny Johnson, e o segundo incêndio misterioso.

Quando a comida foi servida, a esteira já fora virada para cima, e a pessoa conferia as questões de múltipla escolha sobre a história do Texas.

Quando a figura de branco foi embora, a esteira ficou dobrada ao meio, o lado do questionário para cima — todas as respostas corretas — com o copo de refrigerante vazio bem em cima de Spindletop, com dinheiro suficiente para pagar a conta.

Antes do amanhecer, todos os meios de comunicação do estado tinham um helicóptero sobrevoando o campo da Sardis Oil, captando a imagem espetacular das duas colunas brancas de chamas contra o céu escuro. Os noticiários no mundo inteiro divulgaram o fato: "Mistério do Texas: Colunas de Fogo Gêmeas".

10

PAUL EXPERIMENTAVA sensações conflitantes e tinha sonhos estranhos. Às vezes, sentia que pegava fogo. Momentos depois, tinha tremores de frio incontroláveis. Tinha uma vaga noção quando era virado, mexido, levantado, acomodado, seguro. Ouvia vozes, mas não podia entendê-las. Tinha consciência de gritar quando sentia dor, até que outra injeção proporcionava uma suave sensação de flutuar, deixando-o tão sonolento que sentia que poderia dormir para sempre.

A imagem de uma corrente de luz branca estava implantada em seu cérebro. Sempre que despertava, deixava-o abalado. *Fuligem. Não consigo respirar. Fumaça.* O poço explodindo. A coluna de fogo branco. Terror.

Fora retirado de um veículo e se encontrava agora ao ar livre. A pele era tão sensível que tinha vontade de gritar, mas não era capaz de emitir qualquer som. Estava coberto, mas um vento frio o envolvia, penetrando até os ossos. Agora, fora posto numa maca, rodando por um terreno irregular. Numa rampa. Aos solavancos, quase virando. Sons de motor uivando. Um aeroporto? Um avião? Ia voltar para casa?

Mais vozes. Alguém era chamado de Doutor. Era com o próprio Paul que falavam? Ele não podia responder. Outra injeção, e o doce alívio. Flutuando, flutuando... e ele se deixou levar pelos sonhos da família. Jae, Brie e Connor abraçando-o, dando as boas vindas de volta. Pegava o carro e ia para o trabalho, mas Felícia era agora sua chefe. E, depois, ela estava em chamas, o escritório de Chicago desmoronava no rio.

• • •

Quando Paul acordou, tinha a cabeça mais lúcida, os sentidos mais aguçados. Os olhos haviam sido vendados, e ele podia sentir gaze em torno do rosto. Sentia frio ao redor da cabeça e teve certeza de que não tinha mais cabelos. Cheiros de hospital eram inconfundíveis. Os passos pesados de sapatos de solas grossas.

Paul sentiu a dor evidente e irritante de uma agulha de soro em sua mão direita. Os lábios estavam rachados e secos, mas sentiu um gosto de petróleo quando passou a língua. Havia um tubo de oxigênio preso em suas narinas. Ele engoliu em seco, tentou limpar a garganta. O corpo inteiro doía. Embora experimentasse a sensação de que não se mexia havia horas, estava sonolento.

— Água...

Mas não havia ninguém ali. Procurou um botão, mas nada pôde sentir, através do esparadrapo.

— Onde estou? — tentou de novo, a voz mais alta.

Alguém aproximou-se, em passos apressados. A voz de uma jovem:

— Está acordado, Dr. Stepola?

— Estou em Houston?

— Não, senhor. Está no Hospital PSL, em Chicago.

— PSL?

Ela falou em tom de conspiradora:

— Há muitos anos era o Presbiteriano-São Lucas, mas é claro que ninguém mais o chama assim.

A jovem comprimiu uma pequena esponja entre os lábios de Paul, que apertou, ansioso, sentindo a água fria escorrer pela língua e garganta. Tossiu.

— Mais.

— Deve tomar devagar.

— Perdi os cabelos?

— Vou chamar o médico.

— Diga-me isso. Posso suportar.

— Perdeu temporariamente. E até que ficou atraente, se quer saber minha opinião.

— Estou queimado?

— Ficou bastante. Mas teve sorte.

Paul ouviu páginas sendo viradas enquanto ela falava.

— Sorte?

— Usava chapéu e máscara. E tinha as mãos dentro das mangas. Deve ter usado os braços para proteger o rosto, exceto pela linha dos olhos às orelhas.

— O que aconteceu com meus olhos?

Ele sentiu a hesitação da enfermeira.

— Terei de chamar o médico. Ele queria mesmo ser avisado no instante em que você acordasse.

A jovem deu-lhe um pouco mais de água, para depois sair apressada. Minutos mais tarde, Paul ouviu dois conjuntos de passos.

— Oi, Paul! — Era Koontz. — Você é mesmo duro na queda. Estou começando a pensar que tem nove vidas.

— Não é nada engraçado, Bob.

— Não falei como brincadeira. Sua esposa e seu sogro virão visitá-lo daqui a pouco. E as crianças também, é claro, assim que você estiver preparado para recebê-las.

— Bob...

— Este é o Dr. Raman Bihari... um grande oftalmologista, que também vai supervisionar os cuidados gerais.

Paul sentiu que uma mão pousava de leve em seu bíceps esquerdo. Uma voz de homem, com sotaque indiano:

— Dr. Stepola?

— Qual é o problema com meus olhos? Quero a verdade.

— Serei franco sobre sua visão. Depois que as queimaduras foram avaliadas e tratadas, efetuei um procedimento que me permitiu o acesso a seus olhos. As pálpebras ficaram bastante queimadas, mas felizmente a tecnologia avançou muito, e estamos convencidos de que vão funcionar normalmente.

— Também sendo franco, não estou tão preocupado com as pálpebras, mas sim com os olhos...

— Eu também, é claro. A verdade é que as chamas, ao que tudo indica, atingiram diretamente as pupilas. Há lesões consideráveis, que só podem ser retificadas através da cirurgia de transplante. Mas o corpo é um mecanismo espantoso, com a capacidade de curar a si mesmo. Meu plano é monitorá-lo com todo cuidado, mas manter seus olhos medicados e cobertos durante cerca de dois meses, a fim de verificar até que ponto pode ocorrer uma restauração natural. Depois, decidiremos sobre a cirurgia.

— Mas, por enquanto, estou cego?

— Com ou sem as bandagens, está, sim.

— Qual é seu melhor palpite sobre o retorno de minha visão?

O médico respirou fundo.

— Hesito em especular...

— Pode dizer.

— Meu palpite é de que há mais de noventa por cento de chance de que precise de uma cirurgia de transplante para ter qualquer retorno da visão.

— Então por que não faz a cirurgia logo agora?

— As chances contra o sucesso serão muito grandes se não esperarmos que o próprio corpo recupere a área da retina.

— E se isso não acontecer?

— Até mesmo a cirurgia de transplante seria inútil.

— É comum o corpo conseguir uma recuperação suficiente para tornar viável o transplante em casos como o meu?

— Lamento dizer, mas é muito raro. Nunca perco a esperança, porque nunca se sabe o que pode acontecer. Afinal, o corpo é espantoso. Mas é bem possível que nada mais possa ser feito.

— O que conseguirei ver? Imagens indistintas? Sombras? Alguma coisa?

— Sem uma restauração significativa, não teria noção sequer de tonalidades de luz.

• • •

O Dr. Bihari pediu ajuda para que Paul pudesse sair da cama. Paul já ouvira dizer que os outros sentidos se tornam superaguçados quando uma pessoa fica cega ou surda, mas ficou espantado com a rapidez com que isso se manifestou. Era como se pudesse ouvir todos os sons no andar. Também se tornara supersensível ao tato. Sentiu a corrente de ar entrar sob sua túnica. E no mesmo instante se tornou exigente.

— Preciso de um roupão. Não darei mais nenhum passo neste traje.

Poucos minutos depois, ele estava arrumado, a roupa trocada, de volta à cama.

— Bob, mande todo mundo sair e feche a porta.

— Não prefere esperar, já que sua mulher e seu sogro...

— Dou a impressão de que quero esperar?

Paul mandou que ele puxasse uma cadeira para junto da cama.

— Quero saber o que aconteceu na Terra do Golfo, Bob.

— Tem o direito de saber. Outro poço de petróleo pegou fogo. O motorista disse que Johnson foi verificar o que havia acontecido, mas não voltou. Você amarrou uma corda em sua cintura antes de entrar pela fumaça para salvá-lo. Foi uma boa idéia, porque o poço explodiu em seguida. O motorista tentava puxá-lo pela corda quando a brigada de incêndio chegou. Seguiram a corda e encontraram seu corpo caído. Depois que os médicos conseguiram estabilizar seu estado, nós o trouxemos de avião para cá. Você tem entrado e saído do estado consciente há cerca de uma semana.

— O que aconteceu com Johnson?

— Não conseguiu escapar. Inalação de fumaça.

— Deixei-o partir, Bob. Deveria tê-lo impedido.

— Sabemos por Tick que ele estava armado, e que havia acabado de espancar um homem até a morte. Suicídio não consta de sua descrição de cargo. Fez a coisa certa.

— Tick disse o que provocou esses acontecimentos?

— Informou que você pressionava um suspeito quando o alarme soou. — Koontz hesitou. — Tenho de dizer a verdade. Tick está sendo alvo das maiores críticas pelo que aconteceu. A notícia sobre o segundo poço vazou. Saiu em todos os noticiários antes mesmo que o corpo de Johnson fosse encontrado. É claro que uma morte assim não poderia ser abafada. Agora, metade do país parece pensar que é alguma espécie de milagre, enquanto a outra metade prefere atribuir toda a culpa à ONP por deixar de prever e evitar um ato terrorista. Os altos escalões acham que Tick cuidou muito mal de todo o caso. Ele está sendo pressionado a tirar uma licença.

— Que coisa terrível!

— Ele tem uma filha para visitar na Austrália. Mas está angustiado com a morte de Johnson e com você. Por causa de seus ferimentos.

— Não quero a compaixão de Tick. Nem a sua.

— Como achar melhor. Só estou dizendo que as pessoas se preocupam.

— O que não vai trazer minha visão de volta.

— Você está ficando cansado, Paul.

Ele ouviu Koontz levantar e empurrar a cadeira para trás. A voz veio de muito longe agora:

— Descanse um pouco, antes de receber a visita de Jae.

— Incomoda-o que eu esteja com tanta raiva? Perder toda a minha vida... o trabalho e o resto... não deveria me deixar transtornado?

— Vai levar algum tempo para se ajustar, Paul. Não o culpo pela maneira como se sente agora. Virei visitá-lo em todas as minhas horas de folga, se for necessário. E não se preocupe com seu emprego. Não importa o que aconteça, sempre haverá um lugar para você.

— Obrigado.

• • •

Paul queria pensar, em vez de dormir, mas não podia suportar a dor. Mergulhou num sono profundo depois que tomou o medicamento. Acordou no início da tarde, ainda acuado na escuridão, mas sentindo o calor do sol passar pela janela, até mesmo através das bandagens.

— Tudo bem com você?

Era Ranold. Por que todos achavam que tinham de tratá-lo com a maior jovialidade?

— Tenho uma jovem aqui que está ansiosa por vê-lo — acrescentou o sogro.

— Jae?

— Oi, querido.

Ela se aproximou da cama.

— Fiquei apavorada. Não pode imaginar como me sinto contente porque você vai ficar bom.

— Não vou ficar bom. As possibilidades de que eu volte a enxergar são mínimas.

— O médico disse isso?

— Não acredita em mim? Pois então pergunte a ele. Há recursos que podem tentar, mas vai levar tempo.

— Quanto tempo?

— Pelo menos dois meses. Passarei um bom tempo aqui.

— Vamos ouvir as informações diretamente do médico — interveio Ranold. — Eu o chamarei agora. Como ele se chama?

— Bihari.

— Que tipo de nome é esse?

— Indiano.

— É demais. Será que não podem providenciar um médico americano para um agente do governo?

— Ele parece muito competente.

— Acha mesmo? Todos eles têm uma boa conversa.

Poucos minutos depois, o Dr. Bihari foi franco com Jae e Ranold sobre as perspectivas do paciente. Paul ouviu Jae chorando, e não pôde se conter:

— Feche a torneira e pare de sentir pena de si mesma.

— Oh, Paul, isso me deixa muito triste. Sei que você é bastante forte para enfrentar, mas será difícil...

— Difícil para quem? Eu é que estou cego. E você apenas contribui para que eu me sinta pior.

— Não quero brigar, Paul. Estou me sentindo desesperada e...

— *Você* se sente desesperada?

Paul ouviu-a deixar o quarto, chorando.

— Situações como esta afetam a família inteira, Dr. Stepola — interveio o Dr. Bihari, gentilmente. — Todos terão sentimentos que precisarão expressar. Mas isso não significa que estarão relutantes ou serão incapazes de apoiá-lo. E pode precisar do apoio de todos.

— Pode me poupar da preleção.

— Só estou querendo dizer que até mesmo um homem forte usa todos os recursos disponíveis, inclusive a família.

Paul balançou a cabeça, suspirando.

— Ranold, pode dizer a Jae que sinto muito?

— Não, não sente — respondeu Ranold. — Aprendi pela maneira mais difícil que as mulheres não querem ser excluídas nessas situações. Ela vai se recuperar. Obrigado pelas informações, Doutor. Agora, se nos der licença...

Quando ficaram a sós, Ranold fechou a porta e levou uma cadeira para o lado da cama.

— Vou providenciar um médico de verdade, um especialista.

— Bihari é um especialista, e não quero outro médico. Ele me disse que vão usar técnicas de congelamento, pele sintética, remoção com laser das cicatrizes nas áreas queimadas, todos os recursos disponíveis. Agora, por favor, peça a Jae que volte.

— Confie em mim nesse ponto, Paul. Conheço essas coisas.

Claro. Dá para perceber, por seu casamento exemplar.

— As mulheres são emocionais — acrescentou Ranold. — Demoram para perceber a imagem total.

— E qual é a imagem total?

— Que devemos todos admirá-lo, filho, por ter arriscado a vida no cumprimento do dever. Foi ferido em San Francisco, é verdade, mas não sabia que havia uma bomba naquela casa. Desta vez se arriscou para salvar um homem... ser um soldado é isso. Pagou um preço terrível, Paul. E me sinto orgulhoso.

Orgulhoso? Ficar cego era o que eu precisava conseguir para impressioná-lo?

— Não consegui salvá-lo.

— Mas tentou, e é isso o que conta. Não se preocupe. Jae acabará voltando.

Mas onde ela se meteu agora?

— E vamos pegar os terroristas que fizeram isso com você. Pode voltar à luta quando estiver melhor. A agência sempre precisará de um cérebro como o seu.

— Não seja condescendente comigo, Ranold. Essa é a mesma linha que Koontz adotou.

— Não seja tão negativo, Paul. Você é um especialista nesses fanáticos religiosos.

Mas não os compreendo nem um pouco.

— Ao menos, isso deve reforçar sua determinação de exterminá-los. Só isso já vai convertê-lo num grande trunfo para a agência. E, agora, sinto-me mais seguro do que nunca em relação a você.

— Como assim?

— Ora, Paul, não é segredo que sempre tivemos nossas divergências. E depois que Pass morreu, o funeral...

— O que tem isso a ver?

Então foi você quem plantou aquela carta.

— Eu não tinha certeza se você considerava a ameaça como grave. Mas seu trabalho na força-tarefa demonstrou o tipo de homem que é. Agora, há alguma coisa de que precisa ou devo apenas sair para deixá-lo dormir?

— Já que falou nisso, preciso de uma coisa. Pode arrumar o Novo Testamento em disco? Há muita coisa que preciso compreender nesses terroristas... em que eles acreditam, como pensam.

— Esse é o espírito. Mantenha-se concentrado no problema. Já passei por isso. A vingança é uma grande motivação. Verei o que posso fazer.

Ranold voltou minutos depois, e leu um bilhete de Jae:

— Paul, lamento que seja tão difícil para mim. Fico angustiada ao vê-lo com tanta dor e tanta raiva. Preciso de algum tempo, mas prometo que tentarei ser forte por você. Trarei as crianças para visitá-lo em breve. Enquanto isso, sabe que meus pensamentos estão com você.

11

AO LONGO DOS três dias seguintes, embora o Dr. Bihari expressasse entusiasmo com o progresso — exceto pelos olhos — Jae podia ver que o marido mergulhava na depressão. Sabia que ele sentia-se furioso pela perda da visão, confuso pelo confinamento e frustrado por descobrir que não podia fazer muitas coisas sozinho. Por tudo isso, descarregava em cima de Jae. Os médicos chamavam sua atitude de "transferência", que era o ato de descarregar a raiva e desespero numa vítima inocente. Asseguraram que era uma reação comum, e que passaria com o tempo, à medida que Paul aceitasse sua cegueira. Mas isso não tornava mais fácil suportar quando cada visita provocava uma nova onda de recriminações.

Paul censurava Jae por todas as tentativas de ajudá-lo, além de qualquer outra falha de que ele pudesse lembrar dos dez anos de casamento. Recusou-se a aceitar o pedido de desculpas, ao qual chamara de fraqueza de Jae, em seu primeiro encontro com o Dr. Bihari. Condenou-a por seu "egoísmo" ao "abandoná-lo" em seguida. Jae lamentou ter perdido o controle naquele primeiro dia, mas a verdade era que se sentia apavorada. Fazia muito tempo que ela e Paul não estavam em sintonia.

Os primeiros anos da união haviam sido idílicos. Até mesmo Ranold — impressionado porque Paul era da Força Delta, mas desconfiado de sua pós-graduação em estudos religiosos — aceitara-o por completo depois de seu ingresso na ONP. Quando as crianças nasceram, Paul se mostrara extasiado, mas fora nessa ocasião que Jae o descobrira numa ligação extraconjugal. Paul apresentara uma defesa chocha — as pressões da experiência nova de ser pai —, mas nunca demonstrara qualquer remorso. Jae, no início, adorava a confiança de Paul — "Eu sou quem eu sou; aceite ou deixe" —, mas não quando ele assumira essa atitude de durão com a família.

Depois da infidelidade, ela sentira que nunca mais poderia confiar no marido. Não ajudava o fato de que as mulheres sentiam-se atraídas por Paul: garçonetes, comissárias de bordo, até mesmo algumas de suas amigas. E Paul vivia viajando, exposto a incontáveis mulheres e tentações. Jae tinha certeza de que ele carecia da vontade de resistir. Por isso, haviam chegado a um impasse. Jae era consumida pelo ciúme, e Paul nada fazia para atenuá-lo. Em vez disso, parecia se lançar cada vez mais num retraimento obstinado.

Agora, Paul estava cego. Um casal com tanto ressentimento mútuo seria capaz de resistir a um golpe tão terrível? Jae não tinha certeza se sabia como fazer contato com o marido — se era mesmo isso o que queria — ou se ele a deixaria agora.

Uma coisa era evidente: Jae tinha de controlar suas emoções. Fazia um esforço para não reagir às explosões de Paul. Considerou que era um sinal positivo quando ele começou a fazer perguntas sobre as crianças. Esperava que a visita dos filhos pudesse melhorar o ânimo de Paul.

Mas Brie e Connor pararam de repente, assim que passaram pela porta do quarto. Jae tentara explicar qual era a aparência do pai, mas eles pareciam chocados.

— Vamos, falem com seu pai. Podem tocá-lo, mas tomem cuidado com o rosto.

Brie e Connor se adiantaram.

— Oi, pai.

— Oi, papai.

• • •

Paul ofereceu um sorriso torto para os filhos, ao perceber a apreensão.

— Como estão minhas duas crianças prediletas no mundo inteiro?

Nenhum dos dois respondeu. Jae foi até a cama e tocou no braço do marido.

— Oi, Paul.

— Obrigado por terem vindo — murmurou Paul, incapaz de esconder sua amargura.

— Seja paciente — sussurrou Jae. — As crianças estão assustadas.

— Com o quê? Não vou morder. E meu problema não é contagioso.

— Quando poderá ver de novo, papai? — perguntou Brie, da porta, a voz trêmula.

— Não sei — respondeu Paul. — Espero que não demore muito tempo.

Ele ouviu Connor choramingar baixinho.

— Vamos esperar lá fora, mamãe — disse Brie. — Venha, Connor.

— Jae, mande que eles fiquem no quarto.

— As crianças estão bem, Paul. Mas deve esperar que se acostumem.

— Isso não vai acontecer até você se acostumar. O que disse aos dois?

Jae suspirou.

— Apenas que você havia sido gravemente ferido, e estava com ataduras no rosto. Mas é muita coisa para as crianças absorverem. Dê mais algum tempo. Eu trouxe uma coisa que papai disse que você queria.

— O Novo Testamento?

— Ele disse que é absolutamente proibido. O que planeja fazer com isto?

— O que você acha? Pretendo escutar, é claro. Preciso compreender essas pessoas.

— Eu gostaria que você se concentrasse apenas na cura. Por que não trago música?

— Não me diga o que pensar, Jae. Não tem a menor idéia da maneira como me sinto.

— Eu não ia dizer coisa alguma. Por falar nisso, Bob Koontz virá esta tarde. Ele tem notícias para você.

— Bob garantiu que viria me visitar em todas as suas horas de folga. Uma piada.

— Ora, Paul, era pedir demais.

— Não pedi nada.

• • •

Jae mordeu a língua. Tirou o aparelho da caixa e começou a estudar as instruções.

— O que está fazendo?

— Tentando ligar esta coisa para você, Paul.

— Não pode ser tão difícil. Basta sintonizar na freqüência dos meus receptores.

Jae mexeu no aparelho.

— É só seguir as instruções!

— É o que estou fazendo.

— Por que não põe para funcionar os aparelhos eletrônicos mais simples? E agora que estou cego, quem cuidará disso para você?

Jae não disse nada.

— Uma mulher adulta, e nem sequer é capaz... Ora, não importa. Pedirei a outra pessoa que ligue.

— Desculpe, Paul.

— Está chorando de novo?

Jae pôs a caixa na mesinha de cabeceira.

— E agora? Vai embora? Para onde?

Jae pegou as crianças no corredor e levou-as de volta ao quarto de Paul.

— Despeçam-se de seu pai.

— Adeus, pai.

— Adeus, papai.

• • •

Paul ainda sentia raiva de Jae quando Koontz chegou.

— E disse que viria me visitar em todas as horas de folga, hem?

— Ei, você conseguiu o Novo Testamento! Quer que eu ligue?

— Jae ia ligar, mas assumiu o papel de mulher desamparada.

Bob pôs o aparelho para tocar, e depois aproximou a mesinha de cabeceira da cama.

— Tome cuidado. Ponha a mão aqui. É um aparelho comum. Já pus na freqüência. A pilha de discos está no lado esquerdo. Pode operar sozinho?

— Acho que sim. Só quero que teste o volume.

Bob ligou, e o som ressoou na cabeça de Paul.

— Abaixe um pouco... Pronto. Está perfeito assim. Onde fica o botão para ligar e desligar?

Bob guiou sua mão até o botão. Paul desligou. Koontz sentou.

— Devo lhe dizer, Paul, que estou impressionado com o seu interesse por essa pesquisa. E muito. Diz que você está ansioso em voltar ao trabalho. E bem que precisamos de você. Recebemos todos os dias, cada vez mais, informações sobre novos grupos cristãos.

— Estou mesmo ansioso. Se os olhos quisessem cooperar...

— Não pode se apressar, Paul. Concentre-se em seu estudo e deixe que a cura ocorra naturalmente.

— Sabe quais são as minhas chances, Bob. Nunca mais poderei fazer o trabalho que você quer.

— Não diga isso.

— Não posso me enganar, Bob. Minha carreira tem as mesmas possibilidades que meus olhos.

— Pode me chamar de louco, mas estou otimista porque o conheço.

Paul acenou com a mão para descartar o comentário.

— Jae disse que você tinha notícias.

— E uma notícia sensacional. Assim que você puder viajar, irá a Washington. Casa Branca. O governador regional vai homenageá-lo no Rose Garden por bravura no cumprimento do dever.

— É mesmo?

— Uma coisa importante, companheiro.

— Não sei se quero uma condecoração que não poderei ver.

— Mas que história é essa?

— Essa homenagem mais parece uma manobra de relações públicas... uma iniciativa para mostrar que a ONP compareceu ao baile no Texas, apesar de Tick ter estragado tudo.

— Não seja cético. Você fez por merecer a condecoração. Deve se orgulhar.

— Pelo quê? Um homem morreu e eu fiquei cego. Eu diria que foi uma situação em que saímos perdendo.

— E o que pretende fazer? Dizer isso ao governador?

— Não. Acho melhor não falar nada.

— Tem toda razão. E estará presente, sentado na primeira fila!

• • •

Assim que Koontz se retirou, Paul pegou o aparelho. O Novo Testamento figurara em importantes e recentes momentos de sua vida: no serviço religioso em San Francisco, antes do ataque, quando ele matara pela primeira vez; no ardil que usara para arrancar a confissão de Stephen Lloyd; e, é claro, na carta do pai, que se somara à morte de Andy Pass para levá-lo a ingressar na força-tarefa. Ainda achava que Ranold praticamente admitira que plantara a carta, ao declarar que finalmente sentia segurança em Paul.

Mas Ranold sabia que Paul pedira a ajuda de Ângela Pass para analisar o documento? É verdade que Ângela só conhecia o e-mail seguro de Paul. Era bem provável que ela já tivesse enviado um relatório sobre a tinta e as amostras de caligrafia. Paul precisava encontrar uma maneira de descobrir.

As idéias na carta — "as fontes da água da vida", "que venham aqueles que têm sede", "virei em breve" — haviam sido reiteradas na reunião dos subversivos em San Francisco. Era evidente que os lacaios de Ranold haviam feito o dever de casa. Paul tinha certeza de que o Novo Testamento era a chave para descobrir as "missões críticas" que os rebeldes tramavam. Talvez o livro Apocalipse fosse o lugar para começar.

Ele começou a avançar o disco para encontrar esse livro. Mas cada vez que parava, a fim de descobrir onde estava, era absorvido por uma história fascinante. Como a maioria dos textos religiosos, o Novo Testamento era um instrumento de ensino. Paul ficou fascinado pelas epístolas para as igrejas do século I de seu homônimo, o apóstolo missionário Paulo. Falavam de constante perseguição. Paul espantou-se de ter esquecido por completo que os primeiros cristãos também eram *personae non grata* para o governo, sendo obrigados a se reunirem em segredo, em um culto clandestino. Decidiu voltar e começar a ouvir desde o início.

Envolvido como estava, por meio dos quatro Evangelhos que precediam as epístolas, Paul acabou cochilando. A remoção a laser da carne queimada nas orelhas e nariz, onde seria efetuado o enxerto sintético, era dolorosa, apesar dos analgésicos, e o deixava exausto. O disco terminou de tocar, e já era o final da tarde quando ele acordou.

• • •

Com a audição aguçada, Paul achava um tormento a campainha dos telefones, o estrépito das bandejas de comida no corredor e as conversas dos visitantes. Estava tão perto do posto das enfermeiras que seus ouvidos latejavam com as fofocas, discussões e indagações. Ansiava em cobrir a cabeça com o travesseiro, mas as orelhas estavam sensíveis demais. Não podia fazer nada. Tinha de continuar deitado, furioso.

Uma voz logo se tornou distinta das outras: uma voz de barítono, profunda, sonora, cantando, murmurando, cumprimentando o pessoal do hospital, enquanto percorria o corredor. Paul não tinha a menor disposição para um visitante exuberante, cheio de energia. Ficou tenso quando a voz deu a impressão de que parava diante de sua porta. Depois, Paul ouviu o barulho de um carrinho se aproximando, até parar. Resistiu ao impulso de se virar para o som, torcendo para que a pessoa, quem quer que fosse, presumisse que ele estava dormindo.

— Está acordado, senhor? — perguntou a voz de barítono. — Posso incomodá-lo por um momento?

— Não tenho muita opção agora, não é mesmo?

O homem aproximou-se.

— Onde posso tocá-lo em cumprimento, senhor, se me der sua permissão?

— Não tem minha permissão. O que você quer?

Paul sentiu um aperto de leve no ombro, de uma mão extremamente grande. Desvencilhou-se, mas isso não pareceu dissuadir o homem.

— Meu nome é Stuart Rathe. Stuart com ua, e o sobrenome se soletra R-A-T-H-E. O apelido é Straight, o direto, e tem toda a liberdade para usá-lo, se quiser. Vi seu nome e título na placa lá fora. Como prefere ser chamado?

— Rip Van Winkle.

— Ah, o personagem da história famosa que dorme durante vinte anos. Já me disseram que dorme à noite, e durante a maior parte do dia. Paul, não é mesmo? Posso sentar?

— Pare de perguntar se vai ignorar a resposta.

Straight puxou uma cadeira para o lado da cama.

— Então é o cego.

— Percebeu logo, não é mesmo?

— Espero que seja temporário. Enquanto isso, eu gostaria de lhe oferecer meus serviços. A qualquer momento que cansar de mim, basta dizer que deixarei de aparecer, sem me sentir nem um pouco ofendido.

— É o que digo agora.

— As enfermeiras me mandaram. Estou aqui para ajudá-lo na recuperação, não para deixá-lo esgotado. Posso continuar?

— Não.

— Tenho 59 anos, senhor, e sou um afro-americano. Tenho 1,94 m de altura, e peso cem quilos. Perdi um pé num desastre de carro com um motorista embriagado há oito anos. Ainda mais importante, perdi minha família também. Por sorte, não houve outros veículos envolvidos. Mas, infelizmente, isso fez com que fosse *eu* o motorista embriagado. Pode imaginar, senhor, como uma experiência assim deixa um homem sóbrio. Minha vida nunca mais foi a mesma. Aposentei-me do cargo de professor de História na Universidade de Chicago, e agora sou voluntário aqui todos os dias.

— Para fazer o quê?

— Qualquer coisa que os pacientes queiram. Converso. Leio para eles. Às vezes toco sax para ouvirem. E nos distraímos com jogos. Damas. Mexe-Mexe. Gamão.

— Imagino que não tem xadrez.

— É um dos meus jogos prediletos. Jogo em clubes e torneios. É o seu jogo também, Paul?

— Foi há muito tempo.

— Tenho um jogo que será o ideal para você. Peças grandes, que poderá reconhecer pelo tato. Se estiver interessado, estou aqui todos os dias.

— Eu também.

Straight riu.

— Meu tempo está quase esgotado, mas vamos marcar uma hora para uma partida amanhã.

— Não posso garantir que terei vontade.

— Basta me dizer. O que está escutando?

Paul teve um sobressalto. Torceu para que o título não estivesse à mostra. Só a família e os colegas de trabalho poderiam compreender.

— Textos antigos. Para tentar compreender a motivação de pessoas que arriscam a vida para divulgar ficção.

— Uma tarefa meritória, meu amigo. Terei o maior interesse em ouvir o que faz com isso.

12

VIOLENTAS OSCILAÇÕES de ânimo tornaram-se a rotina de Paul. Acordava todos os dias para constatar de novo que estava cego. Pedira que sua cama fosse deslocada para junto da janela, a fim de poder abrir as cortinas quando quisesse. Dera instruções para que nunca fechassem as venezianas. Adorava o calor do sol ampliado através da janela, mas isso também o lembrava de que gostava antes da mera sensação visual da luz.

As bandagens nos olhos eram agora discos finos de gaze, mantidos no lugar por uma tira de malha, presa atrás da cabeça. Os cabelos começavam a crescer. As vendas permitiam que abrisse e fechasse os olhos, o que era encorajado a fazer tanto quanto possível.

Embora fosse exortado a não deixar que a luz do sol perdurasse direto nas piores queimaduras, Paul começava cada dia virando o rosto para o calor. Por mais que tentasse, não podia sentir a diferença na claridade entre virar o rosto para a janela e virar para a porta. Todos os dias esperava que algum ínfimo raio de luz penetrasse através das bandagens para anunciar o retorno de sua visão. Só que isso não acontecia.

Pouco depois do desjejum, ele enfrentava o que chamava de câmara de tortura, onde a máscara de queimadura em seu rosto e orelhas era congelada a fim de ser removida a laser, na preparação para os enxertos de tecido sintético. Por mais que Paul se preparasse, psicologicamente, por mais medicamentos que lhe dessem, essa era sempre a pior parte de seu dia. Não ajudava quando o pessoal que infligia a tortura lembrava-o de que outros pacientes, com queimaduras mais graves, tinham áreas maiores para tratar, que esses tratamentos costumavam ser feitos à mão, e eram muitas vezes mais dolorosos.

A dor física, pior do que qualquer outra coisa que ele já experimentara, era a menos importante. Enchia-se de raiva, convencido de que era o único paciente na unidade que tinha de enfrentar a provação sem o apoio da família.

Irritava-o o fato de que Jae, embora fosse ao hospital todos os dias, quase sempre só aparecesse à noite, depois do jantar, em companhia das crianças. Passavam cerca de uma hora, até que chegava o momento de dormir, e ela as levava para casa. Assim, ele passava o dia inteiro sentado ali, angustiado e entediado, sozinho. Por que Jae não estava ali? Ela levava e buscava as crianças na escola, mas o que mais tinha para fazer durante o dia inteiro? O que havia de tão precioso na rotina diária de Jae? Paul não tinha a menor intenção de suplicar que passasse os dias em sua companhia, mas acalentava um ressentimento profundo por sua ausência.

Tinha de reconhecer que não era boa companhia. Muitas vezes era ríspido com Jae e as crianças. Ficara furioso porque Brie e Connor ainda sentiam medo dele na quarta visita. Desatara a gritar, o que levara Connor às lágrimas. Brigara com Jae por causa disso — ainda estava convencido de que as crianças captavam os medos da mãe —, o que parecera fazer uma diferença. Agora, as crianças entravam no quarto, até se aproximavam da cama ou cadeira, para que pudesse tocá-los, antes de saírem para brincar no corredor. Mas toda a família ainda parecia andar na ponta dos pés em sua presença, em cautela por suas explosões. E ele estava cansado de se sentir culpado por sua raiva. O que esperavam? Uma atitude falsa de bom rapaz, a jovialidade do paciente exemplar? *Claro que estou com raiva! Quem não ficaria?*

Noite e dia, Paul era atormentado pelo mesmo sonho. Jae e as crianças corriam pelo corredor ao seu encontro. Ele se agachava para esperá-las. Mas no momento em que alguém pulava para seus braços, acordava sobressaltado, para descobrir que continuava cego.

Bob Koontz visitava-o cerca de uma vez por semana. Sempre reiterava que ele tinha um lugar em sua equipe, mas Paul não podia conceber qual seria, e Bob não era capaz de descrevê-lo.

O fato principal que sustentava Paul era a visita de Stuart Rathe, todas as tardes. A voz sonora e o riso fácil de Straight levantavam o ânimo de Paul, proporcionavam algo por que aguardar. Straight falava e escutava, levava-o a passear pelas enfermarias. Armava o tabuleiro em salas diferentes, e assim podiam jogar várias partidas por dia. Embora participasse de torneios quando estava na universidade, havia anos que Paul não se dedicava ao xadrez. Jogar com Straight absorvia a mente de Paul e lembrava-o como o xadrez podia ser fascinante. Paul ficou surpreso ao descobrir que podia visualizar todo o tabuleiro, com a localização de cada peça, pelo simples movimento de roçar as pontas dos dedos entre os movimentos. A cegueira ajudava-o a se concentrar na estratégia. Mas Straight era muito bom. Paul só conseguia vencê-lo uma vez em cinco.

Um dia, Straight encontrou duas tigelas na mesinha de cabeceira de Paul, uma cheia de clipes para papel, a outra contendo apenas uns poucos.

— O que é isso?

— Estou tentando contar — explicou Paul. — Este texto antigo que estou escutando menciona a cegueira com tanta freqüência que comecei a especular quantas vezes ouvi. A enfermeira arrumou este sistema. Começo com uma tigela vazia, e vou pondo um clipe cada vez que ouço uma referência à cegueira.

— E quantas vezes já ouviu?

— Até agora, 49 vezes, só nas primeiras quatro seções.

— E o que diz sobre ser cego?

— A maior parte é sobre a cura de cegos. Mas há também várias referências à cegueira figurativa, como "o cego conduzindo o cego". Há também um trecho em que um homem argumenta com líderes religiosos presunçosos, que chama de guias cegos, porque coam um mosquito, mas engolem um camelo.

— Não sei o que isso significa.

— Acho que o homem está dizendo que eles se preocupam com os detalhes, mas não percebem o quadro geral.

— E qual é o quadro geral? — indagou Straight.

— É o que ainda estou tentando descobrir.

— Continue escutando a gravação. Parece que o ajuda a enfrentar a situação em que se encontra.

• • •

À medida que uma rotina foi definida, Paul se tornou bastante à vontade com Straight para pedir um favor.

— Pode escrever um bilhete para mim? — murmurou ele, uma tarde. — É um problema que não resolvi antes de ficar cego. Terá de procurar o endereço na lista, se não se importa, porque deixei o cartão no escritório.

— Não me importo. Pode falar.

Paul ditou:

Prezada Ângela:

Deve ter parecido estranho que eu escrevesse sobre aquela carta e depois não desse mais notícia. Mas acontece que poucos dias depois fui hospitalizado, num acidente na Terra do Golfo. Saí queimado, e agora estou — temporariamente, eu espero — cego.

Sinto-me grato por sua gentileza em me ajudar com a análise, e gostaria de convidá-la para um almoço de agradecimento. Estarei em Washington em maio. Pode me escrever para informar sobre sua disponibilidade?

Até lá, com os melhores votos,

Paul Stepola

— Terra do Golfo, hem? — murmurou Straight. — Vi no noticiário que ocorreram estranhos eventos ali.

— É mesmo?

— Incêndios incontroláveis, ou algo parecido.

Straight fez uma pausa, mas não pressionou por detalhes. O que deixou Paul contente.

— Já Washington é um lugar em que conheço muitas pessoas — acrescentou ele. — É uma linda cidade.

• • •

Ângela respondeu imediatamente. Paul, ansioso, estendeu a carta assim que Straight entrou no quarto, e pediu-lhe que lesse em voz alta.

Prezado Paul:

Foi chocante saber de seu acidente. Se deseja falar a respeito, eu estaria interessada em saber o que aconteceu. Mando a nova edição anexa em áudio de A História da Força Delta, que acaba de chegar à Biblioteca do Congresso. Soube que a história é ótima, e espero que você goste.

Claro que eu adoraria encontrá-lo quando vier a Washington. Basta me avisar sobre a data, e abrirei um espaço em minha agenda. Enquanto isso, cuide-se bem e melhore depressa. Depois de perder meu marido, Brian, para o câncer no intestino, sei como é difícil manter o ânimo quando se está internado no hospital. Agüente firme! Sua nova amiga em Washington pensa em você afetuosamente, e torce por um rápido restabelecimento.

Amor,

Ângela Pass Barger

— *Amor?* — repetiu Paul. — Ela escreveu amor?

Straight hesitou.

— Não é atípico em bilhetes cordiais, Paul. Eu mesmo escrevo isso às vezes. Que idade tem essa mulher?

— Em torno dos trinta anos, eu acho. E é de uma beleza extraordinária. — Paul não podia esconder sua exultação. — Uma mulher sozinha, ainda por cima. Não posso acreditar.

— Pensei que isso era trabalho.

— Com toda franqueza, espero que possa ser mais.

Straight não disse nada.

— Não aprova?

— Deixe-me fora disso.

— Ora, Straight, diga o que está pensando.

— Precisa que eu lembre que é um homem casado?

— Mas que tipo de casamento? Quantas vezes já viu minha esposa?

— Poucas.

— Você passa mais tempo aqui do que ela.

— Não se esqueça de que ela tem de cuidar de duas crianças, Paul.

— Que passam o dia inteiro na escola.

— E o que acha que ela faz com seu tempo, Paul?

— Qual é seu palpite?

— Não me surpreenderia se ela estivesse procurando um emprego.

Paul nem sequer considerara essa possibilidade. Não restava a menor dúvida de que Jae podia ler as palavras gravadas na parede. Ela não acreditava que Koontz teria um emprego à espera de Paul. Nem o próprio Paul acreditava nisso, apesar das promessas reiteradas. Em suma, Jae previa que teria de se tornar a provedora de três. Até mesmo os cuidados com o marido caberiam a ela.

— Já entendi. Ela presume que serei seu dependente pelo resto da vida. Não tem a coragem de me dizer, e por isso me deixa sozinho aqui, todos os dias, fervendo de raiva.

— Só estou dizendo que deve ser paciente com sua família, Paul. Eu bem que gostaria que a minha ainda estivesse comigo. Não vai querer se arrepender depois, Paul.

— Temo o dia em que terei de voltar para casa, Straight. Sinto saudade das crianças, é claro, mas elas já começam a se afastar. Nunca me aceitarão como pai se eu for um deficiente físico, ainda mais com Jae agindo dessa maneira.

— Foi por isso que escreveu para essa Ângela?

— Não de todo. Nunca tive muitos problemas nesse departamento, Straight... com as mulheres. Mas agora que começo a perder Jae, não posso deixar de especular se outras mulheres vão me ver da mesma maneira que ela. Como um deficiente. Dependente. Inútil. Por isso, adorei a resposta de Ângela. Ela parece uma mulher que pode assumir minha cegueira, mesmo que seja permanente.

— Paul, quero lhe dizer uma coisa, e gostaria que prestasse atenção. Você ainda é o mesmo homem que era antes de perder a visão. A vida desfechou-lhe um golpe, mas você é um homem de recursos profundos. O tipo de pessoa que é capaz de superar tudo. Seja tolerante com Jae. Ponha-se no lugar dela. Esse livro que tem escutado diz alguma coisa sobre situações como a sua?

Paul pensou por um momento.

— Para dizer a verdade, menciona, sim. Esse fazedor de milagres cura um homem da cegueira e diz: "Segue seu caminho. Foi sua fé que o curou".

— Paul Stepola! Você lembrou isso? É mesmo um bom aluno!

— Confesso que eu mesmo me surpreendi por lembrar, Straight.

— Ah, Paul... Há mais na carta de Ângela Barger.

P.S. Eu lhe darei os detalhes quando nos encontrarmos, mas nossos peritos dizem que a tinta tem pelo menos trinta anos. E as amostras de caligrafia combinam, com toda certeza. Espero que isso ajude.

— Straight, você se importaria se não jogássemos xadrez hoje? — indagou Paul. — Acho que preciso descansar um pouco.

• • •

Seria possível? Paul se tornara tão convencido de que a nova fé de Ranold nele relacionava-se com a carta que abandonara qualquer pensamento de que pudesse ser genuína. O papel podia ser manipulado. A tinta antiga podia ser providenciada pela agência, com toda certeza, e era bem provável que houvesse um meio de desbotá-la. Mas a letra era a mesma... "com toda certeza", escrevera Ângela.

Ainda assim, era difícil para Paul pensar que a carta fora mesmo escrita por seu pai. O fato de que ele não era o herói em quem Paul queria desesperadamente acreditar, mas sim um cristão flagrante e fantasioso. Que ele falava a mesma linguagem inflamada dos fabricantes de bombas em Pacífica e dos incendiários na Terra do Golfo, dedicando sua lealdade a ideais que haviam causado os assassinatos de Coker, seu pessoal, e Donny Johnson... e quase, por um triz, de seu próprio filho. *Por causa das convicções que você tentou me impingir, agora estou cego.*

Paul já ouvira duas ou três vezes os discos do Novo Testamento. Ainda desconfiava de que o livro chamado Apocalipse continha a chave para o levante cristão. Até agora, porém, ainda não conseguira encontrar a pista. Na verdade, tinha dificuldade para se concentrar em Apocalipse, porque havia muitos detalhes, as descrições eram muito vívidas. Há poucas semanas sem a visão, ainda não aprendera a absorver tanto pela audição quanto ocorreria se visse a página impressa.

Agora, ele voltou a tocar Apocalipse, ouvindo a introdução familiar, em que João, no exílio, recebe a visitação de um homem com "uma voz que parecia o estrondo de uma trombeta", os pés "brilhantes como bronze". Ele tinha "sete estrelas na mão direita, e uma espada afiada, de dois gumes, projetava-se de sua boca".

Qual era o código... a mensagem oculta?

13

NO 1° DE MAIO, Paul já voltara para casa, iniciando uma rotina que não contava com o apreço de Jae. Straight visitava-o todos os dias. Passavam horas jogando xadrez e conversando. De vez em quando, Straight levava o sax. Tocava para as crianças, se ainda estivesse na casa quando elas voltavam da escola. Brie e Connor eram fascinados por sua música. Pelo menos duas noites por semana, Straight levava Paul para clubes de xadrez.

Jae sentia-se aliviada por ver Paul a distância, ocupado e relativamente feliz. Era grata pelas coisas que Straight fazia na casa, como pequenos consertos. Na maior parte do tempo, porém, sentia uma terrível solidão. Era como se Paul usasse Straight como uma distração para não confrontar sua cegueira, um amortecedor para se manter a distância da mulher e dos filhos. *Ele se comporta mais como um convidado do que como um pai e marido.*

Duas vezes por semana, Jae levava Paul ao médico. Passara a temer essas viagens, porque inevitavelmente levavam a discussões. Paul não permitia que ela entrasse na sala de exames. Não queria nem que falasse com o Dr. Bihari.

— Não sou tão fraco assim, Jae. Não preciso que você tome as decisões por mim.

— Não tenho de participar de seu tratamento?

— Tratamento? Bihari ainda acha que o transplante não faria qualquer diferença. E não há mais nada para tentar.

— Por que não pede uma segunda opinião?

— Para me dar uma falsa esperança? Ou para confirmar que sou um caso perdido?

— Acho que você deveria verificar todas as possibilidades.

— Não se esqueça de que tenho um interesse mais direto do que o seu. É a minha vida.

— Não é a *nossa vida*?

Paul deu de ombros.

— Não necessariamente.

— Como assim?

Ele hesitou.

— Ninguém a obriga a continuar presa a um marido cego.

— Falei qualquer coisa sobre deixá-lo?

— Não precisava. Dá para perceber o "pobre de mim" em sua voz.

Jae mudou de assunto.

— Nunca terminamos de esvaziar o porão da casa de sua mãe e preparar tudo para a venda. Por que não me deixa verificar o que restou ali?

— Não precisa se incomodar.

— Não há muita coisa. E já estamos em maio. O verão é provavelmente a melhor ocasião para pôr a casa à venda.

— Já disse que não precisa se incomodar, Jae. Não quero ninguém mexendo nas coisas de minha mãe. Cuidarei do resto assim que puder.

— Posso trazer as caixas para cá. Há espaço suficiente em nosso porão.

— Qual é o seu problema com a casa, Jae? É pelo dinheiro? Quer vendê-la porque tem de carregar um marido que nunca mais tornará a trabalhar?

— Claro que não.

— Então deixe que eu me preocupe com a casa e as coisas de minha família.

• • •

Na verdade, Paul não podia suportar a possibilidade de Jae descobrir a carta de seu pai. Paul punha essa desilusão no mesmo nível da perda da visão. Claro que a cegueira era mais devastadora — alterando profundamente cada aspecto de sua vida —, mas havia um estranho desafio no esforço para dominar novas habilidades, avaliando as compensações proporcionadas por outros sentidos. Podia medir seu progresso e recuperar algum senso de controle. Mas a perda virtual do pai como o imaginara sempre deixara um vazio, e não havia nada para preenchê-lo que não a raiva.

• • •

Uma tarde, Paul encontrou um trecho fascinante no Novo Testamento. No início do Apocalipse, o visitante de João ofereceu uma avaliação das diferentes células cristãs ou igrejas no mundo antigo. A cada uma foi prometida sua própria recompensa se permanecesse fiel. Em Sardes, os fiéis foram avisados: "O vencedor será assim vestido de vestiduras brancas e de modo nenhum apagarei seu nome do livro da vida".

O coração de Paul disparou quando recordou o medalhão de Stephen Lloyd, que mostrava uma folha de palmeira e um livro. E Lloyd vestia uma camisa de malha branca e uma calça clara, que mesmo na ocasião pareciam impróprias para o trabalho sujo de um trabalhador num poço de petróleo. Obviamente, eram símbolos. O movimento clandestino cristão comunicava-se por meio de imagens do livro do Apocalipse!

Sardes era também o nome da empresa petrolífera de Johnson, o que era mais difícil para Paul computar. Mas, com certeza, não era coincidência. Talvez o nome inspirasse os terroristas a escolhê-la como alvo. *Pobre Donny. O próprio nome da empresa pode ter acarretado sua morte.*

Mas mesmo que Paul tivesse encontrado a chave para o código cristão, ainda não tinha a menor idéia das conspirações em potencial — as chamadas "missões críticas". O livro do Apocalipse tinha páginas e mais páginas de atos de julgamento do céu, num total de 21, de fome e doença a gafanhotos que desferiam picadas venenosas e rabos de cavalos com cabeça de serpente. A bomba em San Francisco, incontestavelmente, era um esforço para simular um terremoto. Mas com tantos flagelos, era difícil adivinhar onde ou como os subversivos poderiam atacar em seguida. O pai de Paul falara em "punição e sofrimento além de qualquer coisa que podemos imaginar, além de qualquer coisa que já infligimos uns aos outros".

Até agora.

Ainda assim, Paul não tinha uma história bastante sólida para levar a Koontz. O medalhão de Stephen Lloyd era obviamente simbólico, mas ele adivinhara o que era o livro antes de ler qualquer palavra do Apocalipse. Portanto, não era necessariamente parte de um código arcano. Ele procurou numa lista telefônica dos Sete Estados Unidos da América. Ficou consternado com a quantidade de variações de Sardes que encontrou, inclusive um restaurante famoso de Nova York, com mais de um século de existência. E as roupas claras... ora, eram típicas da Terra do Golfo. Estivera ali em março, mas no verão as temperaturas costumavam beirar os 40 °C.

Quanto mais pensava a respeito de suas teorias, mais forçadas lhe pareciam.

• • •

Paul voltara para casa havia poucas semanas quando chegou o momento de ir a Washington para receber a condecoração. A agência forneceu duas passagens de primeira classe. Com a companhia de Jae, seria difícil fazer contato com Ângela Barger... com quem Paul fantasiava desde que ela lhe escrevera no hospital.

Depois, Brie e Connor pegaram a gripe peruana, que grassara na escola.

— Sinto muito, Paul — disse Jae. — Quero muito ir à cerimônia, mas não posso deixar as crianças com outra pessoa, quando estão passando tão mal.

Paul simulou desapontamento.

— O que vou fazer com a segunda passagem?

— Leve Koontz.

— Ele já está em Washington. Teve de ir mais cedo, para uma reunião.

— Não precisamos usá-la. Posso levá-lo ao aeroporto. A empresa providenciará seu embarque e desembarque do avião. E papai o pegará no aeroporto em Washington.

Paul não pensara na logística. Seria capaz de viajar sozinho? Recordou os dias de ansiedade no quarto do hospital, quando não sabia quem estava entrando. Viajar de avião sozinho, tatear para ir ao banheiro, sabendo que todos o observam... até mesmo imaginar tudo isso já era angustiante.

— Talvez eu não vá.

— Tem de ir.

— Ei, lembrei de uma coisa! Straight disse que conhecia muita gente em Washington.

— Então leve-o, Paul. Ele vai adorar.

• • •

Straight também achou que era uma grande idéia. Paul ficaria com os sogros, e Straight na casa de parentes.

Paul ficou surpreso ao descobrir como a viagem de avião o deixara nervoso, embora o vôo fosse tranqüilo. Com os sentidos aguçados, ouvia cada zumbido e batida. Angustiou-se quando o trem de pouso foi recolhido e baixado. Estremecia a cada turbulência. Ao pousarem, sentia-se esgotado e repugnado por seu medo e desamparo. Todas as esperanças recentes, de levar uma vida seminormal, quase independente, pareciam ridículas agora.

Enquanto seguiam do aeroporto para a casa dos Decentis, Paul teve noção da nova intensidade de seu olfato.

— Flores de cerejeiras, Straight. Diga-me como parecem.

— Como você as lembra — respondeu o homem mais velho. — Há cerejeiras por toda parte, desabrochando em flores brancas e rosas. O festival deve ter sido espetacular este ano.

Paul baixou a janela e deixou que a fragrância o envolvesse.

— Esse aroma quase compensa o fato de não poder vê-las — murmurou ele. — Não, isso não é verdade. Ainda tenho dificuldades para me acostumar.

— Com o quê?

— Uma vida com apenas quatro sentidos. Quase que trocaria os quatro pelo que perdi, mas...

— Não perca a esperança, Paul. O médico apenas disse que o momento não era certo, não que esse momento nunca chegaria.

— Está me deixando cada vez mais angustiado, Straight. Pensei que daria um jeito de me sentir bem assim, mas não é o que acontece. Tenho a sensação de que mais e mais do mundo passa por mim. Meus filhos não me respeitam mais. Sou apenas um inválido que eles tratam com gentileza. Jae não pode aceitar que estou cego. Sempre me pressiona para falar com o médico, como se fosse possível arrancar-lhe um passe de mágica. A vida continua ao meu redor, sem a minha participação, apesar de mim. É como se eu fosse um invasor em minha própria casa. O que me deixa furioso. Mas quando tenho uma explosão, alieno ainda mais Jae e as crianças. Sinto-me como alguém sem valor e sem esperança. Sou tão desamparado que nem posso mais voar sozinho. Fiquei apavorado hoje, Straight.

Paul respirou fundo.

— Até mesmo a homenagem é depressiva. Como se fosse um último aperto de mão, antes de o governo me lançar no mar. Pode me manter à tona por algum tempo, mas apenas por caridade. No próximo corte no orçamento, porém, serei afastado. "Você está liquidado"... é isso o que uma medalha significa.

Straight deixou escapar um suspiro profundo.

— Ei, você está com um caso autêntico de depressão! Tenha fé, homem. E todas aquelas citações sobre cegueira do livro antigo? As mãos do tal curandeiro não tocaram nos olhos dos dois cegos, enquanto ele dizia que aconteceria de acordo com a fé de cada um, e os homens abriram os olhos?

— Mas onde está meu curandeiro, Straight?

— O sentido da história é que se deve ter fé. Sem isso, os cegos não seriam curados.

Paul não se lembrava de ter citado para Straight aquele trecho em particular, mas pensar a respeito reduziu sua melancolia. Por um momento, chegou a especular como seria a vida de um cristão. Sentia-se obcecado pelos subversivos, continuava escutando incessantemente o Novo Testamento, tentando penetrar no pensamento deles. O que levava uma pessoa a se projetar para Deus? Adversidade — e ele tinha até demais —, embora não fosse uma desculpa para pessoas como Andy Pass e seu pai. Agora, como que num exercício, Paul colocava-se no lugar deles.

Se eu fosse meu pai, projetando-me para Deus, o que esperaria conseguir? O que haveria para mim? Taciturno, sentindo-se um tolo, Paul invocou as palavras da carta: *Se eu procurar a verdade, o que encontrarei? Deus se mostrará a mim? Experimentarei um amor que transcenderá a todas as dádivas terrenas? Aceitar esse amor será a decisão mais importante e satisfatória de minha vida?*

Ele desejou acreditar, poder se entregar... mas apenas por um instante. Tratou de sair do encantamento, sentindo-se um idiota rematado. Tinha o rosto tão quente que pensou que apareceria como um vermelho brilhante no espelho. Se pudesse vê-lo. Limpou a garganta, para se livrar do embaraço.

— Acho que posso arrumar um ingresso para a cerimônia, Straight. Não gostaria de conhecer a Casa Branca?

— Não se preocupe com isso. Trate apenas de se divertir na companhia de seu sogro. Tenho uma porção de coisas para fazer.

• • •

Na cerimônia mensal em que o governador regional concedia várias condecorações, Paul sentou no palanque, com o sogro à esquerda, Bob Koontz à direita.

Depois que quase uma dúzia de medalhas foram concedidas a atletas, jovens e grupos de cidadãos, o governador declarou:

— Guardamos a nossa homenagem mais importante para o final. Em março, o Dr. Paul Stepola, um agente da Organização Nacional da Paz, foi gravemente ferido no cumprimento do dever. Teve de fazer vários enxertos de pele, e perdeu a visão. Investigava um incêndio ateado por terroristas. Não pensou na própria segurança, ao tentar salvar um dos cidadãos mais proeminentes da Terra do Golfo. Uma explosão quase o matou.

Ao lado de Paul, Ranold mexeu-se, como se estivesse estufando o peito. Depois, quando o sogro foi apresentado e convidado a levar Paul ao pódio, ele pôde sentir o homem mais velho estremecer.

— Pela coragem diante do perigo, é com grande honra que entrego ao Dr. Paul Stepola a medalha Pérgamo.

Paul ouviu os estalidos das câmeras, exultou com os aplausos e gritos. Ranold levou-o de volta à sua cadeira. Ali, Paul ouviu o governador encerrar a cerimônia com um discurso de dez minutos sobre a supremacia do estado, assim concluído:

— Durante muitas gerações, o mundo enaltecia pessoas, personalidades, indivíduos. Alguns foram deificados. Devemos nos regozijar porque vivemos num mundo que evoluiu intelectualmente, passando a reconhecer que o estado sempre prevalece. Vida longa para os Sete Estados Unidos da América! Vida longa para a Terra de Colúmbia! Vida longa para o estado livre!

Depois, Ranold pegou o braço de Paul e levou-o para o Rose Garden. Era como se Ranold quisesse ser visto ao seu lado, quisesse se mostrar. *O que significa que a carta não era mesmo uma manobra dele. Ranold pensou de fato que eu provei o que era.* Ainda se sentindo um inútil, Paul pensou no novo respeito que o ferimento despertara no sogro.

— Acho que antes nunca me senti tão impressionado com a maneira como este lugar cheirava — comentou Paul. — Posso apontar as flores daqui, só pelo perfume. Diga-me como o resto parece.

— Bom... — Depois de um momento de hesitação, Ranold inclinou-se para Paul e sussurrou: — Tem alguém aqui que quero que você conheça.

Ele se adiantou um pouco depressa demais, e Paul quase tropeçou. Mal começara a recuperar o equilíbrio quando o sogro fez a apresentação:

— Paul, aqui está uma estrela em ascensão no escritório da ONP em Washington. Balaam tem se destacado na força-tarefa de Fanáticos Clandestinos.

Uma mão grande e ossuda apertou a de Paul. Ele ficou surpreso quando ouviu a voz de uma mulher. Sentiu a respiração da agente em seu rosto, o que significava que ela tinha pelo menos sua altura.

— Parabéns por sua medalha, Agente Stepola.

— Tenho o maior respeito pelas intervenções criativas de Balaam para enfraquecer a liderança dos terroristas cristãos locais.

— Intervenções?

— Não acreditaria na tremenda expansão do movimento — disse a mulher. — Seus incêndios na Terra do Golfo, lamento dizer, ajudaram os líderes no recrutamento.

Meus incêndios?

— Por isso, temos visado os líderes das células locais. Em alguns casos, transmitimos uma mensagem clara e inconfundível de que não é nem um pouco saudável ser um cristão.

Paul detestou a voz da mulher. *Sinto-me ameaçado porque ela é mulher? Com inveja porque está trabalhando, o que eu não posso fazer? Com ciúme porque é protegida de Ranold?* Não, nada disso. A reação era pela satisfação presunçosa, que deixara Paul irritado.

— Tenho uma notícia que vai fazê-lo se sentir bem — sussurrou Ranold. — Tivemos um acidente no Zoológico Asclepitano na semana passada. Um visitante noturno, drogado, por acaso tropeçou na cerca errada, e foi morto por uma jibóia.

— Que coisa terrível! — exclamou Paul.

— Seria mesmo, em circunstâncias normais. Só que neste caso significou um terrorista a menos. Um acidente ocasional, no momento certo, pode ser um instrumento muito eficaz. E este provocou pânico entre muitos crentes, pelo que contaram nossos espiões infiltrados.

— Temos agentes secretos no Smithsoniano e na Biblioteca do Congresso — informou Balaam. — Não vai demorar muito para capturarmos as células terroristas ali. Não vão conseguir se firmar em nossa cidade.

— Como pode perceber, Paul, haverá sempre trabalho para você na agência, quer recupere ou não a visão — disse Ranold. — A batalha é cada vez mais intensa. Essas pessoas têm proliferado debaixo de nosso nariz.

Apesar da lei, apesar do perigo...

• • •

A caminho do aeroporto, como planejado, Straight levou-o ao Dover Inn, um dos restaurantes prediletos de Paul. Ficou esperando num banco de madeira, enquanto Straight estacionava o carro. Sentiu a fragrância de Ângela antes de ouvi-la... água de chuva e lavanda. Ela pegou sua mão.

— Eu poderia reconhecê-lo em qualquer lugar — disse ela.

Paul ficou maravilhado com a qualidade lírica de sua voz.

— O que faria se eu não fosse o único cego aqui?

— Esta é a primeira vez que o vejo de óculos escuros, mas o resto de você é bastante memorável.

Os três tiveram um almoço descontraído. Riram muito. Recordaram histórias do pai de Ângela. Discreta, ela esperou para falar sobre a carta até o momento de saírem. Enquanto Straight ia buscar o carro, Ângela disse:

— Aqui está o relatório sobre a amostra de tinta. Embora eu imagine que não poderá continuar com seu projeto memorial por causa do ferimento.

— Não, não poderei. Mas tenho pensando muito a respeito. E agradeço sinceramente o relatório. Abriu meus olhos... perdoe a expressão.

Ângela riu. Roçou a mão pela de Paul. Ele virou a palma para cima, e pegou sua mão.

— Essa foi provavelmente minha primeira piada de cego. Mas, falando sério, sua companhia hoje serviu para levantar o moral, além de ser um prazer.

— O prazer foi mútuo. Já faz algum tempo que não saio para almoçar com um homem atraente.

— Quero lhe dizer uma coisa. — *O que estou fazendo?* — Há alguém por perto que possa ouvir se eu falar um pouco alto?

— Não, ninguém. Sou a única pessoa que pode ouvi-lo.

— É bastante irregular para mim, mas queria mencionar que agências do governo às vezes investigam seu próprio quintal com o mesmo cuidado com que investigam o público em geral.

— É mesmo?

— Algumas até infiltram agentes em lugares como a Biblioteca do Congresso. Uma célula subversiva teria dificuldade para se manter tão perto de Big Brother.

O tom de Ângela era divertido.

— Portanto, se eu estiver aproveitando a hora do meu almoço para tramar a derrubada do governo, é melhor tomar cuidado... é isso o que está querendo dizer?

— Bom...

— Não se preocupe. — Ela soltou sua risada musical. — Lá vem seu amigo. Oi, Sr. Rathe!

14

PAUL CONCLUIU QUE a adrenalina devia tê-lo mantido em ação durante seu primeiro dia inteiro fora de casa. À espera da decolagem, na poltrona na primeira classe, ao lado de Straight, sentia-se exausto e claustrofóbico. Não ajudou a informação de Straight de que o avião estava lotado. Paul recusou um drinque antes do vôo. Sentado, com o queixo pendendo para o peito, tentou cochilar. Seu devaneio foi interrompido pelo anúncio de que o tempo em Chicago atrasaria a partida.

— Há uma grande tempestade sobre o Aeroporto Internacional Daley — comunicou o comandante. — Por isso, temos de esperar e relaxar. Precisamos saber para onde a tempestade vai se deslocar antes da partida. Só depois apresentaremos o plano de vôo e pediremos autorização para a decolagem.

Relaxar? Paul sentiu a pulsação e respiração aumentarem. Tentou controlá-las, reconstituindo mentalmente a visita: a cerimônia na Casa Branca, o orgulho de Ranold, o encontro com a agente de Washington em ascensão no Rose Garden... mas isso só serviu para estimular sua ansiedade. O medo voltou, e ele tinha de permanecer focalizado... na fragrância de Ângela, a voz, o contato. *Mantenha-se calmo. Tenha fé.*

Mas o que era a fé? Paul não podia negar o efeito que o Novo Testamento vinha lhe causando. Jesus exortava as pessoas a terem fé, a acreditarem nele. A maioria dos ateus optava por acreditar que ele não passava de um personagem fictício. Mas os professores de Paul haviam sido mais generosos. Admitiam que se tratava de uma figura histórica, talvez um sábio mestre, mas é desnecessário dizer que escarneciam de qualquer alegação de divindade. Ele não podia ser o filho de um Deus que não existia.

E, no entanto, Paul descobrira que os ensinamentos de Jesus eram revolucionários, seus pronunciamentos paradoxais. Se você quer ser exaltado, trate de ser humilde. Se quer ser rico, dê seu dinheiro. Se quer liderar, sirva. De certa forma, Paul descobria que era cada vez mais difícil descartar o homem apenas como um mestre. Ele alegava que era o Filho de Deus, dizia que fora enviado pelo Pai, e voltaria ao Pai. Também dizia que retornaria à Terra. As cartas do apóstolo Paulo discorriam sobre as verdadeiras razões por trás de sua morte na cruz, e tratavam a Ressurreição — menosprezada pelos céticos — como um fato histórico.

Seria possível? Paul tinha uma vaga recordação de uma verdade postulada por C. S. Lewis, um estudioso ateu do século XX que se tornara cristão. Um argumento de que Jesus tinha de ser uma de três coisas: um mentiroso, um lunático ou quem ele alegava ser. Não podia ser duas coisas. Não se podia considerá-lo um sábio mestre se não se acreditasse em sua alegação de que era o Senhor de tudo.

Mais uma vez, Paul descobriu-se a especular na margem da convicção, refletindo sobre as possibilidades. Seu próprio pai, era óbvio, fora um fiel. Paul pensava que conhecia bastante o pai, através das recordações da mãe. Ela nunca dissera que o pai era estúpido. E Paul sabia, além de qualquer dúvida, que Andy Pass não era superficial em termos intelectuais. Mas quando se permitia considerar que Jesus podia ter morrido pelos pecados de um homem como ele, Paul descobria-se envolvido pela tristeza.

Ele era um pecador? Fora infiel no casamento. Mentira. Fora egoísta, importando-se mais consigo mesmo do que com sua família. Matara pessoas. O peso era demais. Não se lembrava de ter experimentado antes o sentimento de culpa; mal sabia o que era.

Até agora. Queria se livrar de todos esses pensamentos, voltar à realidade. Queria escapar daquela vergonha opressiva ao lembrar a si mesmo que não passavam de mitos, contos de fadas. Talvez aquele projeto, aquele novo estudo, em prol de sua missão na ONP, tivesse sido um tremendo erro.

O avião permaneceu parado na pista por mais de uma hora, o que deixou Paul ainda mais nervoso. Não podia mencionar nada daquilo para Straight. Além do mais, pelo som da respiração, o amigo cochilava. *Deve ser ótimo.* Os atrasos eram incomuns na era da viagem supersônica. Paul decidiu dar uma volta pela seção de primeira classe, contando as poltronas para se orientar.

• • •

O antigo Museu Nacional do Ar e Espaço, no Instituto Smithsoniano, era um dos lugares que os filhos de Ângela mais gostavam de visitar. Passavam muitos sábados de chuva ali, admirando o avião quadrado, de madeira e musselina, dos irmãos Wright, em que o piloto tinha de voar deitado, de barriga para baixo. Ou o velho *Spirit of St. Louis*, com seus tanques de combustível na frente, de tal forma que Lindbergh precisara usar um periscópio. Pelo menos a primeira espaçonave tripulada, lançada oitenta anos antes, tinha janelas, o que permitira que os astronautas vissem para onde iam. Mas o aparelho voador predileto de Ângela era o Breitling Orbiter, o primeiro balão a realizar um vôo sem escala ao redor do mundo, pouco antes da passagem do século, seis anos antes de seu nascimento.

Ela passou pela exposição de estranhas pedras lunares, e subiu a escada para o Planetário Albert Einstein, que ainda apresentava os espetáculos antiquados de Visão do Céu. As mostras deixavam seus filhos impacientes, já que estavam acostumados aos telescópios do Centro de Astronomia Espaço-Tempo, com potentes lentes, que pareciam lançar a pessoa, fisicamente, no meio do cosmo. Mas ela adorava o sistema de projeção digital, com som *surround*, que era a tecnologia mais avançada antes da guerra. Proporcionava-lhe a ilusão de estar voando pelo espaço exterior, ressoando com música dramática e turbilhonando com cores supersaturadas.

Ela comprou um ingresso para a apresentação das três horas, e escolheu um lugar num trecho vazio. Àquela hora, num dia de trabalho, o auditório só tinha a metade da lotação... turistas, em sua maioria, ela calculou. O céu foi projetado no teto. Era uma imagem inacurada, eles sabiam agora, mas nem por isso menos fascinante. Não era de admirar que, desde os tempos mais antigos, os seres humanos procurassem Deus no firmamento.

Um casal entrou. Sentaram nos lados de Ângela. Os três apertaram-se as mãos. Enquanto a trilha sonora estrondosa começava a tocar, os três partilharam uma oração silenciosa. Ângela sussurrou em seguida:

— Podem ocorrer prisões em breve. Aquela morte no zoológico pode ser o início de um expurgo.

— Quem está por trás? — indagou a mulher. — Balaam?

— Não sei. Mas eles conseguiram se infiltrar.

Ângela repetiu a advertência indireta de Paul.

— Esse homem aparece de repente, e a alerta sem qualquer explicação?

— Ele serviu sob o comando de meu pai. Veio a Washington receber uma condecoração por ter sido ferido no cumprimento do dever.

— Ele só pode ser da ONP. Ângela, você precisa sair da cidade. Podem estar observando-a por causa de seu pai, mas não resta a menor dúvida de que entrou na tela de radar dos agentes. Até mesmo o aviso pode ser uma armadilha para se descobrir quem você vai alertar.

— Duvido que seja, mas minha partida faz sentido.

— Pegue as crianças e deixe a cidade hoje mesmo — aconselhou o homem. — Providenciaremos tudo o que for necessário na escola e no trabalho, e avisaremos a Detroit para esperá-la.

— E a operação de lançamento do livro...

— Talvez devêssemos suspendê-la por algum tempo... pelo menos até descobrirmos o que significa essa súbita pressão. E quando for seguro retomar o processo, não se preocupe com sua parte. Arrumaremos alguém para lhe dar cobertura.

• • •

— Eles não sabiam que estava chovendo em Chicago? — indagou um homem, enquanto Paul andava pelo corredor.

— Por que nos deixaram embarcar? Se fosse um avião normal, em vez de um aparelho de duzentos lugares, uma tempestade não nos atrasaria. Nunca mais voarei nesses aviões pequenos.

Outros entraram na conversa, reclamando e proclamando que fariam a mesma coisa. O coro de protestos levou Paul de volta ao seu lugar. Straight havia acordado.

— Que horas são? — perguntou Paul. — As pessoas falam como se já estivéssemos aqui há muitas horas.

— Poucos minutos depois das quatro — informou Straight. — Não é tão tarde assim. E o curioso é que está escurecendo. Teremos chuva aqui também.

— Espero que não.

O comandante voltou a falar:

— Agradeço a paciência de todos. A tempestade em Chicago está se deslocando para Detroit, mas outra frente aproxima-se pelo sul. Nossa melhor opção é partir antes de sua chegada. Estamos autorizados a decolar.

Os passageiros, inclusive Paul, aplaudiram o aviso. Talvez assim ele pudesse esquecer sua tormenta particular.

• • •

Enquanto Paul estava em Washington, Jae decidira que chegara o momento de o marido voltar a dormir com ela no quarto do casal, no segundo andar. Desde que voltara do hospital, ele ficara instalado na sala íntima. Aprendera a se orientar no primeiro andar, e podia até sair para o jardim na frente e o quintal nos fundos. Mas não fizera qualquer esforço para tentar subir a escada e dormir com ela no quarto conjugal.

Quando Jae abordara o assunto, ele alegara que ainda acordava várias vezes durante a noite, cochilava no máximo por uma ou duas horas, ouvia seus discos, até conseguir dormir de novo. Não queria incomodá-la, alegara Paul. Ela relutara em pedir de novo. Uma segunda negativa seria humilhante.

Melhor seria apresentar a Paul um *fait accompli.* Ela sabia que a mudança das coisas do marido seria uma provocação, mas também queria uma oportunidade de descobrir qual era a posição de Paul em relação ao casamento. *Quero saber o que vai acontecer... se teremos uma nova etapa em nossa vida.*

Jae pôs todos os lençóis e roupas do marido na lavadora. Arrumou seus artigos de higiene e remédios num cesto. Na mesinha de cabeceira, ajeitou o aparelho de som, que não conseguira ligar no hospital, e a pequena pilha de discos. Onde estava a caixa com os discos do Novo Testamento? Chovia muito, deixando a sala íntima tão escura que ela teve de acender a luz para procurar.

Finalmente encontrou, no chão, por baixo da poltrona de Paul. Também encontrou ali um bilhete amassado e mole de tão manuseado, enviado por Ângela Pass Barger. Seus olhos correram pelas frases, no maior horror. Impossível! Como seu marido cego, aparentemente desamparado, definitivamente desamparado, arrumara uma nova mulher, com quem se correspondia, com um plano secreto para encontrá-la em Washington? E à vista do pai de Jae?

Não era de admirar que Paul quisesse que Straight o acompanhasse. Ele devia ser o cúmplice de Paul desde o início. Quem mais poderia ter lido o bilhete para Paul? Jae sentiu-se espantada por ter sido tão ingênua e submissa, esperando por Paul sem reagir, aceitando suas oscilações de ânimo e explosões furiosas, justificando seus acessos para as crianças. Durante todo o tempo, pensara que o marido acabaria aceitando a cegueira, que apenas singrava as águas de um futuro diferente.

Era a mesma história antiga, Paul e outras mulheres. E ele sempre agira como se o ciúme de Jae fosse um absurdo. Ela largou o cesto com os artigos de higiene e remédios na mesinha de cabeceira, furiosa demais nem sequer para forçar as lágrimas. Já chorara o suficiente para uma vida inteira.

• • •

— Bem a tempo — comentou Straight, enquanto o avião subia. — Se esperássemos, poderíamos ficar retidos por mais duas ou três horas.

Mas antes de alcançarem a altitude de cruzeiro, acima das nuvens, o vôo teve muitos solavancos. Os passageiros foram obrigados a permanecer em seus lugares, o que aumentou a claustrofobia de Paul... não que ele quisesse se arriscar a andar pelo corredor, com o avião sacudindo daquela maneira. Straight deve ter sentido seu desconforto. Pôs a mão no braço de Paul, para ajudá-lo a se controlar.

— Uma área de turbulência — avisou o comandante, jovial. — Não creio que possa demorar muito. Seguiremos pelo sul de Detroit, e podemos esperar uma viagem tranqüila.

— Como ele pode se mostrar tão animado? — indagou Paul. — Está me levando à loucura!

Na verdade, era o próprio Paul quem levava a si mesmo à loucura, tentando remover da mente os ensinamentos irritantes dos Evangelhos. Era como tentar não pensar num elefante.

• • •

As flores das cerejeiras ainda eram uma atração, pensou Bia Balaam. Mesmo nos dias de hoje, quando era possível ter uma versão virtual de qualquer experiência de vida, os turistas ainda vinham a Washington pelo simples prazer de andar sob os delicados dosséis de flores perfumadas. Por reconhecer a atração comercial da tradição — e com a ajuda da floricultura mais moderna —, Washington ampliara a estação das cerejeiras em flor, que antes se estendia do final de março ao princípio de abril, mas agora se prolongava por abril, maio e junho. Mais do que nunca, agora, celebrar as cerejeiras em flor era parte do ritual de primavera da nação.

Os turistas nas proximidades do Monumento a Washington olhavam para o céu e corriam em busca de cobertura. O vento trazia o cheiro e o gosto forte de ozônio. Havia um silêncio de expectativa, uma vibração elétrica no ar, o que deixava as pessoas ansiosas, torcendo para que a tempestade desabasse logo de uma vez.

Bia tirou do bolso o cartucho de titânio, do tamanho de uma caneta, abriu a tampa com o polegar e apertou o botão. O guarda-chuva foi projetado, desdobrando-se como um pára-quedas, por cima de sua cabeça. Mas a chuva não caía. Um quarteirão, dois... Bia começou a se sentir ridícula com o guarda-chuva aberto, mas não havia ninguém por perto para notar.

Finalmente, ela ouviu o barulho de alguns pingos macios. A chuva aumentou de intensidade no instante seguinte, e o guarda-chuva ficou pesado. Mas Bia não sentiu o cheiro de água. As pernas e os pés continuavam secos. Não havia poças de água se formando na rua. Em vez disso, ela viu apenas pétalas rosas e brancas caindo do céu e espalhando-se pelo chão.

Sacudiu-as do guarda-chuva. O ar se tornou denso com as pétalas das flores de cerejeiras, a doce fragrância dando lugar ao cheiro enjoativo de decomposição. Através da nevasca de pétalas, ela viu que as árvores estavam vazias.

Removeu as pétalas do rosto e cabelos, e foi examinar as árvores. Não havia mais flores nos galhos, e as folhas haviam se tornado castanhas, como se um súbito inverno as tivesse envelhecido. Mas não fazia frio. O ar quente crepitava de estática e recendia a decomposição.

Bia segurou o guarda-chuva pela ponta, prendeu o cabo num galho e puxou-o para sua mão. A extremidade do galho estava murcha. A casca se encontrava toda manchada, e era evidente que definhava, até o tronco. A árvore parecia morrer diante de seus olhos.

Durante quase duzentos anos, desde que os japoneses haviam-nas oferecido como um presente para a capital da nação, as cerejeiras haviam se tornado um símbolo amado de renovação, uma das atrações mais irresistíveis de Washington. Agora, no tempo que Bia levou para percorrer uns poucos quarteirões, as árvores haviam sido destruídas, murchando até virarem pó.

Que força da natureza poderia ter causado uma devastação tão terrível? E tão rápida? Os cientistas coçariam a cabeça, à procura de uma explicação. Mas a Agente Balaam já sabia o que seu chefe diria. Ele reconheceria que não era natural, mas também não era um milagre, como alguns alegariam. Nada disso. Era apenas um ato de terrorismo, de uma audácia chocante, absolutamente desprezível... que merecia a represália mais imediata e brutal.

• • •

O piloto errou em todas as suas previsões. A turbulência não diminuiu em momento algum, e a tempestade obstinada pairou sobre Chicago por horas, obrigando o avião a circular. As brincadeiras iniciais dos passageiros, sobre vôos acidentados, deram lugar a um silêncio apreensivo. Paul torcia para que seu terror não transparecesse.

Até mesmo o piloto parecia estressado. Comunicava-se em frases curtas e tensas.

— Área de turbulência... à espera de autorização para o pouso... descida quando clarear...

Finalmente ele ofereceu uma frase completa:

— Muito bem, pessoal, vamos tentar pousar.

— *Tentar pousar?*

Paul ouviu gritos de horror ao redor. Podiam estar mesmo numa situação crítica? Seria possível que ele estivesse prestes a morrer? E se fosse verdade tudo o que andara escutando? E se houvesse um Deus e um plano de salvação, com as conseqüências para quem não o aceitasse? Paul balançou a cabeça. Não tinha a menor intenção de se tornar um convertido pela iminência da morte. Isso não fazia sentido. Ele especulou se ainda seria válido.

O avião balançava todo, enquanto circulava sobre Chicago, sacudido pelos ventos fortes. Desorientado, Paul tremia de ansiedade. O pânico aumentou ainda mais quando uma mulher por trás desatou a chorar. Fora um erro pensar que podia voar. *Deus, ajude-me.*

Não falava sério, ele sabia. Qualquer um poderia dizer isso. Era apenas uma maneira de falar. *Trate de se controlar.* A voz profunda de Straight penetrou em seu terror nesse momento:

— O céu está espetacular, do preto total a um verde escuro, onde as nuvens turbilhonam no horizonte.

Paul apertava os braços da poltrona com toda força.

— Chega de descrições.

— Você está bem, Paul?

— Muito nervoso.

O coração de Paul batia tão forte que ele pensou que poderia até estourar. *Não quero morrer. Ainda não estou preparado.*

— Teremos um pouso difícil — anunciou o comandante. — Assumam a posição de emergência, com a cabeça para baixo, os braços por cima.

Soaram gritos desesperados. Alguém vomitou.

— Abaixem-se e cubram a cabeça! — gritava uma comissária de bordo, em meio à confusão.

O avião teve um solavanco e mergulhou. Os gritos transformaram-se em gemidos. Paul comprimiu os antebraços contra os ouvidos, para abafar os soluços e uivos dos outros passageiros. Sua respiração saía em ofegos rápidos.

O avião continuou a mergulhar, tremendo todo. Paul sentia que os pulmões e o estômago eram sugados para baixo. *O importante é ter fé. O que leva uma pessoa a acreditar? Se eu fosse meu pai, projetando-me para Deus, o que esperaria obter? Se procurasse a verdade, o que encontraria? Deus apareceria para mim? Experimentarei um amor que transcende a todas as dádivas terrenas?*

Deus, salve-me!, gritou Paul, silenciosamente. E ele sabia que não suplicava apenas por sua vida física.

Uma trovoada ressoou. Paul empertigou-se no mesmo instante. Virou-se para Straight, em meio aos gritos. Estendeu a mão, mas encontrou apenas o ar; como os outros passageiros, o amigo também se abaixara, na posição de pouso de emergência. Um imenso raio iluminou a janela, preenchendo o compartimento com uma intensa claridade. Paul sentiu o choque nas pontas dos dedos, subindo pelos braços, alcançando o rosto e os cabelos.

Subitamente na trovoada que sucedeu ao raio, seu medo se desvaneceu, substituído por uma reverência cada vez mais profunda.

Eu vi isso!

15

O QUE ACABOU *de acontecer?* Os braços e o rosto de Paul ainda comichavam. Por trás das ataduras, os olhos ainda pulsavam com o brilho do choque posterior. Aquela súbita erupção de fé restaurara sua visão? Sua oração apavorada podia ter sido válida? Ele nada sentia.

Não fizera qualquer barganha com Deus. Não oferecera nenhuma promessa. Decidira receber Cristo? Tornar-se um cristão? Seu homônimo no Novo Testamento dissera a um carcereiro que só era preciso invocar o nome do Senhor Jesus Cristo, e ele seria salvo. Não havia a menor dúvida de que Paul invocara Deus. Ou apenas deixara escapar algumas palavras pelo medo? Sua visão fora restaurada, mas não fazia sentido. Parecia fácil demais.

A fé podia surgir do nada? Seria possível que bastava a uma pessoa expressá-la para colher enormes benefícios?

E seria realmente possível para alguém como ele? Paul reconheceu que vinha se afligindo com a questão da fé desde o Wintermas, quando Andy Pass morrera e ele descobrira a carta do pai. Seu desprezo pela fraqueza dos dois principais homens em sua vida; sua indignação pela traição, que o levara a ingressar na força-tarefa; o ódio que o dominara enquanto escutava os fiéis em San Francisco; sua aversão por Stephen Lloyd no momento em que ele confessara... todos esses fatos haviam sido batalhas contra a fé. Mas Paul fora mais culpado do que apenas pela hostilidade. Até matara na tentativa de erradicar a fé, como se fosse uma doença contagiosa — e sem qualquer remorso, como dissera a Koontz —, encontrando satisfação num trabalho bem feito.

Como a fé podia ter se enraizado nele, o inimigo? Quem podia ser mais indigno? No Novo Testamento, Paulo dizia que ele era "o maior dos pecadores". Agora, tinha um concorrente.

As sementes haviam sido plantadas enquanto Paul ouvia o Novo Testamento, embora acreditasse que sua mente o rejeitava ativamente. Adquirira a convicção de repassar as frases do serviço fúnebre e da carta do pai em sua mente, muitas e muitas vezes? Poderia ter aflorado quando fingia ter fé, procurando imaginar o que seu pai experimentara? Ou mesmo do desejo do pai para que ele crescesse e procurasse a verdade, tornando-se um homem de Deus?

Tudo o que Paul sabia com certeza era que alguma coisa mudara... alguma coisa mais profunda do que a recuperação da visão.

O avião nivelou no instante em que outra trovoada ressoava. Straight ergueu o corpo. Pôs a mão no ombro de Paul.

— Você está bem?

— Como?

— Parece muito agitado, Paul, como se estivesse se sentindo mal.

— Eu vi aquele raio, Straight.

— Viu?

— Não foi minha imaginação.

— Mas tem os olhos cobertos por ataduras, com óculos escuros por cima.

— Sei o que vi!

— Espero que esteja certo, mas não acalente muitas esperanças.

— É verdade. Quero tirar as ataduras agora, para descobrir o que posso ver.

— Não faça isso, Paul. Independentemente do que possa ter acontecido, ainda está com os olhos muito sensíveis, e não vai querer correr o risco de danos adicionais.

— O que acontece de fato foi o que você me disse antes no carro... — Paul baixou a voz para um sussurro. — Acontece de acordo com a fé de cada um... e seus olhos abriram...

— Ahn...

Foi então que ocorreu a Paul. Não reconhecera a citação porque nunca a recitara para Straight, o que significava que Straight conhecia a Bíblia. Seu amigo só podia ser um fiel secreto. A maneira como sempre dava um jeito, gentilmente, de encaminhá-lo de volta ao livro, fazendo perguntas inocentes sobre o que dizia a respeito desse ou daquele assunto...

Se Straight é um fiel, eu também sou?

O avião pousou. Alguns passageiros aplaudiram, sem muito ânimo. A maioria se achava exausta demais para fazer outra coisa que não levantar e procurar a bagagem de mão, numa evidente apatia. Paul levantou-se de um pulo, exultante. Tinha um objetivo: chegar em casa e voltar ao Novo Testamento. Todas as passagens sobre cegueira eram importantes. Mas havia muito mais que ele precisava ouvir de novo, até compreender.

• • •

Paul entrou apressado em casa, acompanhado por Straight. Largaram as malas no vestíbulo. Ele foi abraçar Jae... pela primeira vez, compreendeu, desde a explosão. Deu a notícia de que voltara a ver. Ela ficou rígida. Paul deu um passo para trás, aturdido. *Ela não quer que eu tenha esperanças prematuras.*

— Sei que é impossível acreditar, Jae, mas é verdade. Olhei pela janela, no momento em que um raio riscava o céu, e vi o clarão.

Ele tirou os óculos escuros que cobriam os olhos enfaixados.

— Posso ver as luzes nesta sala. Ali está um abajur aceso...

— Fale baixo, Paul. Não quero que as crianças acordem e ouçam isso. Lembra onde fica o abajur. Talvez Straight devesse levá-lo agora para a emergência...

— De jeito nenhum. Não posso explicar tudo isso a estranhos e passar a noite ali fazendo exames. Vamos procurar o Dr. Bihari pela manhã.

— Paul, talvez seja uma alteração neurológica...

— Não vou para o hospital agora, Jae. Pode esquecer. O problema é com meus olhos, não com a cabeça... — Subitamente, ele ficou murcho, em termos emocionais e físicos. — Além do mais, sinto-me muito cansado. A viagem de avião foi como uma montanha-russa...

• • •

Na manhã seguinte, Jae levou Paul ao consultório do Dr. Bihari. Seus olhos demoraram vários minutos para se ajustarem à claridade. O médico estava em dúvida. Deslizou de um lado para outro, na frente de Paul, sentado num banquinho.

— Diga-me o que pode ver.

— Tudo está indistinto, mas posso ver. Ontem à noite pude determinar que luzes estavam acesas em casa, e esta manhã pude ver os contornos dos móveis...

— Você viveu naquela casa durante muitos anos, Paul...

— Se não acredita em mim, faça um exame.

— Está certo. Não fique tenso... e, por favor, não tenha muita esperança.

Quantas vezes terei de ouvir isso? Claro que tenho muita esperança!

— Visão limitada, intermitente, não é um fato inédito — comentou o Dr. Bihari. — Mas tome cuidado para não tirar conclusões precipitadas.

Paul só foi capaz de divisar a letra maior, isolada, no alto da tabela. Em outra tabela, pôde perceber as fileiras de letras maiores.

— Mas tem de concordar que já é alguma coisa — comentou ele.

— É mais do que alguma coisa — concordou Bihari. — Preciso efetuar mais um procedimento, e devo adverti-lo que pode causar algum desconforto.

— O que for necessário.

O médico examinou-o com uma luz bastante intensa. Paul piscou e contraiu os olhos, mas fez um esforço para mantê-los abertos, pelo tempo suficiente para o médico descobrir o que procurava.

— É espantoso — murmurou o Dr. Bihari. — As córneas, íris, pupilas e coróides apresentam lesões permanentes. Se você consegue ver qualquer coisa, só pode ser através do tecido cicatrizado dentro dos olhos.

O médico pediu a Jae que se aproximasse.

— Pode ver o desfiguramento do cristalino, logo depois da íris, nos dois olhos?

Ela confirmou com um aceno de cabeça.

— Mas você não vê isso, Paul?

— Vejo apenas o que lhe disse. Ainda é indistinto, mas fica cada vez mais nítido. Já podemos fazer os transplantes?

— Talvez não sejam necessários. Não entendo, mas acho que não devo interferir com a natureza por enquanto. Vamos verificar até que ponto seus olhos melhoram.

• • •

Jae estava confusa. Não sabia como se sentir. Devia estar exultante, mas não podia conter a raiva pela carta. Agora, não sabia como confrontá-lo. Paul reagiria com a maior irritação, e alegaria que a correspondência era inocente, embora estivesse assinada "amor". Ainda por cima, era óbvio que ele fizera planos com a mulher. Se o relacionamento era platônico, por que Paul não o mencionara? Como Jae podia confiar de novo no marido? Cansara-se de sua infidelidade... de se preocupar, de procurar sinais, de ser consumida pela dúvida e suspeita.

Mesmo que Paul confessasse — o que era bastante improvável —, o que ela podia fazer? Estaria disposta a expulsar de casa um homem que começava a recuperar a visão? Ele seria capaz de se virar sozinho num lugar estranho? Obrigá-lo a sair de casa agora seria imperdoável, o golpe final no casamento. Jae não estava disposta a fazer isso. Precisava de tempo e espaço para pensar na situação. Tinha de provar para Paul — ao menos — que não estava mais disposta a aturar qualquer coisa.

A única solução era fazer as malas e sair de casa com as crianças, o que teria de esperar até o término das aulas, dentro de poucas semanas. Poderia então apresentar a saída como algo positivo: uma aventura, férias de verão. *Devo isso às crianças, depois de tudo por que passaram.*

Até lá, ela esconderia seus sentimentos de Paul. Logo descobriu que era mais fácil do que imaginara. A rotina de Paul não mudou: ouvir os discos na sala íntima durante toda a manhã, com a porta fechada, à espera de Straight; passar a tarde inteira trancado com Straight; e ir a clubes de xadrez várias noites por semana. Pela primeira vez, Jae sentia-se grata por ser negligenciada pelo marido.

• • •

Para Paul, a recuperação gradativa da visão era um mistério que virava seu mundo pelo avesso. Se agora tinha fé em Deus, o que isso significava? O que se podia esperar dele? Com toda certeza, sua vida, seu trabalho, até mesmo seu casamento, teriam de mudar. Ao considerar quem era seu sogro, Paul não podia imaginar como explicar sua mudança a Jae. E se a assustasse, levando-a a falar com o pai? A vida de Paul estaria encerrada.

Primeiro, tinha de absorver tudo sozinho. Estudara o Novo Testamento como um forasteiro. Escutara as palavras inúmeras vezes, mas ainda havia muita coisa que não entendia. Os ensinamentos de Jesus eram antiéticos para tudo o que Paul aprendera, ao longo da vida. Jesus dizia para amar os inimigos e ser gentil com aqueles que o maltratassem. Como se podia assumir essa atitude na ONP?

Outro obstáculo para a inteligência de Paul era a afirmação de que Jesus levara uma vida perfeita, sem pecado. Por isso, podia se tornar o cordeiro do sacrifício de Deus para todos os pecados do mundo. Era o que tornava o cristianismo singular entre todas as religiões, ou pelo menos as que Paul estudara. Que outra religião baseava a salvação numa dádiva, em algo feito por alguém? Que outra religião tinha um herói que não apenas levantava dos mortos, mas também supostamente vivia? A maioria das outras religiões concentrava-se nas tentativas do homem de alcançar Deus; mas Jesus era, sem a menor dúvida, a tentativa de Deus de alcançar o homem.

O homônimo de Paul, um homem instruído, parecia escrever diretamente para ele, numa carta no Novo Testamento: "Certamente a palavra da cruz é loucura para os que se perdem, mas para nós, que somos os salvos, o poder de Deus".

Eu estava me perdendo. Foi essa a alegação do apóstolo Paulo. A menos que eu acreditasse nisso, morreria sem Deus.

O trecho continuava: "Pois está escrito: Destruirei a sabedoria dos sábios, e aniquilarei a inteligência dos entendidos. Onde está o sábio? Onde o escriba? Onde o inquiridor deste século? Porventura não tornou Deus louca a sabedoria do mundo? Visto como, na sabedoria de Deus, o mundo não o conheceu por sua própria sabedoria, aprouve a Deus salvar os que crêem, pela loucura da pregação".

Paul escutou o trecho muitas vezes. Sentia-se atordoado. Sempre procurara por razões inteligentes para considerar tudo aquilo como meras palavras sonoras, destinadas à mente religiosa. Mas o que ele pensava que parecia um absurdo tinha mesmo a intenção de parecer absurdo, para confundir o sábio. Pois ele sentia-se confuso agora.

Havia também a promessa de que Jesus voltaria à Terra algum dia. Ele dissera aos discípulos que ia para o céu, a fim de preparar um lugar para eles. Acrescentara que voltaria para recebê-los pessoalmente. E arrematava: "Se assim não fosse, eu teria lhes dito".

Paul estudara o livro do Apocalipse, que descrevia as condições da volta de Cristo e a promessa de que ele viria em breve. Tanto o pai de Paul quanto os fiéis em San Francisco acreditavam que esse momento era iminente. Como isso se ajustava à nova fé que Paul adotara?

Por tudo isso, Paul compreendeu que precisava de um confidente espiritual, alguém mais experiente, com quem pudesse partilhar suas dúvidas e indagações.

• • •

Na visita seguinte de Straight, assim que ficaram por trás da porta fechada, Paul disse:

— Precisamos conversar. Tenho de lhe fazer uma pergunta.

— Pode falar.

— Lembra daquele momento no carro em que me citou a passagem sobre os dois cegos? Quando disse que aconteceria de acordo com a fé de cada um, e os homens abriram os olhos?

Straight ficou tenso.

— E daí?

— Estive pensando a respeito, e tenho certeza de que nunca lhe contei essa história.

— Hum...

— Então como soube?

Straight recostou-se na cadeira. Pôs as mãos atrás da cabeça.

— Acha que é a única pessoa que lê?

— A Bíblia é contrabando, Straight. Proibida. Eu tenho acesso por causa do meu trabalho.

— Procura uma confissão, Paul? O que quer de mim?

— Quero saber se você está lendo a Bíblia.

— E se estiver?

— Quero saber.

— Somos amigos, Paul? Você não parece ter outros amigos além de mim.

— Somos amigos.

— E pede a seu amigo que confesse um crime capital a um agente da Organização Nacional da Paz?

— Então é verdade?

— Minha vida está em suas mãos, Paul.

— É verdade?

— É, sim.

Um tremor percorreu todo o corpo de Paul. *Eu sabia!* Precisava da sabedoria de Straight.

— Vai me entregar, Paul? Vai cumprir seu dever, ou pretende ajudar e encorajar o inimigo?

Paul deixou a cabeça pender para trás. Fechou os olhos.

— Eu jamais poderia considerá-lo como o inimigo, Straight.

— Essa é uma decisão muito importante.

— Sei disso. Muda tudo.

— Muda mesmo. Tem certeza?

— Não sei.

— Deus poupou-o e restaurou sua visão. Não tem qualquer dúvida a respeito, não é?

— Não, não tenho mais.

— Saulo perguntou a Jesus quem ele era. Lembra a resposta?

— Penso nisso todos os dias — murmurou Paul. — Ele disse: "Eu sou Jesus, a quem você está perseguindo". Durante muito tempo, resisti a isso. Dizia que podia ter perseguido cristãos clandestinos, mas não estava realmente perseguindo Jesus.

— Mas há uma ligação entre nós e ele, Paul. Se nos persegue, também o está perseguindo.

— É exatamente a conclusão a que cheguei.

— Já disse a ele?

— Dizer o quê?

— Que acredita nele? Afinal, ele restaurou sua visão, e lhe prova todos os dias quem é. Está me dizendo que pode ignorar isso e considerar o Novo Testamento como apenas uma série de histórias, parecidas com todas as outras religiões que estudou?

Paul descobriu-se a tremer.

— Não.

— Sabe o que fazer.

— Acho que, de certa forma, já fiz.

— De certa forma?

— Fiquei apavorado no avião, Straight. Invoquei Deus para me salvar. E foi nesse instante que tudo aconteceu. Não mereço. Não parece justo.

— Eu não gostaria que fosse justo, Paul. Também não mereci. Lembra o que Paulo escreveu aos Romanos, sobre o que chamou de "a palavra da fé, que nós pregamos"?

— Vagamente. Não memorizei.

— Ele disse que se você confessa com sua boca ao Senhor Jesus, e acredita em seu coração que Deus o levantou dos mortos, então será salvo.

Paul ficou calado. Durante toda a sua vida fora importante compreender a lógica das coisas e saber com certeza como o mundo funcionava. Aprendera a confiar na mente e desconfiar do coração. Assim, o mundo fazia sentido. Mas agora, em poucos dias e horas, tudo virara pelo avesso. Experimentara coisas que não podia explicar, coisas que não eram lógicas. Sua mente girava, e sentia-se confuso. A restauração de sua visão não era mais milagrosa do que o fato de Deus salvá-lo quando não merecia. E, no entanto, lá no fundo, fora de sua mente, havia outra coisa... Um sentimento? Uma voz? Um sussurro? O que quer que fosse, acenava com a cabeça em confirmação, sussurrava um sim, dizia claramente: *Você não merece, mas aqui estou, ao seu lado.*

As lágrimas afloraram aos olhos de Paul. Precisava dar o passo final.

— Eu acredito — murmurou ele.

16

A BIBLIOTECA SERIA impressionante em qualquer lugar. As paredes da sala de dez por vinte metros, do chão branco brilhante ao teto sete metros acima, eram cobertas por livros antigos, impressos em papel. Mesas antigas com incrustações, cadeiras de couro combinando, dominavam o lado esquerdo da sala. No lado direito havia uma colmeia de cubículos, todos ligados na Internet.

— É espantoso como este lugar é acolhedor e aconchegante — comentou Straight.

— Um ambiente perfeito para livros e móveis — disse seu anfitrião. — Depois da II Guerra Mundial, encontraram os esconderijos de obras de arte saqueadas em minas de sal. Eram os melhores lugares: secos, limpos e puros, uma temperatura firme entre 13 e 23 graus. Sem insetos ou camundongos... não há nada aqui embaixo para alimentá-los... e ainda não nos encontraram. Só me preocupo com as baratas clandestinas que podem chegar aqui, especialmente nos livros.

— É uma coleção preciosa — comentou Straight.

— Estamos transferindo tudo para a mídia eletrônica. Adoro os volumes antigos, mas são frágeis. É importante fazer com que os textos voltem a circular.

— Quantas pessoas vivem aqui?

— Cerca de 150 em caráter permanente, mais 50 a 100 em trânsito em qualquer momento determinado.

— É espantoso como pode alojar e alimentar tantas pessoas.

O anfitrião de Straight deu de ombros.

— Temos 1.400 acres aqui embaixo, com 80 quilômetros de túneis. Os sistemas de água e ventilação são enormes... não podiam deixar de ser, para atender às máquinas de mineração. Mesmo agora, ainda pode bombear uma enorme quantidade de ar. Estas minas foram mantidas em operação comercial durante quase duzentos anos.

— O que aconteceu? O sal acabou?

— Não. Foi uma questão financeira... saía mais barato trazer de navio do Canadá. Ainda estamos cercados por setenta trilhões de toneladas de sal... o suficiente para abastecer o mundo durante mil anos.

Um casal à beira dos 60 anos entrou, acompanhado por um homem mais jovem, louro e corpulento.

— Eu estava chateando o professor com histórias de nossa cidade — comentou o anfitrião. — Já faz algum tempo que ele não vem aqui. Stuart, creio que já conhece Abraão e Sara.

Os dois abraçaram-no.

— E este é Isaque.

— Não sou filho deles — disse o homem mais jovem, apertando a mão de Straight.

O anfitrião de Straight, Simeão — que era Clarence Little, no tempo em que cresceram juntos e foram colegas na Universidade de Chicago —, era o homem a quem ele dava o crédito "por me salvar e salvar minha vida".

— Quero lhe apresentar a mais três recém-chegados — acrescentou Simeão. — Silas, Barnabé e Dâmaris, que podem ter alguma opinião sobre sua proposta. Pessoal, este é o professor.

Straight cumprimentou os dois homens. Parou diante da mulher chamada Dâmaris.

— Sem nomes — disse Straight. — Mas creio que nos encontramos há pouco tempo num almoço em Washington.

— Tem razão — confirmou Ângela.

• • •

O comitê de sete pessoas sentou a um lado da mesa, de frente para Straight.

— Eu me envolvi com um convertido excepcional, que se encontra numa posição extraordinária para nos ajudar — começou ele. — Seu sogro foi um dos fundadores da ONP. O próprio convertido é um agente.

Straight descreveu como conhecera Paul.

— As enfermeiras pediram-me que o ajudasse. Sua amargura interferia na cura, e se afastara da família. Mas também vinha escutando o Novo Testamento em disco.

Ele relatou as conversas, e o que considerava como a abertura figurativa dos olhos de Paul.

— E, depois, testemunhei um milagre. Num vôo de volta de Washington... no mesmo dia do milagre das flores de cerejeiras... Paul recuperou a visão.

Os membros do comitê trocaram olhares.

— Foi na mesma ocasião que deixei Washington.

Ângela explicou como Paul a advertira. Por isso, viajara para oeste com os filhos, sendo acolhida pela rede clandestina em Ohio.

— Dei um passo à frente de Bia Balaam, que foi responsável pelas mortes depois do milagre das flores.

— Bia significa "força" ou "poder", em grego — comentou Straight. — Na mitologia grega, Bia promoveu o tormento de Prometeu.

— É bem apropriado — disse Ângela. — Sua especialidade é a intimidação. Foi ela quem planejou a morte de meu pai, e o ataque traiçoeiro no Zoológico Asclepiano. Agora, ela cometeu mais duas atrocidades... um líder cristão esmagado nas máquinas do Centro de Gravação e Impressão, enquanto outros dois eram envenenados por pesticida numa estufa no Jardim Botânico Nacional. Foram cinco líderes assassinados só em Washington. Outros, como meu tio Jack, foram obrigados a entrar na clandestinidade.

— Obviamente, as duas últimas mortes visavam a nos ligar às flores de cerejeiras, explorando a indignação pública — interveio Silas. — E é isso que tem me preocupado. Bia Balaam é apenas o talento. Uma sádica criativa, um monstro que planejou essas mortes dramáticas e assustadoras para enfraquecer nossos grupos... e tem sido muito eficaz. Não apenas destruiu nossa liderança, mas também temos desertores. É possível até que haja agentes infiltrados.

Silas fez uma pausa.

— Mas é com o homem nos bastidores, puxando os cordões, que devemos realmente nos importar. Até agora, Washington fez um trabalho magistral para manter nossa existência fora da imprensa e da atenção pública, mesmo quando nos denuncia e mata. Tentaram encobrir atos de Deus inequívocos, atribuindo a culpa a pessoas que apenas faziam uma brincadeira, como no caso do Lago do Reflexo, em Washington; sabotagem industrial, como no Texas; ou mesmo células terroristas isoladas, como em San Francisco. Quanto mais atos nos atribuem... é o que parece que estão fazendo com as flores de cerejeiras... mais lançam a opinião pública contra nós. Depois, poderão desfechar uma ofensiva muito mais sistemática. É do que tenho medo: o que virá em seguida.

— Um contato na ONP poderia se manter atento a todos os planos — acrescentou Isaque. — E nos advertiria se e quando esse tipo de ataque fosse iminente, além de ajudar a prevenir tragédias como as que testemunhamos este ano. Essas mortes e a falta de clamor público estão sufocando nosso movimento. Não gostaríamos mesmo de ter em nosso meio os covardes que nos evitariam. Mas pode haver centenas de milhares de pessoas que gostariam de participar de nossa missão, mas nem sabem que existimos.

— Um contato poderia também nos ajudar a realizar nossa missão com mais eficiência — disse Silas. — Alguém que pudesse frustrar as manobras do governo ajudaria a mantermos a relação entre nós. Também nos ajudaria a partilhar recursos, como os materiais eletrônicos que são produzidos aqui, e nos daria idéias sobre a melhor maneira de divulgar o movimento. No mínimo, queremos que outros fiéis saibam que não estão sozinhos.

Abraão levantou. Inclinou-se para a frente, as mãos apoiadas na mesa.

— Não sei, Professor. Confesso me que sinto perturbado pela idéia de pedir a um homem que se torne nosso agente infiltrado na maior agência de segurança governamental do mundo. Ele arriscaria a vida todos os dias. E poderia se virar contra nós... adquirindo reputação por nos denunciar e organizar um ataque que acabaria com a nossa causa.

— Eu o conheço e confio nele — declarou Straight. — Não sou um tolo. Se pensasse que havia uma chance em um milhão de ele não ser o que eu acho que é, nunca teria levantado o assunto. Precisamos de ajuda em altos postos. E não se pode chegar a alguém muito mais alto do que Paul.

Sara estendeu a mão para Abraão, que tornou a sentar.

— Não gosto da alternativa — disse ela. — Se não fosse pelas mortes que já ocorreram, eu poderia não recomendar que assumíssemos o risco. Mas é evidente que o governo declarou guerra contra nós.

Barnabé falou pela primeira vez:

— Há uma coisa que estamos esquecendo. A visão desse homem foi restaurada milagrosamente. O professor aqui, que a maioria de vocês parece conhecer muito bem, observou-o todos os dias, e testemunhou sua recuperação. Como podemos duvidar de uma dádiva de Deus tão óbvia?

— Abraão, conheço o professor durante a maior parte de minha vida, e nunca duvidaria de seu julgamento — declarou Simeão. — Mas o risco é grande. Por que um de nós não se encontra com esse homem? Eu poderia ir, ou...

— Não — interrompeu Abraão. — Eu mesmo terei essa reunião, se o professor puder acertar tudo.

• • •

Ângela deixou a biblioteca com Simeão e Straight.

— O que pretende fazer agora? — perguntou Straight. — Continuar aqui?

— Pelo menos por mais alguns dias. Não sou tão conhecida que precise sair de circulação para sempre, como alguns aqui. Supervisionava a devolução de livros em Washington. Como trabalhava fora da Biblioteca do Congresso, aproveitava para infiltrar textos cristãos em salas de leitura e arquivos de computador ao longo da Costa Leste. Agora, estou sendo treinada para uma nova missão, e provavelmente seguirei para oeste. Há muitos lugares em que poderei ser útil.

Entraram na via principal da mina, tão larga quanto uma estrada com quatro faixas de rolamento. Straight passou a mão pela parede de sal branco.

— Como mármore, só que mais translúcido. Brilha.

— Esses veios escuros são de terra que ficou retida quando o sal se formava, há muitas eras — informou Simeão.

— É muito bonito.

Ângela parou no desvio para a esquerda, que levava aos dormitórios e suítes de família.

— Professor, presumo que Paul não tomará conhecimento desta reunião.

— Claro que não. Sei que todos aqui são anônimos. — Ele pegou a mão de Ângela. — É um prazer tornar a vê-la. Peço a Deus que a mantenha sã e salva, e abençoe sua nova missão... Dâmaris.

Straight seguiu Simeão pelo desvio à direita. Era ali que viviam os membros permanentes da comunidade. Simeão tinha aposentos modestos, sala e quarto, mobiliados com refugos da antiga operação de mineração — armários antigos, um velho arquivo de metal, onde ele guardava suas roupas —, e as poucas relíquias da vida antiga que se dera ao trabalho de trazer, como o sofisticado sistema de som decafônico. Como sabia que o amigo adorava música, Straight sempre levava dois ou três discos novos.

Simeão serviu café de uma antiquada cafeteira elétrica. Acrescentou duas colheres de açúcar na xícara de Straight.

— Nunca se sente claustrofóbico? — perguntou Straight.

— Não. — Simeão acenou com a mão para o teto, muito acima das divisórias de madeira de seis metros de altura que formavam suas paredes. — O teto é tão alto que não dá para nos sentirmos sufocados. E repare nas escalas... essas colunas sustentando o teto têm vinte metros de largura. Os seres humanos parecem mínimos em comparação. Você sente saudade lá de fora, é claro, mas saio de vez em quando. Temos tudo de que precisamos aqui... culto, companheirismo e paz. Para alguém como eu, que adora livros e o estudo, é um lugar maravilhoso.

— É incrível o trabalho que realizam aqui. Manter uma biblioteca. Copiar livros antigos. Imprimir e distribuir folhetos. Treinar professores para criar ou liderar comunidades cristãs. Enviar missionários por toda parte. Manter uma rede de grupos cristãos, divulgando as notícias. Ser um refúgio para vítimas de perseguição. É muita coisa.

— Estamos apenas mantendo a fé.

• • •

— Senti sua falta ontem — disse Paul. — Conseguiu resolver o problema?

— Claro — respondeu Straight. — E pensei em você durante todo o tempo. Em sua volta ao trabalho.

— Lembra quando disse que eu teria de tomar uma decisão muito importante?

— Lembro.

— Sabe em que eu pensava?

— Creio que sim.

— Pensei que significa que tenho de deixar a ONP.

— Não tão depressa.

— Tem de ser, Straight. Se conhece a Bíblia, deve lembrar a história de Saulo, antes de se tornar Paulo. Ele perseguia os cristãos. O que eu farei se continuar na agência? Esse é o meu trabalho.

— Disse que seu trabalho era aconselhar, interpretar e interrogar. Já perseguiu alguém?

— Claro que sim. Fui responsável, direta ou indiretamente, pela morte de cinco pessoas. Não posso mais fazer isso.

— Pode haver outra maneira de considerar a situação.

Paul balançou a cabeça, lentamente.

— Não sei como eu poderia voltar à ONP.

— Conheço alguém que poderia ajudá-lo a tomar essa decisão. Alguém que compreende as ramificações. Não posso dizer mais nada. Quer que eu marque um encontro?

— Acho que sim... pode marcar.

• • •

Na noite seguinte, Paul anunciou, depois de jantar com a família, que ia sair com Straight.

— Para quê? — perguntou Jae, quase por hábito.

— Ele quer me apresentar a alguém. Um assunto relacionado com meu trabalho.

— Você está de licença para tratamento de saúde, mas continua a trabalhar?

— É alguém que pode ser útil um dia.

— Está certo.

Jae deu de ombros. Notou a surpresa de Paul. Ele não tinha a menor idéia de que Jae já se sentia tão traída que uma noite fora com Straight era apenas mais uma ofensa sem qualquer importância.

Sairei de casa no instante em que as aulas das crianças terminarem.

• • •

Straight pegou Paul às nove e quinze. Foram para o centro e deixaram o carro perto da esquina da Michigan com a Chicago. Fazia meses que Paul não via a Water Tower. Há mais de 150 anos que permanecia ali, como um monumento ao fim do Grande Incêndio de Chicago. Agora, estava caída no chão, banhada por raios laser coloridos, como um memorial ao grande terremoto de Chicago de 2 P.3.

Straight e Paul foram andando para o norte, pelo Lincoln Park, deserto àquela hora. Straight levou Paul para um banco ao lado das estátuas de pai e filho prefeitos, Richard J. e Richard M. Daley. O nevoeiro vinha do Lago Michigan.

— Ainda bem que o caminho para sair daqui é reto — comentou Paul. — Eu detestaria me extraviar, sem saber para onde ir.

Passos leves se aproximaram.

— Bem na hora — murmurou Straight.

Uma figura num casaco com capuz surgiu do nevoeiro. Passou pelo banco, mas depois voltou.

— Olá, amigo — disse ele para Straight.

— Oi. Paul, este é Abraão.

Um homem forte, em torno dos 60 anos, bigode e barba brancos, com tufos de cabelos brancos saindo do capuz, sentou no banco, ao lado de Paul. Apesar da hora, ele usava óculos escuros.

— Agradeço por concordar em se encontrar comigo, Dr. Stepola — começou Abraão. — Vim lhe fazer uma proposta. Nós somos responsáveis por muitas vidas, e como sabe muito bem, estamos envolvidos em atividades passíveis de punição com a pena de morte.

— Volte um instante. Pode me explicar quem são *nós*?

— Assumimos o nome de Vigias. No livro de Isaías, Deus diz a seu povo eleito: "Pus vigias em suas muralhas, ó Jerusalém. Nunca manterão sua paz, dia e noite. Aquele que faz menção do Senhor não pode se manter em silêncio, não pode ter descanso, enquanto Jerusalém não se tornar a glória neste mundo". É o que acreditamos que vai acontecer, Dr. Stepola. Em breve.

Paul olhou para Straight.

— Foi o que imaginei. E venho fazendo um grande esforço para compreender.

— Por favor, Paul, tenha fé — murmurou Straight.

— Doutor, acreditamos que o momento do Senhor se aproxima, porque tem havido muitos sinais.

— Que sinais?

— Tenho certeza de que soube o que aconteceu com o Lago do Reflexo, em Washington. Houve também o terremoto em San Francisco...

— Eu sabia que não podia ser uma bomba. Foi como se o topo da colina implodisse.

— Exatamente — concordou Abraão. — Foi diferente de todos os outros terremotos que o mundo já conheceu. Houve também as colunas de fogo na Terra do Golfo. E, mais recentemente, o murchamento das flores de cerejeiras em Colúmbia. A maioria desses milagres tem antecedentes bíblicos. E houve ainda muitos outros milagres, sinais de que o fim é iminente.

— Ouvi de um homem sábio que o Senhor poderia aparecer ainda durante a minha vida — comentou Paul. — E tive um milagre em minha própria vida. Dois, para ser mais preciso... a reversão da cegueira e a dádiva da fé.

— Essa é a dádiva que partilhamos no culto, estudo e solidariedade.

Paul olhou para Straight.

— Preciso disso.

— Todos nós precisamos — murmurou Straight.

— Também oferecemos essa dádiva a outros, como Jesus instruiu: "Partam e façam discípulos em todas as nações" — acrescentou Abraão. — Nossos números estão crescendo em termos exponenciais. Não somos apenas uns poucos fanáticos isolados, como o governo quer fazer com que o povo acredite. Não dá nem para descrever como seria importante para nós ter alguém em sua posição do nosso lado.

— O que significa que estão organizados.

— Tenho certeza de que pode compreender por que não explicarei agora como é a nossa organização. Mas há cristãos no país inteiro, com um centro nervoso aqui no Meio Oeste. Temos um movimento, um verdadeiro exército de Deus.

— Mas o que exatamente eu poderia fazer? Meu trabalho é perseguir cristãos.

— Poderia salvar vidas, amigo — interveio Straight. — E quero que saiba que eu nunca faria a sugestão se não precisássemos de você.

— Sabe que o governo vem reprimindo as notícias sobre os milagres — acrescentou Abraão. — Poderia ajudar com vazamentos para a imprensa.

— É arriscado. E muito. Não sei como poderia fazer isso.

— Terá acesso às informações dos governos sobre as facções de Vigias em cada região. Poderá nos avisar sobre ataques e promover o contato entre os grupos.

— O que seria ainda mais arriscado. Ainda não tenho certeza sobre nada disso. Não é uma decisão fácil.

— Sei que não é — murmurou Straight.

— Há também os falsos cultos cristãos — continuou Abraão. — Pode ajudar a alertar os Vigias legítimos contra eles. Com sua experiência, poderia reconhecer as características.

Paul vinha especulando sobre como poderia aceitar aquele desafio e ainda dar a impressão de ser um agente legítimo da ONP. Os outros não levariam muito tempo para perceber se ele não fosse eficaz na descoberta de cristãos. Mas se denunciasse falsos cultos, a organização não perceberia a diferença.

— Há uma quantidade grande desses malucos para que eu possa denunciá-los sem causar estranheza?

— Provavelmente.

Paul passou a mão pelos cabelos.

— Já ouviram a expressão "não se pode enganar o enganador"? Eu teria de ser louco para me tornar um espião numa agência de espiões.

— Deus o ajudaria — disse Abraão. — Ele lhe daria a força, mostraria o que fazer. Deixe que Deus o leve na direção certa.

— Nunca tive um desejo de morte. Mas se o comando da ONP descobrisse...

Paul passou um dedo pela garganta.

— Não quero persuadi-lo a fazer qualquer coisa — disse Straight. — Mas não parece que há uma razão para Deus conduzi-lo a essa situação?

— É bem possível.

— Pense a respeito por algum tempo... e faça suas orações — sugeriu Abraão. — Volte ao trabalho e veja como se sente.

— Posso fazer isso.

Straight pôs a mão no ombro de Paul.

— Se decidir fazer, seria um agente duplo. Alguma vez imaginou essa possibilidade?

17

PAUL VOLTOU AO trabalho na segunda semana de junho. Havia uma faixa de "Seja Bem-Vindo de Volta" estendida por cima de sua mesa. Os colegas de trabalho saudaram-no como se ele fosse um herói vitorioso. Paul ficou contente com a recepção, apesar da pontada de angústia. Era um impostor, quer decidisse ou não trabalhar com os Vigias. Já realizara missões secretas antes, mas não contra "seu próprio pessoal". Literalmente, era uma proposta de vida ou morte. Ele não podia deixar de especular se não seria um erro voltar como se nada tivesse acontecido.

Koontz mandou que fosse servido um desjejum para todo o pessoal na sala de reuniões. Fez um elogio a Paul, concluindo da seguinte maneira:

— Ele recuperou a visão por um motivo: para ver com toda clareza o caminho à frente, até a destruição da ameaça subversiva.

Paul exibiu um sorriso. Levantou as mãos para conter os aplausos dos colegas. Como teria apreciado aquela manifestação algumas semanas antes!

Mais tarde, Koontz perguntou a Paul, em particular:

— Como se sente? Qual é seu nível de energia? E a capacidade de resistência?

Paul deu de ombros.

— Estou de volta.

— Pronto realmente para retornar à sela?

— Se eu não estivesse, não estaria aqui.

— Seja franco comigo, Paul, porque sua próxima missão não é nenhum piquenique. Se não tiver condições plenas, podemos mandar outro em seu lugar.

— Não, chefe. Quero fazer o que for necessário.

Estou enganando todo mundo, menos a mim mesmo.

— Precisamos de você nas melhores condições. Parte na manhã de quarta-feira para a cidade de Nova York... se não for cedo demais.

— Adoro Nova York.

— Coisas estranhas estão acontecendo por lá. — Ele entregou a Paul uma pasta que tinha a etiqueta de "Demetrius & Demetrius". — Já ouviu falar?

Paul sacudiu a cabeça em negativa.

— Uma corretora de Wall Street. Metais preciosos. Ao que parece, um informante avisou à polícia que a firma tentava controlar o mercado da prata. O que, como você sabe...

— É ilegal.

— Exatamente. Seja como for, esse informante alega que estranhas ocorrências...

— Lá vamos nós de novo.

— Tem razão. São essas ocorrências estranhas que frustraram a manobra, não a lei. É uma situação complicada, e herdamos os mandados de busca das autoridades locais, inclusive para revistar o cofre principal. Houve um comunicado, do mais velho dos dois irmãos Demetrius, Ephesus, de que uma mulher da equipe acusou-o de manipulação do mercado. Ele repreendeu-a. A mulher, ao que tudo indica, respondeu com um bilhete que continha um versículo da Bíblia. Ele considerou que era uma maldição e despediu-a. Tudo isso está na pasta.

— Uma maldição?

— Manhattan é um dos lugares mais supersticiosos do mundo. Todos aqueles grandes apostadores envolvidos em especulações... pelo menos em

Las Vegas eles dão o nome verdadeiro. Em Nova York, todos tentam obter uma informação extra sobre o mercado. Procuram videntes e médiuns, consultam horóscopos... qualquer coisa para obter alguma vantagem. Por isso mesmo, uma maldição, por mais absurdo que possa parecer, deixou todos na corretora apavorados.

Koontz fez uma pausa.

— A corretora vinha fazendo aquisições agressivas de prata, mas parou logo depois da maldição. Os operadores ficaram confusos, a cotação da prata disponível despencou, e o mercado entrou em parafuso. Ephesus Demetrius desapareceu. Os dois últimos guardas que visitaram o cofre-forte foram encontrados num elevador, quase catatônicos. Os cabelos embranqueceram de um momento para outro. Alguns alegam que aconteceu alguma coisa sobrenatural. Agora é sua vez.

— Pode contar comigo.

— Talvez seja desagradável, Paul. Digo isso porque acho que você precisa saber. Pessoalmente, creio que Demetrius fugiu com o dinheiro. Seja como for, sua missão é eliminar o ângulo religioso.

• • •

Naquela noite, Paul ligou para Straight, e perguntou se ele tinha contatos no movimento cristão clandestino em Atlântica.

— Não, não tenho. Mas sabemos que o movimento é grande. Tem uma coisa que você precisa saber. Irei até aí.

Straight parecia emocionado, mas não perguntou se Paul tomara a decisão de se juntar aos Vigias. Paul sentia-se grato porque Straight não tratara do assunto desde o encontro com Abraão. Ao que parecia, reconhecia que Paul tinha o direito de escolher sem qualquer pressão. Enquanto esperava, Paul procurou o versículo da suposta maldição. Era Jó 27:19: "Rico se deita com a sua riqueza, abre os seus olhos, e já não a vê".

Ephesus escarnecera da mulher, chamando-a de bruxa. Desafiara-a a fazer sua riqueza desaparecer. Ela negara que tivesse essa capacidade, mas advertira que a ganância e duplicidade seriam punidas, se não pelo governo, então por um poder mais alto. E lembrara Apocalipse 21:8: "Quanto, porém, aos covardes, aos incrédulos, aos abomináveis, aos assassinos, aos idólatras e a todos os mentirosos, a parte que lhes cabe será no lago que arde com fogo e enxofre", ao que Ephesus pedira que provasse ser aquilo possível. Despedira a mulher e desaparecera logo em seguida. As autoridades procuravam-na para um interrogatório. Enquanto isso, o cofre-forte parecia conter a resposta. Mas desde o incidente com os guardas ninguém ousava entrar ali.

Seria apenas uma armadilha? Ou teria mesmo acontecido alguma coisa sobrenatural? Como um agente da ONP, Paul nunca poderia fazer essa pergunta.

• • •

Straight apareceu cerca de uma hora depois, com um punhado de folhas verdes.

— O que é isso? — perguntou Paul. — São folhas bem esquisitas.

— São folhas de ailanto.

— Nunca ouvi falar.

— É uma árvore natural da China. Mas é bastante resistente, e hoje pode ser encontrada no mundo inteiro.

Straight entregou a Paul as folhas de duas e três lâminas. Paul cheirou-as.

— Manteiga de amendoim!

— Não tente comer. O gosto não é igual ao cheiro. Mas terá um sabor delicioso no paraíso.

— Como assim?

— O ailanto também é conhecido como árvore-do-céu. Os cristãos em Atlântica usam as folhas como um símbolo de identificação. Há muitas referências na Bíblia à árvore-do-céu. "Abençoados sejam aqueles que cumprem seus mandamentos, pois terão o direito à árvore da vida, e poderão passar pelos portões da cidade." Neste caso, é o paraíso. "No meio da rua, nos dois lados do rio, ficava a árvore da vida, que tinha doze frutos, cada árvore produzindo um fruto por mês. As folhas das árvores eram para a cura das nações."

Paul lembrava vagamente as citações de seus discos.

— Uma árvore no paraíso... — murmurou ele.

— E apenas para nós. Escute mais uma citação: "Àquele que tudo supera eu darei de comer da árvore da vida, que está no meio do paraíso de Deus". Nada é mais importante, Paul.

• • •

O vôo do Aeroporto Internacional Daley para o Aeroporto Internacional Giuliani levou pouco mais de uma hora, no aparelho supersônico. Paul aproveitou o tempo para estudar a pasta de Atlântica e orar. Por mais estranho que pudesse parecer antes, pensou ele, conversar com Deus era agora uma coisa bastante natural. Depois de uma vida inteira a presumir que ele não existia, Paul agora conversava com Deus sobre tudo. Especialmente sobre Jae e as crianças.

Também orava — uma futilidade, segundo Straight — sobre seu sentimento de culpa remanescente, por matar pessoas que sabia agora que eram seus irmãos e irmãs em Cristo.

— Não estou querendo diminuir seu pecado — explicara o amigo. — Só estou querendo dizer que depois que você confessou e pediu perdão, Deus pôs de lado sua culpa, tão longe quanto o leste é do oeste. Sei que não é uma coisa que possa apagar de sua mente, mas espojar-se no remorso é ter medo de que Deus não cumpra sua parte. É uma manifestação de falta de fé, Paul. Se Deus pode salvá-lo e curar sua cegueira, também é capaz de perdoá-lo. Foi o que aconteceu.

Paul desejava poder sentir isso.

Hoje, no entanto, suas orações adquiriam uma nova urgência. Aquela era sua primeira missão num papel duplo. Paul esperava que Deus, como Abraão prometera, lhe proporcionasse sabedoria e mostrasse o que fazer. Mas manteria suas opções em aberto. Talvez fosse impossível. Afinal, ainda não tinha um compromisso total com a causa. Era uma decisão que acarretava um grande perigo, não apenas para si mesmo. Tinha de pensar em sua esposa e filhos. Ele orou para que os três também se tornassem algum dia pessoas da fé. Mas, enquanto isso, como podia expô-los a tamanho perigo?

• • •

Paul pegou um táxi para o Hotel Pierre. Não podia deixar de admirar a beleza escura de Manhattan. Visitara Nova York algumas vezes, quando jovem, mas parecia que todos os prédios novos construídos desde então eram pretos. Proporcionavam à ilha, em particular ao centro, uma aparência e sensação ultramoderna. Alguns dos pontos de referência antigos — como o Empire State Building (agora a Torre Atlântica) e o Chrysler Building (agora o Edifício Nordeste) — conservavam o seu charme de granito cinzento, formas imponentes, de janelas escuras, dominando a linha do horizonte.

Depois do almoço, Paul pegou o trem-bala para o distrito financeiro de Wall Street, que se gabava de ter alguns dos exemplos mais espetaculares da nova arquitetura e esquema de cores. Ele saltou a um quarteirão e meio do prédio de Demetrius & Demetrius, a fim de poder ter uma visão a distância da famosa estrutura. Não ficou desapontado. A parte principal do edifício erguia-se por trinta andares. Sustentava outra pirâmide, de seis andares, que fazia com que todo o complexo parecesse uma versão magnífica e não-afilada do Monumento a Washington, só que em preto.

Parado na calçada, a contemplar o edifício, Paul foi empurrado abruptamente. Virou-se para se deparar com uma pessoa que morava nas ruas. Havia anos que não encontrava ninguém assim. Com os modernos medicamentos antidelusionais, leis proibitivas rigorosas e programas sociais mais lucrativos do que a mendicância, os moradores de rua praticamente haviam acabado. Mas uns poucos renegados sempre conseguiam escapulir pelas malhas da rede de segurança social, como viciados em drogas e alcoólicos fugindo do tratamento. Com um chapéu ensebado e uma capa enorme e suja, apesar do calor de junho, a pessoa parecia incongruente contra todo aquele vidro preto reluzente, um passageiro clandestino de outro século.

Com uma compaixão como nunca conhecera antes, Paul pôs uma nota na mão aberta, antes de entrar no saguão refrigerado, todo de vidro.

18

O ESCRITÓRIO DOS irmãos Demetrius ficava na pirâmide por cima do prédio. O guarda no saguão disse a Paul para pegar o elevador expresso, todo transparente, para o 30º andar. De lá, ele poderia passar para outro elevador, ou subir cinco andares pela escada panorâmica, até a sala do irmão mais moço, Arthur.

Os dois primeiros andares da pirâmide eram ocupados pelas operações de apoio. Centenas de funcionários debruçavam-se sobre computadores e calculadoras de alta velocidade, ignorando as vistas espetaculares além do labirinto de cubículos. Ninguém parecia dispor de tempo para conversar, todos ocupados em manter a fortuna colossal dos irmãos Demetrius.

Paul descobriu que os dois andares acima eram também fascinantes, mas por uma razão diferente. Ali, menos pessoas, mas também absorvidas no trabalho de uma maneira obsessiva, ocupavam salas maiores, diante de várias telas, negociando com outros operadores, no mundo inteiro. Diziam que aquele era o lugar que nunca fechava. Três turnos mantinham a movimentação 24 horas por dia, para acompanhar todos os mercados internacionais.

O quinto andar da pirâmide ostentava uma extravagante área de recepção, que o dividia ao meio. Paul não podia imaginar um escritório mais opulento em qualquer lugar do mundo. Uma placa discreta apontava para a direita, na direção da sala de Ephesus Demetrius, o presidente do conselho de administração; outra apontava para a esquerda, indicando a sala de Arthur Demetrius, o presidente-executivo.

O sexto e último andar, Paul sabia, continha as instalações e máquinas que atendiam toda a estrutura.

No porão do prédio, abaixo do nível da rua, ficava um dos maiores cofres-fortes dos Sete Estados Unidos da América. Ao que se dizia, estava abarrotado de mais metais preciosos do que em qualquer outro lugar além do Forte Knox.

A recepcionista confirmou que Paul tinha uma reunião marcada com o Demetrius mais jovem. Ele foi convidado a esperar na área de recepção, onde sua atenção foi atraída por primeiras edições imaculadas de livros raros, expostas em estantes de madeira esculpidas com extrema elegância. Como Koontz sugerira, diversos títulos relacionavam-se com adivinhação. Eram interpretações do I Ching e do tarô orientadas para as atividades financeiras, além de astrologia ocidental, asiática e indiana, entre outros sistemas. Antes que Paul pudesse examinar os livros, um assessor apresentou-se para conduzi-lo à sala de Arthur Demetrius.

— As duas alas deste andar são idênticas — explicou o assessor. — Os irmãos dispõem de espaço igual, das mesmas instalações.

Passaram por vários escritórios e salas de reunião, até que Paul descobriu-se em outra área de recepção. Parecia ser a última barreira entre a sala de Arthur Demetrius e o mundo real. O assessor entregou Paul ao secretário particular, que o levou para a sala de Arthur.

Paul teve de fazer um esforço para não ficar boquiaberto, de olhos esbugalhados. A sala era tão grande quanto todo o primeiro andar de sua casa. Não apenas tinha uma decoração profissional, mas também ostentava um jardim. Árvores. Arbustos. Flores. Mesas, cadeira, um sofá, duas lareiras, estantes, credências, colunas. A mesa em forma de meia-lua, de granito e vidro fumê, ficava entre janelas panorâmicas, que davam para o Battery

Park e o Rio Hudson, para quem quisesse ver. Uma enorme luneta aumentava ainda mais o potencial. Num dia de sol como aquele, Paul tinha certeza de que não seria capaz de se concentrar no trabalho.

O chão nos lados da mesa não era de mármore, mas de Plexiglass, o que proporcionava a vista dos operadores trabalhando no andar de baixo. Quanto do dia de Arthur Demetrius era consumido a vigiar os seus mais importantes mercenários?

O secretário apontou para uma luxuosa cadeira de couro, num grupo a cerca de três metros da mesa de Arthur. Paul sentou, com a pasta no colo. Logo largou-a no chão, ao lado da cadeira, e cruzou as pernas. A posição também parecia informal demais. Ele sabia que deveria se levantar quando Demetrius entrasse na sala. Mas de que direção o magnata viria? De trás? Do lado, onde Paul calculou que ficavam os aposentos particulares?

Paul lembrou a si mesmo de que era ele quem estava no comando ali. Era ele quem tinha os mandados judiciais, as perguntas a fazer. A sala podia ter o objetivo de intimidar os concorrentes, mas não deveria ter qualquer efeito sobre ele. E, pelo menos, o chão de mármore impediria que o homem se aproximasse sem fazer barulho, furtivo.

Mas Arthur Demetrius veio de seus aposentos particulares, e Paul pôde observar sua aproximação. Os sapatos de couro macio, no entanto, quase não faziam barulho. Era um homem alto e esbelto, bronzeado, usando um elegante terno preto listrado, camisa branca engomada, gravata branca, com um alfinete de prata. O relógio e um anel em cada mão também eram de prata. Os cabelos eram pretos, curtos e crespos; os olhos escuros; e os dentes perfeitos.

— Preciso da presença de um advogado, Dr. Stepola? — perguntou ele, quando Paul levantou.

— Não creio. Devemos esclarecer tudo o que preciso saber sem qualquer dificuldade.

— Em que posso ajudá-lo?

— Só tenho umas poucas perguntas, senhor. Nossos relatórios indicam que você e seu irmão, em nome da empresa, tiveram um período bastante ativo de aquisição de prata, durante o mês passado. O que cessou abruptamente, provocando muita especulação no mercado. Circularam rumores de uma tentativa de controlar o mercado... essas coisas.

— Foi direto ao ponto. — Demetrius limpou a garganta. — Primeiro, temos uma longa tradição no mercado de metais preciosos, e não violamos qualquer lei. Eu não gostaria de discorrer sobre a nossa estratégia, e não creio que seja obrigado a fazê-lo.

— Quero lhe assegurar que o lado financeiro não é a minha área. Não trabalho para qualquer comissão de fiscalização do mercado. Minha participação na Organização Nacional da Paz tem mais a ver com a investigação das alegações de ocorrências sobrenaturais.

Demetrius não piscou. Manteve o rosto tão impenetrável quanto pedra.

— Sou um capitalista, senhor, e não peço desculpas por isso. Meu irmão e eu não precisaríamos trabalhar por mais um único dia de nossas vidas. Mas adoramos a emoção dos negócios, o desafio. Por outro lado, também conhecemos e aceitamos as leis. Por isso, não estávamos tentando controlar o mercado de prata. Quanto a ocorrências sobrenaturais, cabe-lhe decidir se de fato existiram... e aproveite, já que o senhor está conduzindo esta investigação, para determinar quem acredita nisso.

— Vamos começar pelo cofre-forte. É verdade que dois de seus guardas foram encontrados, depois da última visita ali, em estado de choque no elevador?

— Não sei do que está falando.

— Sr. Demetrius, o que eles teriam visto no cofre-forte?

— Nosso cofre-forte contém metais preciosos, é claro, assim como dinheiro, títulos diversos, documentos.

— É verdade que os guardas foram entregues a profissionais de saúde mental e não voltaram ao trabalho?

— Já disse que não sei do que está falando.

Pela primeira vez, Paul notou alguma coisa nos olhos do homem.

— Com o devido respeito, senhor, a história dos guardas espalhou-se por sua empresa, e alimentou a especulação de que ocorreu alguma coisa sobrenatural.

— Isso é um absurdo.

— Sabia que a explicação alternativa, em que uma parcela significativa de seus empregados acredita, é a de que seu irmão fugiu com tudo o que havia no cofre-forte, e é por isso que ninguém o vê há dias?

— Uma alegação ridícula. Por que ele roubaria de si mesmo?

— E que os guardas encontraram o cofre vazio, e tiveram um colapso com medo de serem culpados, já que estava cheio na última vez em que fora aberto?

— Está completamente enganado.

— Onde podemos encontrar seu irmão?

— Ele viajou para o exterior. Sempre nos revezamos nas viagens, com bastante freqüência.

— Para onde ele foi?

— Temos várias...

— Onde ele se encontra agora, neste momento?

— As pessoas que trabalham com meu irmão podem dar essa informação.

— O cofre foi aberto depois do incidente com os guardas?

— Nego qualquer conhecimento de um incidente, mas o cofre não é aberto há dias, pelo que sei.

— Por que não?

— Não costuma ser usado com freqüência.

— Então não é verdade que ninguém, inclusive você, ousou entrar no cofre desde que os guardas o viram vazio?

— Uma parte é verdade, mas a outra não é.

Paul folheou os papéis em sua pasta, pelo efeito. Uma ligeira histeria começava a impregnar as respostas de Arthur.

— Diz aqui que o mistério do cofre e o suposto desaparecimento de seu irmão, em conseqüência de uma alegada maldição, levou o escritório local da ONP a pedir que eu viesse de Chicago para investigar.

Arthur levantou-se.

— Venha comigo, Doutor. Quero lhe mostrar uma coisa.

— Tenho mais perguntas...

— Responderei a todas. Mas agora, por favor, venha comigo.

Paul seguiu o homem para uma extremidade das cortinas, à esquerda da mesa.

— Esta é a única porta que abre para fora — informou Arthur.

Ele apertou um botão. A porta de vidro virou, permitindo o acesso a uma pequena varanda, com uma cerca de ferro batido, encimada por espigões.

Ventava mais ali em cima do que no nível da rua. Os cabelos de Demetrius esvoaçaram. O sol refletia-se furioso nas janelas pretas. Paul precisou chegar mais perto para ouvir Arthur, que dava a impressão de que queria ter uma conversa confidencial.

— Já deve saber que não é a primeira vez que me fazem essas perguntas. O escritório local da ONP já investigou tudo, e há uma explicação.

— Agora está sob a minha jurisdição, senhor, e tenho de saber de tudo.

— Tudo deriva de uma vingança de uma empregada descontente. Talvez mais de uma. Quando se tem um empreendimento tão bem-sucedido como o nosso, com pessoas nos mais altos níveis desfrutando os lucros, sempre se encontra ressentimento e inveja. Deve compreender.

— Vingança? Está se referindo à maldição?

— Há uma facção religiosa aqui, obviamente violando a lei. — Demetrius suspirou. — Talvez porque sejamos uma empresa grande, numa cidade grande, eles se mostrem mais ousados do que poderiam ser em outros lugares. Uma mulher fez terríveis ameaças a Ephesus. Tentou persuadir outros a acreditarem em tudo o que ela acreditava, e Ephesus resolveu despedi-la.

— O proselitismo é crime, senhor. Por que isso não foi comunicado às autoridades?

Demetrius deu de ombros.

— Nosso sucesso depende de uma reação rápida. Não precisamos da polícia ou de qualquer agência do governo se intrometendo em nossas atividades, prejudicando nosso ritmo. Parecia mais fácil simplesmente despedi-la.

— Intrometendo? Por acaso escondem alguma coisa? E onde posso encontrar essa mulher?

— Não tenho a menor idéia. Já me perguntaram várias vezes sobre o paradeiro dessa mulher e de meu irmão. Meus empregados foram interrogados sobre esses dois guardas que supostamente sofreram um colapso. A investigação não deu em nada e prejudicou nosso funcionamento.

— Seu irmão poderia ter feito alguma coisa com a mulher, para impedir que ela o denunciasse?

— Claro que não! Os relatórios que recebeu não passam de rumores, Dr. Stepola. E há sempre muitos rumores circulando em Wall Street. Ganham-se e perdem-se fortunas por causa disso. As mentiras da facção religiosa são uma conseqüência da demissão de uma mulher de suas fileiras. Estão tentando nos prejudicar.

Paul olhou para baixo, para o teto do prédio por baixo da pirâmide, projetando-se cerca de um metro e meio além da parede.

— Não quero que seja prejudicado, senhor. São empresas como a sua, operando dentro da lei, que sustentam este país.

De volta à sala, Paul tirou um envelope da pasta e pôs no bolso interno do paletó.

— Não é verdade que era comum, antes dos incidentes recentes, vocês entrarem e saírem do cofre todos os dias?

Demetrius contraiu os lábios.

— Nunca mantive um registro. O cofre tem uma fechadura de tempo, e só pode ser aberto às oito horas da manhã ou oito da noite. Não tive nada para fazer ali nos últimos dias.

Paul olhou para seu relógio. Passava de cinco horas. Ele tirou o envelope do bolso e estendeu para Arthur.

— Este é um mandado judicial para revistar o cofre. Voltarei às oito horas da noite. Preciso de sua presença para abrir o cofre.

Demetrius estudou o documento. Paul teve a impressão de que o ritmo de respiração do homem acelerou.

— Claro que estarei aqui.

Arthur levantou. Mais uma vez, Paul percebeu algo diferente em sua voz. A estridência, o timbre... alguma coisa era diferente. E Paul concluiu que era um terror profundo.

— Posso presumir que não vai se importar se eu der uma olhada por aí antes de ir embora? Gostaria de ter uma noção de sua operação.

— Não temos nada a esconder. Dentro de poucos minutos o turno das duas às dez tem uma pausa, antes da abertura dos mercados de Tóquio.

• • •

Paul circulou pelo andar de operações por alguns minutos. Desceu para o andar abaixo e encontrou uma atividade quase idêntica. Vários operadores encerravam conversas e transações. Ele se encaminhava para a saída quando foi envolvido por um cheiro estranho.

Manteiga de amendoim.

Paul seguiu o cheiro até uma pequena árvore, num cubículo de vidro, onde uma mulher esguia, de cabelos escuros, arrumava suas coisas para sair. Paul acompanhou-a e aos outros quando se encaminharam para o elevador.

Ao deixarem o prédio, Paul seguiu a mulher pelas ruas apinhadas. Mas, de repente, ela desapareceu, envolvida pelo intenso movimento da hora do rush. Ele esquadrinhou a multidão, frenético, abrindo caminho para um lado e outro, na esperança de vislumbrar a mulher. Mas foi tudo em vão. *Uma questão de sorte... Ela deve ser do turno do dia, voltando para casa. Pode estar a quarteirões de distância, no trem-bala, a esta altura.*

Alguém puxou-o pela manga. Ele tentou se desvencilhar, mas a pessoa segurava com firmeza. Virou-se para deparar com o mesmo mendigo a quem dera dinheiro. O homem apontou com a mão imunda. *Lá está ela!*

— Obrigado.

Paul partiu apressado atrás da mulher. *Como ele sabia?*

Ao alcançar a mulher, Paul passou a acompanhá-la, mantendo seu ritmo. Mas não disse nada, até que passaram pela Bolsa de Valores. O velho prédio georgiano, com suas colunas de mármore, agora exibia um móbile enorme, dos planetas girando. Por trás, assomava um mapa zodiacal.

— Com licença — murmurou ele. — Você trabalha por aqui?

Sem alterar os passos, a mulher lançou-lhe um olhar típico de Nova York.

— Talvez. Por quê?

— Compreendo o cartaz piscando no prédio da Bolsa, as cotações mostradas, e todo o resto. Mas por que o mapa zodiacal? Parece mostrar as posições relativas dos planetas a intervalos de poucos segundos.

A mulher passou a andar um pouco mais devagar.

— É para os investidores supersticiosos. Oferece um horóscopo instantâneo.

— Uma tolice, não é?

— Também acho.

Este é o momento da verdade. Ela vai querer conversar comigo?

— Meu nome é Paul.

Ele estendeu a mão, com uma folha de ailanto. A mulher apertou sua mão, cautelosa. Arregalou os olhos. Deu uma espiada na folha, ficou imóvel por um instante, e depois recomeçou a andar. Paul teve de se apressar para alcançá-la.

— Eu gostaria que me desse um minuto.

— No outro lado da rua, à esquerda, há uma delicatessen.

Poucos minutos depois estavam sentados de frente um para o outro, num reservado. Paul apresentou-se mais formalmente.

— Pode me chamar de Phyllis — disse a mulher.

— Acabo de sair de seu escritório, onde conversei com Arthur Demetrius.

— Achei que era a mesma pessoa.

A mulher fitava-o com uma expressão desconfiada. *O que devo dizer?*

— Oficialmente, estou aqui como um agente da ONP, investigando a possibilidade de uma ocorrência sobrenatural.

Ela riu.

— E o que a ONP faria se houvesse uma ocorrência sobrenatural?

— Provavelmente a mesma coisa que fez em Washington, Terra do Golfo e San Francisco.

A mulher alteou as sobrancelhas.

— Por que devo conversar com você?

Paul tirou um punhado de folhas do bolso.

— Por causa disto. Sei o que significam: "Abençoado sejam aqueles que cumprem seus mandamentos, porque podem ter direito à árvore da vida, e podem passar pelos portões da cidade".

Ela não disse nada.

— "Para aquele que se supera, eu lhe darei de comer da árvore da vida, que fica no meio do Paraíso de Deus."

A mulher relaxou um pouco.

— Você parece saber do que está falando. O que quer de mim?

— Primeiro, gostaria que me explicasse uma coisa: por que uma fiel trabalha para Demetrius?

— Estudei economia. Não é pior do que em qualquer outro lugar. É verdade que todos os investidores idolatram o dinheiro. Mas não estou sozinha no escritório. Há quase trinta fiéis trabalhando ali. Não somos quase nada em comparação com o total, mas temos feito progressos. A situação aqui é um pouco mais aberta do que no resto do país. E sempre temos o maior cuidado. As pessoas descobrem que somos fiéis, e querem saber sobre coisas como os incêndios nos poços de petróleo no Texas e as flores das cerejeiras. Perguntam o que tudo isso significa. Achamos que são sinais do princípio do fim, e é o que respondemos.

— É bastante arriscado.

— Temos de viver assim. Mas você também corre risco, se trabalha para Tio Sam.

Paul deu de ombros.

— Não posso negar.

Os dois ficaram calados por um momento, até que Paul perguntou:

— Diga-me, Phyllis, o que acha que está acontecendo em sua empresa?

— Acho que é Deus.

— Como assim? Devo lhe dizer que sou novo nisso.

— Na ONP?

— Em ser um fiel. O que Deus fez?

— Ephesus era um homem ganancioso. Arrogante. Escarneceu de Dolores e desafiou Deus. Achava que estava acima da lei, e além do alcance de Deus.

— Dolores é a mulher desaparecida? Você a conhecia?

— Não muito bem. Era uma das novas, contratadas para comprar prata. Não gostava do que Ephesus queria que ela fizesse.

— Ele a machucou?

— Não sei. Oro para que ela tenha fugido quando a notícia sobre sua "maldição" transpirou, para que não seja presa como uma cristã. Se Ephesus fez alguma coisa com ela, nunca descobriremos. Ele é bastante rico para dar um jeito de encobrir tudo para sempre.

— O que pode me dizer sobre os guardas? A história é verdadeira?

Ela acenou com a cabeça em confirmação.

— Eu conhecia os dois. E não os vejo desde o incidente.

— O que você acha que eles viram no cofre?

Phyllis deu de ombros.

— Deus. Alguma prova de Deus.

— O que pode me dizer sobre Arthur?

— Ele idolatra o irmão mais velho. Mas nunca foi tão impiedoso. Oramos por ele.

— Vocês oram por Demetrius?

— Claro. Devemos amar nossos inimigos.

— O que pode não ser fácil, não é mesmo, Phyllis?

Ela hesitou.

— Nunca é fácil. Mas quando se pensa a respeito, é um privilégio.

— Acho que eu seria tentado a orar para que ele tivesse o pior fim.

— Não é o que fazemos. Oramos por sua salvação.

19

PAUL E PHYLLIS combinaram que ela deveria voltar para o escritório cinco minutos antes dele. Faltavam uns poucos minutos para as seis e meia. Embora o sol ainda estivesse alto, por trás dos edifícios, já tinha um brilho de laranja queimada e projetava sombras compridas pelas ruas.

Ao se aproximar do prédio pelo lado oeste, Paul ficou impressionado com a maneira como a pirâmide faiscava ao crepúsculo, como se fosse uma pedra preciosa. Ele contraiu os olhos para ver a varanda, que se fundia no vidro na primeira vez em que contemplara o edifício. Teve a impressão de que havia uma pessoa ali naquele momento, encostada na grade de ferro batido. Só podia ser Arthur.

Quando saiu do elevador, no primeiro andar da pirâmide, Paul descobriu-se no meio da multidão que voltava para as salas de operações por cima. Deixou que os outros passassem na frente. Parou para admirar a vista magnífica do sol de fim de tarde refletindo-se nas torres pretas, além das janelas. Subitamente, soou lá em cima uma pancada seca e um grito. Sobressaltado, Paul levantou os olhos a tempo de ver uma forma escura caindo pelo lado da pirâmide de vidro.

Todos ao seu redor ficaram imóveis. Pessoas gritaram. O corpo deslizou ao longo da pirâmide, e foi cair no telhado plano do edifício. Pessoas se comprimiram contra o vidro para olhar. Algumas se abraçaram. Paul teve dificuldade para abrir caminho pela multidão. Procurou, frenético, até avistar a porta de incêndio. Correu para lá, e saiu pelo teto do edifício.

O corpo todo estendido no chão tinha cabelos escuros e usava um terno preto listrado.

Ao correr em sua direção, Paul foi dominado por um pesar inexplicável. Por que deveria se importar? Mas ao ver o cadáver de Arthur Demetrius, Paul compreendeu que ali estava um homem que Deus também amara. Arthur podia manifestar seu desprezo pelo paraíso, mas ainda assim era uma alma perdida, alguém que precisava de perdão e salvação, tanto quanto qualquer outra pessoa. Como Phyllis dissera, deveria ser um privilégio orar por ele. Só que agora era tarde demais. Paul ajoelhou-se ao lado do corpo, fazendo um esforço para controlar suas emoções desconcertantes.

— Arthur... Arthur... por quê?

O corpo estava esparramado, o rosto virado para baixo, imóvel. Mesmo sabendo que era inútil, Paul encostou dois dedos no pescoço do homem, à procura de alguma pulsação na carótida.

Atordoado, Paul balançou e caiu sentado, ao descobrir não apenas batimentos cardíacos tênues, mas sim fortes e rápidos.

Impossível! Ninguém pode sobreviver a uma queda assim!

Paul fez um esforço para se erguer. Tornou a se abaixar, a fim de ouvir a respiração.

Nada.

Ele verificou de novo o pescoço. Não havia a menor possibilidade de erro. O coração do homem batia firme e forte. Paul fora treinado a não mover uma vítima com graves ferimentos, mas tinha de fazer o homem respirar de novo. Ele enfiou a mão por baixo do ombro de Arthur e, sustentando a cabeça e início da coluna com a outra mão, virou-o de costas, gentilmente.

Os pulmões de Arthur deixaram escapar um enorme zunido. As pálpebras tremeram. Paul já ia chamar os serviços de emergência, mas hesitou. Dominado pela emoção, ele murmurou:

— Fique imóvel, Arthur. Respire fundo. E não se mexa.

Os olhos de Arthur se encontravam abertos agora. Fitaram Paul, como se ele tivesse acabado de acordar. Os lábios se mexeram, mas nenhum som saiu.

Paul pediu que não falasse nada. Olhou para as janelas, onde os empregados ainda se comprimiam contra o vidro, atordoados.

— Vivo? — balbuciou Arthur.

— Você continua vivo. Agüente firme.

— Como?

— É um milagre.

Os olhos de Arthur se arregalaram. Estendeu os braços para Paul, enlaçou-o pelo pescoço e fez um esforço para sentar. Começou a chorar. O corpo era sacudido por enormes soluços.

— O que aconteceu, Arthur?

— Eu pulei, Doutor. Mas não passei da beira do telhado.

— Por quê?

A voz de Arthur saía fraca, balbuciada.

— Estou cansado de tudo. Ephesus... talvez ele a tenha matado, mas não sei com certeza. Ele desapareceu.

— Quem ele matou?

— Aquele mulher...

— Preste atenção, Arthur. Não pode acreditar que você ou Ephesus tenham sido amaldiçoados.

— Ele escarneceu da mulher, desafiou-a... E se ele fez alguma coisa? Se deixou a mulher trancada no cofre? Os guardas enlouqueceram...

— Se Ephesus cometeu um crime, será punido. Mas você não sabe com certeza o que ele fez. Por que tentou o suicídio?

— Tive medo... os guardas... eu também era impiedoso com a prata. Quando a verdade transpirar, estarei arruinado.

— É evidente, Arthur, que você não estava fadado a morrer agora.

— Mas por quê? Por que fui poupado? Não mereço.

Paul recordou o que Straight lhe dissera: *Eu não gostaria que fosse justo, Paul. Também não mereci.* Ele prendeu a respiração por um longo momento, antes de arriscar:

— Muitas pessoas têm orado por você.

— Eu sabia! — sussurrou Arthur. — Alguma coisa vem me atormentando há dias!

Ele apertou Paul, enquanto indagava:

— E você é uma delas?

Paul confirmou com um aceno de cabeça.

Arthur inclinou-se e esticou as pernas. Estendeu os braços por cima da cabeça.

— Não levante ainda. Descanse mais um pouco.

Paul olhou para a multidão nas janelas, todos visivelmente abalados. Estremeceram quando Arthur insistiu em levantar, com a ajuda de Paul. Ficou parado por um momento, trôpego, tentando se orientar. Os espectadores finalmente recuaram quando Paul começou a conduzir Arthur para a porta de emergência.

Foram para o elevador. Subiram para o gabinete de Arthur. Os empregados desviavam os olhos, como se não o tivessem visto saltar. Paul ajudou-o a ir para seus aposentos particulares, com uma sala, quarto e banheiro.

Ao sentarem em poltronas, de frente um para o outro, Arthur parecia exausto. Paul inclinou-se para a frente.

— Há alguém que eu possa chamar? Sua esposa? Alguma outra pessoa?

— Não tenho mais esposa. Não tenho ninguém.

— Tem Deus. Ele não deixou que você se matasse. O que isso lhe diz?

Arthur baixou o rosto para as mãos.

— Talvez Ele tenha um destino pior do que a morte para mim. Afinal, eu desprezava os cristãos como indolentes, numa atitude condescendente. Tinham idéias do que Ephesus e eu deveríamos fazer com nossos recursos. Eles me enojavam.

Ele fez uma pausa. Respirou fundo.

— Não quero ver o que há no cofre, Dr. Stepola. E se for aquela mulher... ou alguma coisa sobrenatural?

— Não pode escapar, Arthur. Mas o que quer que haja no cofre, não pode se comparar ao julgamento iminente. Jesus disse para não ter medo daqueles que querem matá-lo. Só podem matar seu corpo; não podem tocar em sua alma. Tema apenas a Deus, que pode destruir tanto sua alma quanto seu corpo no inferno.

— Então, com toda certeza, Deus vai me destruir.

— Jesus disse: "O propósito do ladrão é roubar, matar e destruir. Meu propósito é dar a vida, em toda a sua plenitude". — Paul levantou. — Agora, você precisa relaxar e recuperar o controle. Voltarei às oito horas, para a abertura do cofre.

— Posso lhe dar os códigos de acesso e explicar o que tem de fazer?

— O mandado judicial determina sua presença.

Arthur murchou.

• • •

Quando Paul voltou, Arthur parecia um homem a caminho da própria execução. Arrastou-se à frente de Paul, até o elevador que descia direto para o cofre. Para fazer o elevador descer, Arthur teve de se submeter a uma verificação dos olhos, encostar as duas mãos num *scanner* para conferência das impressões digitais e virar duas chaves ao mesmo tempo. Tecnologia de reconhecimento da voz e DNA abriram a porta do elevador no porão. Ele teve de passar por tudo isso de novo — e mais alguma coisa — para abrir a porta do cofre, que se estendia do chão ao teto.

— Tenho sessenta segundos, a partir de oito horas em ponto, para registrar os códigos no teclado. Há tempo suficiente para cometer um erro, mas não dois. O cofre não permitirá uma terceira tentativa pelas doze horas subseqüentes.

Arthur estremeceu quando a porta maciça começou a abrir, lentamente. Explicou a Paul que o primeiro andar do cofre-forte era o lugar em que guardavam dinheiro, certificados de ações, outros títulos, documentos, pastas de arquivo.

— Quase que só tem papel. Os andares por baixo estão cheios, do chão ao teto, de barras de prata... lingotes de prata de lei... 92,5 por cento de prata e o resto de cobre, para proporcionar a consistência necessária.

— Posso? — perguntou Paul, quando a abertura da porta já permitia a passagem de uma pessoa.

Arthur acenou com a cabeça em concordância, ainda num pânico evidente.

— Uma luz vai acender.

Era mais do que apenas uma luz. Na verdade, o interior do cofre parecia iluminado como o dia. Paul entrou e olhou para trás. Arthur dava a impressão de estar mais calmo. Como não faltasse nada ali, ele entrou também. Depois do primeiro passo para os fundos do cofre, no entanto, Paul parou. Havia alguma coisa no ar, quase bloqueando a luz, mas refletindo-a com intensidade. A princípio, parecia uma neblina, mas pairando pesada, faiscando. As prateleiras da frente, ocupadas por papéis, davam a impressão de estarem cobertas por uma poeira prateada. Paul tirou um lenço do bolso e cobriu a boca.

Ouviu Arthur soltar um grito de espanto. Virou-se para vê-lo passar a mão pelo ar, devagar. Ele pegou um pouco da poeira na palma, esfregou entre o polegar e os dedos. E também cobriu a boca com a mão.

— Prata vaporizada! — exclamou ele, por trás da mão. — Tudo virou pó!

— Como isso acontece? — perguntou Paul.

— Não acontece. É impossível.

— O que tem naquela porta interna, Arthur?

Mas o homem estava atordoado, tremendo todo. Paul teve de insistir:

— Para onde leva?

— A um depósito de prata pura, em recipientes especiais, respondeu Arthur, quase balbuciando. — Nós a chamamos de prata nativa ou livre. Nada foi acrescentado para dar consistência. É quase branca.

Paul abriu a porta. Uma nova nuvem de vapor prateado saiu para se misturar com o resto. Paul entrou ali, o lenço comprimido contra a boca e o nariz. Seu corpo ficou rígido. Sabia que Arthur se encontrava por trás dele, e não haveria como protegê-lo daquela cena.

Ali, no chão da sala especial, sentava um homem que parecia muito com uma estátua de Arthur. Tinha os olhos abertos. Não se mexia. E estava coberto, em cada milímetro, da cabeça aos pés — cabelos, rosto, camisa, gravata, ternos, meias e sapatos — com poeira prateada. Paul recuou, lentamente.

— Arthur, é seu irmão...?

— Ephesus! Ephesus! — Arthur se adiantou. — Você virou o que tanto amava!

Ele abraçou o cadáver coberto de prata, que escapuliu de suas mãos e caiu no chão.

• • •

Paul passou os dias seguintes cuidando de Arthur Demetrius e resolvendo os problemas. Convenceu os responsáveis pela segurança a ignorarem o horário rígido de abertura do cofre. Ordenou a transferência do corpo de Ephesus Demetrius para o necrotério. Convocou um professor de metalurgia para verificar se era possível salvar alguma coisa nos resíduos. Não era.

Arthur estava arrasado. Passava a maior parte das horas chorando, orava por perdão e pedia a Paul que lhe falasse mais sobre a Bíblia. Encontrava o maior conforto nas palavras de Jesus em João 5:24: "Em verdade, em verdade vos digo: Quem ouve a minha palavra e crê naquele que me enviou tem a vida eterna, não entra em juízo, mas passou da morte para a vida".

— Deus vem tentando me ensinar — disse Arthur. — E quem ele enviou para explicar? Um agente da ONP que poderia ter me mandado para a prisão.

— Aprendi que o amor de Deus transcende a todas as dádivas terrenas — declarou Paul. — Deus amava tanto o mundo que sacrificou o próprio filho, que morreu na cruz para nos salvar. Aceitar esse amor foi a decisão mais importante e satisfatória de minha vida.

Finalmente, tarde de uma noite, em sua opulenta casa em Nova York, Arthur pediu a Paul que orasse com ele, e recebeu Cristo. Paul confortou-o, falando sobre os fiéis secretos em Atlântica. Também lhe deu uma folha de ailanto.

— Quero contribuir com alguma coisa concreta. Presumo que esse movimento clandestino precisa de recursos.

— Tenho certeza de que precisa... e muito. Posso promover um contato entre você e pessoas que teriam o maior prazer em ouvi-lo. E sei que vai querer encontrá-las pessoalmente, para poder aprender e crescer.

• • •

Em seu relatório para Robert Koontz, Paul atribuiu a culpa pelas operações clandestinas em Demetrius & Demetrius ao irmão mais velho. Ao que tudo indicava, ele desviara dinheiro e prata, e uma grande remessa de prata nunca chegara à companhia. Morrera num estranho acidente, por asfixia, quando ficara trancado no cofre por dois dias seguidos. O irmão mais moço foi inocentado, e continuaria a dirigir a empresa.

— Quer dizer que não há nenhuma impostura religiosa? — perguntou Koontz.

— Nenhuma — garantiu Paul.

— E aquela história dos guardas? Ficaram daquele jeito porque viram o cadáver no cofre?

— Isso mesmo.

— E a tal maldição? O lugar não está infestado de subversivos?

— Não pode haver muitos, Bob. A mulher que supostamente lançou a maldição havia sido contratada pouco antes, e não chegara a formar vínculos mais profundos com os colegas de trabalho. Ela desapareceu... para evitar a prisão, provavelmente, embora a polícia não tenha encontrado qualquer indício de crime. Quanto a nós, acho que devemos nos manter atentos, para saber se Arthur Demetrius se queixa de mais proselitismo ou de outras manifestações subversivas.

• • •

Straight ficou eufórico. Abraçou Paul e disse:

— Foi incrível o que você fez! Logo na primeira vez, consegue fazer um convertido.

— Não pude acreditar quando senti a pulsação, e compreendi que ele estava vivo, Straight. Sentir o poder de Deus atuando em outra pessoa... foi uma experiência emocionante. E, de alguma forma, encontrei as palavras certas.

— Você foi orientado.

— Com toda certeza.

— E o que me diz do quadro geral? Já decidiu se vai trabalhar conosco?

— Não há como recusar.

20

— **STRAIGHT QUER** me levar para um torneio regional de xadrez neste fim de semana.

— Você deve estar brincando — protestou Jae. — Esteve em Nova York até o último domingo. E agora, em vez de passar o fim de semana com seus filhos, prefere viajar para jogar xadrez?

— Não é uma questão de preferência. Os torneios, quando você joga com as pessoas frente a frente, não apenas pela Internet, não acontecem com freqüência. Straight acha que já estou pronto para participar.

— Se é o que Straight pensa, então está certo.

— Devo dizer que me sinto orgulhoso por ter condições de entrar em torneios em tão pouco tempo.

— É realmente impressionante, Paul. Mas, por outro lado, não vamos esquecer que você não teve outra coisa para fazer durante meses. Se pode sair de casa com a consciência limpa, então vá com Straight... e divirta-se.

— Dá para perceber que você não quer que eu vá.

Jae balançou a cabeça, com as mãos nos quadris.

— Obrigada por esclarecer o óbvio. Onde será esse torneio?

— Em Toledo.

— Toledo? Fica a mais de trezentos quilômetros daqui!

— Que diferença faz a distância?

Faria uma grande diferença para você, Paul, saber que sua família vai deixá-lo na próxima semana?

• • •

— Talvez não devêssemos ir — comentou Straight, quando Paul relatou a discussão.

— É possível. Ultimamente, Jae nem parece querer minha presença. Como se já tivesse renunciado a mim. Mas acho que não posso culpá-la. Não tenho sido um marido exemplar.

Ele se calou, pensativo.

— Paul...

— Estou preocupado com minha família, Straight. Com as crianças, em particular. O que significa para meus filhos o fato de eu ser um cristão? Uma coisa é arriscar minha própria vida, mas tenho o direito de envolvê-los também? Não posso expor Jae e as crianças a qualquer risco contando toda a verdade, mesmo que isso fizesse com que eu me sentisse melhor.

Ele fez uma pausa, a expressão triste.

— Seria muito mais fácil se eu pudesse dizer a Jae tudo o que vem acontecendo comigo... como recuperei a visão, o que tenho estudado, as decisões de me tornar um fiel e um agente duplo. Mas o pai de Jae é um antirreligioso fanático. Disse uma ocasião, referindo-se aos cristãos: "Odeio cobras". E dirige algum serviço secreto na ONP.

— Nada como ter a cabeça na boca do leão. Mas você terá de encontrar uma solução, Paul. Quer proteger Jae e as crianças do perigo físico e perdê-los para a eternidade?

Paul teve de respirar fundo ao ouvir a indagação.

— Mesmo antes do desastre, Jae e eu já havíamos nos afastado... por minha culpa, na maior parte. Mas sempre pensei que havia uma possibilidade de reatarmos. Agora, isso parece impossível. E não posso imaginar que algum dia voltemos a ser bastante íntimos para que eu possa lhe contar toda a verdade.

Ele fez uma pausa.

— Você conhece aquele versículo no Novo Testamento que diz "Aquele que ama Deus deve também amar seus irmãos". Mas venho encontrando dificuldade para amar minha própria esposa.

— São problemas muito difíceis, Paul. Quanto a Jae, por pior que seja a situação, você continua a ter as mesmas obrigações: respeitá-la e servi-la. Assuma essa atitude, e ficará espantado com as mudanças que observará em sua esposa. É um investimento. Mas deve fazer isso porque é a coisa certa, não pelo que vai receber em troca. Pode ter certeza, no entanto, de que terá o que der. Se investir em bondade, serviço, amor e compreensão, receberá tudo de volta em dobro.

— Não posso deixar de me perguntar quando... ou melhor, se isso vai mesmo acontecer.

— Ter fé significa confiar em Deus para remover todos os obstáculos.

— Enquanto isso, detesto ficar em casa. Sinto-me sozinho... como um agente triplo em minha fé, no trabalho e em casa.

• • •

Ao se aproximarem de Toledo, os olhos de Paul deslocavam-se a todo instante para o espelho lateral.

— Hum...

— O que foi? — perguntou Straight.

— Não deixe transparecer, mas está vendo aquele sedã cinza lá atrás?

— E daí?

— Há quanto tempo está atrás de nós?

— Talvez quase a metade do caminho desde Chicago.

— Pegue a próxima saída.

— A parada de caminhões?

— Isso mesmo. E só entre no desvio no último instante.

Quando Straight deixou o fluxo de tráfego e subiu a rampa, Paul notou que o sedã trocava de faixa de rolamento. Só que tarde demais.

— Vamos entrar no restaurante, comer alguma coisa e depois verificar se o carro espera por nós mais adiante.

Não deu outra. O sedã havia entrado na saída seguinte. Estacionara no alto da rampa de acesso pelo outro lado, aparentemente esperando que Paul e Straight passassem para voltar à estrada.

— Não gosto nada disso — murmurou Straight.

Paul balançou a cabeça.

— Nem eu.

Paul instruiu Straight a pegar a saída seguinte, virar à esquerda no trevo e seguir na direção oposta. Quando o sedã foi atrás, ele mandou que Straight repetisse a manobra no sentido contrário. O sedã não conseguiu acompanhá-los. Logo estavam de novo seguindo para Toledo, vários quilômetros à frente do perseguidor.

— Acho que conseguimos nos livrar deles.

— É melhor não ter tanta certeza.

— Será que eles vão aparecer de novo?

— É possível. Mas vamos continuar até o hotel por estradas secundárias.

Embora tentasse encobrir sua preocupação, em benefício de Straight, Paul estava abalado. Era evidente que as pessoas em seu encalço não eram da ONP. Agentes treinados nunca seriam tão óbvios. A menos que quisessem ser percebidos. Mas por quê? E se as pessoas não eram da ONP, quem poderiam ser? Paul não tinha a menor idéia.

Não havia sinal do sedã cinza quando chegaram ao hotel. Straight fez o registro através da impressão da retina. Mas Paul não pôde fazê-lo por causa dos ferimentos nos olhos. Por isso, limitou-se à impressão da mão. Os dois receberam as chaves infravermelhas. Straight ainda parecia nervoso, olhando para um lado e outro.

— Vamos nos lavar, Paul, e depois nos encontramos em meu quarto para um treino. Devemos jantar cedo, ir para a cama e esperar pelo início do torneio, amanhã de manhã.

• • •

Depois de uma chuveirada, Paul sentiu-se quase normal outra vez. Pronto para uma partida. Mas diminuiu os passos quando se aproximou do quarto de Straight. Percebeu que a porta estava entreaberta. O que, por si só, nada significava. Mas não havia luz acesa. Straight não deixaria o quarto destrancado, ainda mais depois do susto na estrada.

Paul abriu a porta, com todo o cuidado. O olfato aguçado sentiu o cheiro de suor. Ele entrou, cauteloso, não fazendo qualquer barulho no carpete. Straight teria cochilado? Não com a porta entreaberta. Os olhos contraídos, Paul observou a porta fechada do banheiro. Também não havia luz ali.

E, de repente, a porta do banheiro foi aberta, dois vultos se adiantaram, empurraram Paul contra a parede e derrubaram-no no chão. Paul ainda agarrou e apertou um pulso grosso, mas antes que pudesse aplicar qualquer golpe, um terceiro homem também atacou-o.

Não tinha como resistir aos três. Tratou de relaxar. Mãos rudes comprimiram seus braços contra os lados do corpo. Uma fronha foi enfiada em sua cabeça. Uma tira envolveu seu tronco — parecia ser de couro — e foi presa nas costas, imobilizando os braços.

Paul ouviu o rangido de rodas. Sentiu alguma coisa roçar em sua coxa. Os homens levantaram seu corpo para o que devia ser um carrinho de lona.

— Posição fetal — ordenou um deles.

Paul pensou em tentar se desvencilhar, mas sua desvantagem era grande demais. Foi coberto por lençóis e cobertores. Foi nesse instante que ouviu a voz de Straight:

— Eu me encontrarei com vocês lá embaixo. — Uma pausa. — Confie em mim, Paul.

Ele sentiu o carrinho se deslocar... na direção da porta, presumiu. Seria possível que Straight fosse um agente duplo? Neste caso, Paul estaria morto.

— Estamos sozinhos? — perguntou ele.

— Fique quieto.

— Para onde vamos?

— Não torne as coisas mais difíceis, Paul.

Ele ouviu a porta ser aberta. Sentiu o solavanco do carrinho quando Straight empurrou-o para o corredor. Seguiram na direção oposta aos elevadores. Por isso, quando pararam, e ele ouviu um botão ser apertado, presumiu que devia ser o elevador de carga.

Portas se abriram, o carrinho foi empurrado para dentro. As portas foram fechadas. Paul ouviu um guincho, e sentiu o movimento de descida. Quando as portas tornaram a se abrir, o cheiro era de uma garagem subterrânea. Ouviu a passagem de veículos impulsionados por eletricidade e hidrogênio. O carrinho subiu uma rampa. Uma porta metálica foi aberta. Empurraram o carrinho por um piso irregular. A porta foi fechada.

O silêncio era total, exceto pelo barulho do motor de um furgão. Partiram. Straight removeu os lençóis e cobertores.

— Pode sentar, Paul?

Ele tentou erguer o corpo, mas precisava de ajuda. Straight ajudou a sentar, depois desatou a tira de couro.

— Você está bem, Paul?

— Eu poderia ter matado um de vocês no quarto.

— Não duvido.

Straight largou a tira no chão e retirou a fronha.

— Estamos só nos dois aqui? — perguntou Paul. — Onde estão os outros homens?

A escuridão na traseira do caminhão era absoluta.

— Lá na frente, com o motorista. Agora, segure meu braço e saia daí. Há um banco aqui no lado. Vamos sentar, pois será uma longa viagem.

— Para onde vamos, Straight?

— Você verá quando chegarmos, Paul... mas posso adiantar que será algo como você nunca imaginou.

— Preciso saber...

— Precisa ter fé, Paul. Relaxe.

Cerca de duas horas depois, pelos cálculos de Paul, o furgão parou. Mas o motor continuou ligado. Straight tornou a pôr a fronha na cabeça de Paul.

— Aceito que me tape os olhos, mas não me amarre — protestou Paul. — Se não pode confiar em mim...

— Você não está no comando aqui, Paul. E o problema não sou eu e minha confiança. Isto é para a tranqüilidade das pessoas que vamos visitar. Agora, não me obrigue a pedir ajuda.

Paul ouviu um barulho lá fora, que parecia ser de um enorme portão de metal sendo aberto. Straight bateu duas vezes na divisória do furgão. A porta traseira foi aberta. Paul sentiu a brisa fresca da noite através da fronha fina. Teve noção do clarão das luzes por cima. Desceu do furgão, atravessou um caminho de cascalho e passou pelo portão. Pela maneira como o portão ressoou e a conversa em voz baixa ecoou, Paul deduziu que se encontravam numa estrutura de metal.

Levaram-no para um assoalho de madeira que rangia alto. Ele ouviu a porta de um elevador se abrir, ruidosa.

— Tome cuidado — disse Straight, ao conduzi-lo para o que parecia ser uma plataforma aberta. — Há espaço suficiente para nós cinco, mas devemos evitar movimentos bruscos para não cair.

Paul sentiu o ar fresco subir lá de baixo. O elevador começou a descer, aos solavancos, rangendo. Ele teve a impressão de que as paredes eram apenas uma tela.

— Até que ponto vamos descer? — perguntou Paul.

— Bastante. Mais de 330 metros.

Quando o elevador parou, depois de um longo tempo, com um solavanco final, Paul descobriu que o ar era fresco, seco, com um cheiro de água salgada.

— Vocês dois podem pegar a picape e seguir na frente, para avisar que já estamos chegando.

Uma picape? Trezentos e trinta metros abaixo da superfície?

Straight conduziu Paul por uma distância aproximada de cinqüenta metros. Embarcaram em outra picape. Percorreram uma longa distância, até que Straight parou e removeu a tira de couro e a fronha. Estavam numa passagem larga, com colunas translúcidas se erguendo para o teto abobadado. Uma mina de sal.

— A sudoeste de Detroit, ou nordeste de Ohio, não é mesmo? — murmurou Paul.

— Se eu quisesse que você soubesse, não o teria metido na traseira de um furgão, sem ver nada, não é mesmo? Esta camada de sal estende-se por dezenas de milhares de quilômetros. Podemos estar em qualquer dos vários estados que existiam antes da guerra.

Passaram por imensos equipamentos, desmantelados. Paul não pôde deixar de especular, em voz alta, como haviam sido levados para o fundo da terra. Só os pneus deviam ter pelo menos dois metros de altura.

— Em pedaços — explicou Straight. — Tudo foi montado aqui embaixo. Quando as minas ainda eram ativas, pouco antes do final da guerra, havia todos os tipos de materiais e equipamentos aqui embaixo.

Quanto mais avançavam, mais iluminada a mina se tornava. A intervalos de poucos metros, havia cartazes nas paredes alertando para o perigo de radiatividade.

— Tudo falso — comentou Straight.

Passaram pelo que pareciam ser imensos salões de banquete ou de baile.

— Há pessoas vivendo aqui?

— Mais do que você pode imaginar. Vai se encontrar com três delas.

— E ninguém sabe que estão aqui?

— Ninguém que não precise saber. E não ficaram muito satisfeitas por você tomar conhecimento.

Paul nada ouvia, e via apenas paredes esbranquiçadas.

— Falta muito?

— Cerca de meio quilômetro. Este labirinto prolonga-se por quilômetros e quilômetros.

— O que é aquilo? — perguntou Paul, apontando para uma rede de cabos e canos por cima.

— Fornecia eletricidade para todos os equipamentos de mineração. Eram ligados aos cabos como acontecia com os ônibus elétricos na superfície. Expandimos a rede para proporcionar energia às necessidades da vida cotidiana. Temos uma cidade por baixo de uma cidade, Paul. Se alguém de fora chega a este ponto, os sensores avisam aos guardas. Toda a atividade em nossa pequena comunidade cessa no mesmo instante. As luzes se apagam. Geladeiras, *freezers* e todos os equipamentos elétricos são desligados. Os bisbilhoteiros se cansam de andar no escuro, voltam e deixam a mina, sem saber de nada.

— Alguém já se aventurou por distância suficiente para encontrar os vigias?

— Nunca.

— E se isso acontecesse?

— Não gostamos de pensar na possibilidade, mas temos um plano.

— Qual é?

— Como eu disse, não gostamos de pensar a respeito.

— Teriam de matar a pessoa. E, depois, o que fariam?

— O plano prevê que o corpo será levado à superfície, posto no veículo que o trouxe até aqui, que seria levado para longe, a fim de que o corpo não fosse ligado à mina.

— Como justifica isso?

— Não justificamos, Paul. Oramos para que nunca aconteça.

— Como impedem que as pessoas venham bisbilhotar?

— Estamos longe das áreas mais percorridas, e ninguém vem até aqui por acaso. Não há absolutamente nada de valor que alguém saiba. Os portões só abrem com o nosso código. Depois que passamos pela cerca, nossos veículos são escondidos. Há sinais de advertência sobre alta voltagem, cachorros e radiatividade. Quando a mina foi fechada, um grupo planejava despejar aqui lixo radiativo. Não chegou a acontecer, mas nossos cartazes afugentam as pessoas que não têm boa memória. Eu diria que a maioria dos moradores da região acredita que a mina é um depósito de lixo radiativo.

— Isso me manteria a distância.

Finalmente viraram uma esquina que dava para um corredor comprido e reto.

— Mais trezentos metros por aqui, vira-se à esquerda e alcança-se nossa comunidade. Nossos anfitriões estão à espera ali.

Paul achou que a área parecia o refeitório de um pequeno escritório. Havia uma mesa, cadeiras diferentes, uma geladeira, um microondas, até mesmo um cabideiro para pendurar casacos. Três pessoas levantaram no momento em que eles entraram. No centro estava Abraão, o homem que Paul conhecera no parque, agora sem capuz, mas ainda usando óculos escuros.

— Doutor, seja bem-vindo à nossa comunidade — disse ele, abraçando Paul. — Esta é minha esposa, Sara...

Uma mulher de cabelos grisalhos, que parecia estar próxima dos sessenta anos, sorriu, enquanto Abraão acrescentava:

— ... e este é Isaque.

— Não o filho deles — comentou Isaque, tão depressa que Paul adivinhou que ele dizia isso com freqüência.

Como Abraão, os dois também usavam óculos escuros. Isaque tinha cabelos de um louro avermelhado, com fios brancos visíveis. Paul calculou que ele já entrara na casa dos quarenta anos.

— Todos nós usamos codinomes aqui — explicou Abraão. — Muitos dos nossos residentes são fugitivos. Quase ninguém conhece as verdadeiras identidades daqueles que vivem e trabalham aqui. É uma questão de segurança.

— Foi por isso que usaram todas aquelas manobras de histórias de espionagem para me trazerem até aqui?

— Posso compreender que tenha achado um pouco irritante. Mas todos que entram e saem daqui, com poucas exceções, são transportados da mesma maneira. Imagine o que aconteceria se o governo tomasse conhecimento da existência deste lugar.

Abraão indicou cadeiras para Paul e Straight. Ele, Isaque e Sara usavam pequenos broches em forma de coroa, idênticos ao que ele já vira na lapela de Straight. Seria alguma espécie de insígnia cristã? Paul nunca pensara em interrogar Straight a respeito... na verdade, mal notara o broche. Mas perguntaria agora. Quando Isaque sentou, Paul notou que era um homem forte, mas um braço pendia inútil no lado do corpo. Isaque percebeu que ele olhava, e explicou:

— Levei um tiro, durante um ataque do governo em Pacífica. Fui o único sobrevivente do meu grupo.

Paul reprimiu um murmúrio de surpresa. Pacífica... ele estaria se referindo a San Francisco? *Ousarei perguntar?*

— Ficamos maravilhados com o sucesso de sua atuação em Nova York — comentou Abraão.

— Foi espantoso o que testemunhei ali — disse Paul. — E, como você previu, Deus me mostrou o que fazer.

— O professor diz que o ajudou a tomar uma decisão sobre nossa proposta.

— Isso mesmo. E minha resposta é afirmativa. Estou com vocês até o fim.

Abraão exibiu um sorriso radiante. Sara inclinou-se para o marido, erguendo a mão para remover as lágrimas. Isaque estendeu o braço ileso para apertar a mão de Paul.

— Obrigado — murmurou ele. — Sabemos que se encontra numa posição muito mais vulnerável do que a nossa, trabalhando no campo inimigo. Mas é uma resposta para as nossas orações. Continuaremos a apoiá-lo em nossas orações.

— Paul, um dos nossos já começou a fazer orações diárias e a estudar com seu novo convertido — informou Abraão. — Temos uma dívida de gratidão com você. Ele já fez um donativo substancial, que nos permitirá executar alguns planos. Conversamos um pouco sobre a nossa missão quando nos encontramos no parque.

— Já sei. Oferecer aos fiéis apoio e orientação, além de espalhar a palavra.

— E também ajudar a coordenar o trabalho dos grupos cristãos locais. Mas nossa missão, na verdade, é mais profunda. O que você sabe sobre Arrebatamento?

Paul olhou para Straight, perplexo.

— Pode-se dizer que é a fase inicial dos eventos descritos no livro do Apocalipse — explicou Straight. — Num instante, num piscar de olhos, Jesus vai aparecer nas nuvens. Com um grito e o som de uma trombeta, serão chamados todos os que estão prontos... os verdadeiros fiéis... para encontrá-lo no ar, a fim de serem recebidos no paraíso.

— Eles serão literalmente elevados da Terra?

Straight confirmou com um aceno de cabeça, sorrindo.

— E a Bíblia nos diz que ocorrerá numa hora inesperada.

— E o que acontece com todas as outras pessoas? — perguntou Paul.

— Aqueles que ficarem para trás e sobreviverem ao caos... imagine o que acontece na hora do *rush*, quando as pessoas desaparecem por trás do volante de seus carros... tentarão suportar um período de tribulações, quando Deus enviará 21 julgamentos do céu, num esforço final para atrair a atenção de todos. Muitos receberão Cristo, mas ainda muitos continuarão a rejeitá-lo, apesar de tudo o que experimentaram. Como os verdadeiros fiéis estarão no paraíso, não haverá ninguém para lhes ensinar, exceto aqueles que não sabem o que fazem.

— E como os textos religiosos estão proibidos há décadas — acrescentou Isaque —, é bem possível que nada possam aprender sem a nossa ajuda.

— O que devemos fazer?

— Já começamos a distribuir exemplares da Bíblia e dos textos cristãos no mundo inteiro, em incontáveis locais, por todos os meios possíveis, a fim de garantir que a Palavra de Deus nunca seja erradicada deste mundo. Temos edições impressas, digitais, em vídeo, áudio... até mesmo vídeos com a linguagem de sinais internacional... edições acessíveis a todos, apesar de mudanças tecnológicas, analfabetismo ou convulsão do meio ambiente, como falta de energia elétrica em decorrência de desastres naturais ou causados pelo próprio homem, até mesmo nas privações do final dos tempos. Alguns dos lugares em que pusemos os textos são previsíveis... afinal, queremos que sejam encontrados onde as pessoas costumam procurar, ao mesmo tempo que tentamos salvaguardá-los das buscas do governo. Por exemplo, a Biblioteca do Congresso Americano, que tem ligações no mundo inteiro, cuida de nosso programa de infiltração de livros. Encaminha para todas as bibliotecas do mundo a Bíblia e outros textos, muitas vezes escondidos dentro de outros livros.

— A Biblioteca do Congresso... — murmurou Paul, pensando em Ângela Barger.

— Eu trabalhava na indústria de gravações — disse Abraão. — Um dos programas que queremos iniciar agora envolve a gravação de um CD em alguns milhares contendo um trecho do Novo Testamento. Ou mesmo um CD inteiro com o Novo Testamento, em vez do que o cliente pediu. Faríamos a mesma coisa com *downloads* da Internet. Você está esperando Thelonius Monk, mas recebe Tessalonicenses.

Paul não pôde deixar de rir.

— Coríntios em vez de *Carmen*. Gálatas no lugar de Garth Brooks. Muito engenhoso.

— Temos de pensar em novos esquemas para nos mantermos um passo à frente do governo — continuou Abraão. — Um dos projetos de Sara envolve a produção de tecidos com textos impressos.

— Seria muito fácil — garantiu Sara. — E seria muito valioso nas regiões menos desenvolvidas do mundo.

— E seu amigo, o professor, está trabalhando com profissionais médicos para se infiltrar na rede nacional de comunicações hospitalares.

— Sempre achei que você era qualificado demais para ser apenas um *baby-sitter* de pacientes internados num hospital, Straight.

— Meu trabalho voluntário também é importante, Paul. Não se esqueça de que foi por isso que você está aqui.

Temos missões críticas para desempenhar... apesar da lei, apesar do perigo...

— Como pode perceber, Paul, nosso trabalho é vital. Nossa luta é a conquista de corações para Cristo, na que é com certeza a época mais repressiva da história humana... quando o governo mundial não apenas proibiu a religião, mas também dispõe de capacidade tecnológica para impor essa proibição, espionando cada cidadão. Mantemos uma biblioteca, preparamos professores e oferecemos outros serviços de apoio aos fiéis hoje. Mas devemos também providenciar as condições, através do programa de comunicação de massa, para um futuro que talvez nunca vejamos... mas que também pode começar a qualquer momento. Demos a esse novo esforço o codinome de *Breve*.

— Vamos orar.

Todos se deram as mãos. Paul pegou a mão entrevada de Isaque.

— Deus, nosso pai, temos aqui seu filho Paul, que vai iniciar uma jornada tão perigosa que entrega a própria vida em suas mãos. Oramos por sua orientação e proteção, sua sabedoria e força, para que ele o sirva como deve. Em nome de Cristo, amém.

Abraão ergueu a cabeça.

— Queríamos que viesse até aqui, Paul, para que pudesse sentir que é um de nós, um soldado no crescente exército de Deus. Como ele está conosco, nenhum de nós poderá jamais se sentir sozinho.

21

PAUL FOI OUTRA VEZ vendado e amarrado, assim que se afastaram um pouco do ponto de encontro. A mente girava a toda, como uma turbina, pensando numa cidade na mina de sal, catacumbas modernas, um refúgio da perseguição, um abrigo para os grupos cristãos. No Arrebatamento, quando Deus chamaria os fiéis para o paraíso. A Operação Breve, uma iniciativa ousada para manter a Palavra de Deus em circulação até o final dos tempos. Isaque, que podia ter sido o homem que Paul tentara matar em San Francisco. E aqueles broches na lapela...

Assim que sentaram no banco, dentro do furgão, Straight removeu a fronha e a tira de couro.

— Quando me deu as folhas de ailanto, isso se ajustou na minha teoria de que diferentes grupos cristãos usam símbolos de identificação diferentes.

— E daí?

— Por que não me falou sobre os broches?

Straight hesitou por um instante. Falou devagar, dando a impressão de que escolhia as palavras com todo o cuidado.

— Antes de você assumir o compromisso de se juntar a nós, não fazia muito sentido instruí-lo sobre os símbolos cristãos de identificação.

— É justo. Mas pode me contar agora. A coroa que você e as pessoas na mina de sal usam são símbolos de identificação, não é mesmo? E vem do terceiro capítulo de Apocalipse, quando Deus diz à igreja de Filadélfia: "Apeguem-se a isso, para que ninguém tire sua coroa".

Straight alteou uma sobrancelha.

— Tem razão...

— Então minha teoria está certa. Calculei que a resistência usava imagens do Apocalipse, especialmente do início, a parte sobre as igrejas. Por exemplo, podem ter atacado os poços da Sardis Oil na Terra do Golfo porque uma das igrejas do Apocalipse ficava em Sardes. Os fiéis envolvidos nessa operação tinham um medalhão mostrando um livro e usavam roupas brancas como seus símbolos. Não tive a oportunidade de informar meu chefe. Mas é verdade, não é?

Straight balançou a cabeça.

— É assustador como você chegou perto, Paul. Mas não se esqueça de que os acontecimentos na Terra do Golfo e em outros lugares foram milagres. Os cristãos nunca atacaram qualquer coisa. Por isso, sua teoria não era completamente certa.

— O que me escapou?

— Pense um pouco. Quantas igrejas... ou candeeiros, ou estrelas... aparecem nessa parte?

— Sete?

— E sob que sete divisões os cristãos podem estar agrupados hoje?

— Hum... Somos os Sete Estados Unidos da América.

— Isso mesmo. E as filiações não são ao acaso. Sabe que história é o meu interesse, Paul. Estude a história dessas sete igrejas do Apocalipse e descobrirá que cada uma apresenta uma nítida correspondência com um dos nossos sete estados.

Paul concluiu que aquilo era a coisa mais espantosa que ouvira naquela noite... mesmo considerando que fora seqüestrado e levado para as profundezas de uma mina de sal.

— Veja o caso de Éfeso. Era uma cidade portuária, conhecida como "o mercado da Ásia", porque era o mais importante centro financeiro do Mediterrâneo. Além do sistema bancário, a atividade mais importante era a fabricação de santuários de prata para a deusa Ártemis. A Bíblia nos diz que além de acreditar em falsos deuses, associados com a prata, muitos efésios acreditavam em magia. Estavam convencidos de que a queima de seus livros de adivinhação era como se cinqüenta mil peças de prata se transformassem em fumaça. Éfeso lembra-o de algum lugar?

Paul estava aturdido.

— Foi o que eu pensei no mesmo instante. E lembre também... apenas como um adendo... que Paulo, em Atos, é chamado a ressuscitar um homem que caiu de uma janela do terceiro andar, em Trôade.

Paul recostou-se, incapaz de falar.

— Depois que você começa a procurar pelos sinais de que o fim é iminente, Paul, vai encontrá-los em toda parte.

• • •

Paul cochilou, exausto. Acordou quando as portas traseiras do furgão foram abertas. Estavam numa garagem.

— Há um táxi esperando lá fora — informou Straight. — Vai levá-lo de volta ao hotel. Irei mais tarde. E tornaremos a nos encontrar amanhã, no torneio.

— Quase esqueci que viemos até aqui para jogar xadrez.

Paul saiu para a rua. Estava deserta na madrugada, exceto pelo táxi. O motorista sabia para onde ele ia, e a corrida já fora paga. O saguão do hotel também estava vazio, a não ser por dois homens lendo jornal. Dois homens, sentados no saguão, em plena madrugada? As chances de que isso pudesse acontecer eram astronômicas. Paul fingiu que estudava os folhetos de atrações locais. Nenhum dos dois virou uma página. Paul fora descoberto? Ele foi até a recepção, perguntou se alguém deixara qualquer recado. Não havia nenhum.

Paul subiu no elevador para seu andar. Mas em vez de seguir direto para o quarto, foi até o poço da escada, de onde podia observar a porta. Vários minutos passaram sem que os homens aparecessem. Ele foi para o quarto, trancou a porta, passou a corrente, escorou uma cadeira contra a maçaneta. Pôde finalmente relaxar. Os homens não podiam ser da ONP. Haviam sido óbvios demais.

Paul dormiu por algumas horas. Tomou um banho de chuveiro e desceu para se encontrar com Straight. Não avistou mais os dois homens. *Amadores...*

• • •

Paul não podia imaginar que seria capaz de se concentrar no xadrez para ter qualquer possibilidade de êxito na manhã de sábado. No salão de baile do hotel, encontrou seu nome numa tela, um dos quatorze participantes na divisão de Novatos. Straight jogava numa divisão dois níveis acima. Os jogadores dos diversos níveis reuniram-se com os organizadores do torneio para ouvirem as instruções. Paul estudou os concorrentes. Muitos pareciam anti-sociais, davam a impressão de que nem haviam tomado banho. Alguns tinham livros velhos sobre estratégias de xadrez.

Paul sentiu-se intimidado. Jogou muito depressa e perdeu duas das quatro primeiras partidas. Descobriu-se no meio do grupo. O resultado era melhor do que ele esperava, mas teve certeza de que poderia inverter suas derrotas se estivesse pensando com mais lucidez. Procurou o nome de Straight na lista e descobriu que o amigo se encontrava na mesma situação. Paul sentiu-se grato pelo muito que Straight lhe exigira nos últimos meses. Ainda não enfrentara ninguém no torneio que fosse capaz de resistir a Straight.

Depois de um lance, Paul conseguiu se concentrar. Tornou-se uma das sensações do torneio, quando venceu nove das dez partidas seguintes, inclusive sete consecutivas. Foi o vencedor de sua divisão. O prêmio em dinheiro era mínimo, mal dava para pagar o jantar. O troféu era insignificante. Mas Paul descobriu que a experiência era revigorante. Estava surpreso por sua disposição... pelo fato de ser capaz de relaxar e se concentrar no jogo.

Straight, que terminou em quarto lugar em sua divisão superior, mostrou-se ainda mais feliz com a vitória do que Paul.

— Estou orgulhoso de você!

• • •

Brie e Connor ficaram fascinados pelo troféu pequeno e ordinário que Paul ganhara, mas Jae logo mandou que eles se retirassem.

— Podem conversar com seu pai mais tarde. Agora, subam para brincar lá em cima.

Depois que as crianças se retiraram, Paul perguntou:

— Qual é o problema, Jae?

— Onde você esteve na noite passada?

— Como assim?

— Onde você esteve até voltar ao hotel, pouco antes do amanhecer?

— Mandou me seguir?

— E também liguei para seu quarto. Muito além de meia-noite. E pedi que batessem na porta.

— Não acredito.

— Esteve com outra mulher?

— O quê?

— Trate de admitir, Paul. Pensa que eu não sei a esta altura? Li a carta da mulher.

— Carta?

— Encontrou-se com ela em Washington. E agora em Toledo também... Como pode mentir assim para mim?

— Está falando de Ângela Barger? Andou mexendo nas minhas coisas? Não tenho palavras para dizer como me sinto ofendido, Jae...

— É mesmo? Pois vou lhe dizer como eu me sinto ofendida. As aulas terminam na próxima semana. Levarei as crianças para Washington, onde passaremos o verão. Isso dará a nós dois tempo para pensar.

— Se você parar de gritar e me escutar por um momento...

— Escutar o quê?

— Jae, isso é totalmente injusto...

— A verdade dói, Paul?

— Podemos encontrar uma solução.

— Nós vamos embora, Paul. Já está decidido. E as crianças ficaram excitadas com a viagem.

Jae pediu a Paul que só ligasse aos sábados, e mesmo assim para falar apenas com as crianças.

— Quando eu quiser falar com você, pode deixar que entrarei em contato — acrescentou ela.

E foi embora.

• • •

Sozinho em casa, Paul odiou a si mesmo por deixar a discussão escapar ao controle. Sentia-se envergonhado pela maneira como a situação se deteriorara. Portanto, sua vida nova não curava tudo.

Ele encontrou uma distração no meio da semana, com um memorando sobre um caso ocorrido em Las Vegas. Dezesseis pessoas haviam sido encontradas mortas, todas de superdose de droga, diante de um altar com uma cruz. As mortes foram relacionadas com um autoproclamado profeta, que se anunciava como a reencarnação de Jonas. Amigos das vítimas alegavam que "Jonas" inventara uma história, de que fora engolido por uma baleia ao largo da costa de San Diego, alguns anos antes, sendo expelido na praia três dias depois, com queimaduras superficiais do ácido no estômago da criatura.

Dentro da baleia, Deus dissera a Jonas, segundo ele, para formar uma congregação que teria acesso direto ao paraíso, através do milagre das drogas alucinógenas. O profeta, acrescentavam os amigos das vítimas, também defendia o amor livre, alegando que Deus lhe dissera que era essa a sua intenção desde o momento da criação.

Várias centenas de pessoas, em Las Vegas e na região ao redor, estariam ligadas ao culto de Jonas.

— Um doido altamente perigoso — comentou Paul para Straight. — Se eu pudesse desmascará-lo e descobrir os outros, poderia salvar algumas vidas e também nos livrar de um culto insidioso.

— Vai à Cidade do Pecado? — perguntou Straight.

— No início da próxima semana. O chefe acha que o caso pode ter repercussões.

Straight recostou-se, estudando o amigo.

— É melhor usar antolhos, meu caro. É muito novo na fé, ainda mais agora que a família o deixou. É uma cidade dedicada ao jogo e ao sexo.

— Posso me controlar.

— Famosas últimas palavras. Parece que já tomou uma decisão.

— Tem razão.

• • •

No fim de semana, sem mais nada para fazer, Paul decidiu concluir a tarefa que negligenciara por tanto tempo: vender a casa de sua mãe. Ligou primeiro para um corretor, pedindo que o encontrasse ali na segunda-feira, antes da viagem para Las Vegas.

Paul estacionou no caminho ao lado e ficou olhando para a casa de alvenaria em que fora criado. O gramado estava cortado, graças aos serviços de uma firma de jardinagem que contratara. Mas o crescimento nos arbustos e canteiros fora desordenado. Não visitava a casa desde o Wintermas, há mais de seis meses. Era o período mais longo que já passara sem ir à casa, incluindo o tempo na universidade e no serviço militar. *Quanta coisa mudou desde então... tudo em que eu sempre acreditara, ou pensava que acreditava.*

Paul saiu do carro. Foi abrir a porta da frente. O ar era quente e abafado. Ele atravessou os cômodos vazios. Parou junto da porta do porão. Seis meses haviam transcorrido, mas lembrava com absoluta nitidez que trancara aquela porta. Apertara o botão, testara a maçaneta. Queria impedir o acesso de outras pessoas à carta, que fora plantada pela ONP, ou podia ser algo pior... uma traição indesculpável do pai há muito morto. Agora, a porta estava entreaberta.

Paul ficou atento a qualquer som. Não ouviu nada. Fechou e trancou a porta. Depois, percorreu os cômodos da pequena casa, no primeiro e segundo andar. Nada encontrou. Voltou à porta do porão. Abriu-a sem fazer barulho e escutou mais um pouco, antes de descer.

O porão parecia vazio, mas ele sentiu algo fora do normal numa casa que passara tanto tempo fechada: ar fresco. Examinou as janelas no alto das paredes de concreto. A mais próxima da área em que eram guardadas as caixas com papéis velhos estava aberta.

As caixas continuavam no lugar em que ele as deixara, mas haviam sido abertas, o conteúdo espalhado pelo chão. Ele ajoelhou-se, e logo descobriu os velhos cartões de congratulações aos pais no dia de seu nascimento.

Quem fez isso? Um vagabundo à procura de objetos valiosos? Um dos seus colegas da ONP, encenando um arrombamento para poder efetuar uma busca? Ou — o mais provável — Jae abrira a janela para ter ar fresco, depois esquecera enquanto procurava alguma coisa incriminadora, após encontrar a carta de Ângela?

Paul vasculhou a confusão durante duas horas, antes de finalmente reconhecer seu maior medo. A carta do pai desaparecera.

22

PAUL PASSOU O RESTO do fim de semana arrumando o que sobrava das lembranças da mãe. Depois, fez uma última verificação no resto da casa. Nada parecia fora do lugar lá em cima, o que o deixava ainda mais desconfiado com a confusão no porão. Na segunda-feira, ele mostrou a casa ao corretor e entregou-lhe as chaves.

Por volta das duas horas da tarde de terça-feira, depois de se registrar num hotel no centro da Fremont Street, ele estava no meio da Vegas Strip.

O calçadão para pedestres dominava a maior parte do Las Vegas Boulevard, junto dos limites da cidade. Ali estavam os maiores hotéis do mundo, oferecendo diversões dia e noite, com caça-níqueis, cartas, roletas e todas as outras formas dos chamados jogos de azar que já haviam sido inventados. A maior parte da população de meio milhão de habitantes trabalhava na indústria de turismo, que sustentava a cidade. Paul não podia deixar de se espantar ao pensamento de que tantas pessoas viajavam tão longe só para perder dinheiro no calor do deserto.

A linha do horizonte, reconhecível no mesmo instante, apresentava duas gigantescas imagens em néon: Apolo, o deus do sol e da música, e Dioniso, o deus do vinho e do prazer carnal. Era novidade para Paul os hologramas na frente de cada estabelecimento, mostrando o que pareciam ser pessoas ao vivo empenhadas em vários atos explícitos.

Paul vinha estudando o Novo Testamento, o Apocalipse em particular, durante sessenta a noventa minutos, antes de dormir, todas as noites. Pensou nos paralelos que Straight traçara entre as igrejas do Apocalipse e os grandes centros populacionais dos SEUA. Se houvesse qualquer dúvida sobre a igreja antiga que se correlacionava com Las Vegas, foi prontamente dissipada pelo destino de Paul: Tiatira.

Paul levou vários esbarrões durante a longa caminhada até lá, a multidão da tarde tão densa quanto continuaria a ser pela noite afora. Ele ficou surpreso ao encontrar prostitutas na rua em plena luz do dia. Sabia que se tornariam ainda mais numerosas depois do pôr-do-sol.

Parecido com os outros, aquele cassino mostrava um holograma de uma mulher que parecia estar perdendo as roupas, enquanto a imagem girava e dançava. Mas sempre, antes do momento mais revelador, véus estratégicos a cobriam.

A proprietária de Tiatira, uma mulher que se apresentava como Jezebel, conhecia Jonas pessoalmente, pelas informações que Paul recebera. A maior parte do que Jezebel fazia com seu cassino era legal em Las Vegas. Mas Paul se manteria atento a qualquer irregularidade, para o caso de ser necessário pressioná-la. Precisava da mulher para ter acesso a Jonas.

O Tiatira era o maior hotel-cassino do mundo, com mais de seis mil quartos. O andar principal tinha mais espaço de parafernália de jogo do que quaisquer de dois outros hotéis reunidos. As máquinas caça-níqueis e as mesas de jogo eram atendidas por mulheres atraentes. A decoração parecia a de um bordel, com vermelhos e rosas espalhafatosos. Centenas de garçonetes exuberantes serviam às mesas. Só havia mulheres como carteadoras, todas vestidas em trajes provocantes.

Paul parou de repente, ao correr os olhos pelo vasto salão. Uma das mulheres parecia familiar. Ele se adiantou por alguns passos. A mulher virou-se. Aquele perfil! Poderia ser? Não, era impossível.

Paul esgueirou-se apressado pela multidão, esbarrando e empurrando. Pedia desculpas a todo instante. Mas volta e meia perdia Ângela de vista. Porque só podia ser ela. Mas como era possível? O que ela faria ali, tão longe de casa? Paul nunca fora capaz de determinar se ela conhecia a verdade sobre seu pai ou se também era uma fiel clandestina. Independentemente de tudo, porém, nunca a imaginara como o tipo de mulher que poderia encontrar no Tiatira.

Quando ele chegou à entrada principal, descobriu que as pessoas entravam em turbilhão, como se o cassino tivesse acabado de abrir. Ângela parecia ter sumido por completo. Não combinava. Não podia ser ela.

Foi nesse instante que ele deparou com um grupo apressado, cercando uma mulher bonita, num traje um tanto conservador, em torno dos 55 anos, carregando uma pasta de couro. Usava um *tailleur* lavanda, justo, um pouco curto, realçando as formas do corpo, mas bem diferente das roupas provocantes e sugestivas de suas empregadas.

Paul foi atrás. Mas quando se aproximou o suficiente para chamá-la, foi interceptado por um segurança.

— Ela não está disponível — declarou o homem, corpulento, de terno.

— Está para mim.

Paul mostrou o documento de identificação. O segurança acenou com a cabeça.

— No escritório. Venha comigo.

Quando chegaram ao escritório, o segurança sussurrou alguma coisa no ouvido de Jezebel, e entregou o cartão de Paul. Ela virou-se para fitá-lo.

— Não vim trabalhar hoje.

— Lamento, mas isso não pode esperar. Só preciso de alguns minutos. E se não veio até aqui para trabalhar, será ainda melhor, porque não haverá interrupções.

Jezebel lançou um olhar furioso para Paul. Virou-se para a secretária.

— Não estou aqui.

Paul seguiu-a para sua sala. Sentou num sofá de dois lugares, de frente para a poltrona em que Jezebel se instalou.

— O que a ONP quer comigo? Tenho uma empresa legítima.

— Preciso saber de sua ligação com Jonas.

Ela revirou os olhos.

— Se o procura, estamos no mesmo barco.

— Sabe-se que ele usa as chamadas prostitutas para seus rituais, e ninguém emprega mais mulheres nessa situação do que você.

— Não fale como se fosse uma coisa terrível, Agente Stepola. Tudo em meu hotel é legal e honesto.

— Aceito. Ele emprega suas mulheres?

— Já atraiu algumas.

— Perdeu alguma na tragédia recente?

Jezebel fez menção de falar, mas se conteve. Só depois de um momento é que comentou:

— Ele é muito sério nessa coisa.

— Coisa?

— As besteiras religiosas. Ajuda se os seus seguidores aceitam tudo, porque significa mais dinheiro que pode arrancar. Mas é mais do que apenas um golpe para Jonas.

— Mas você perdeu alguém?

Jezebel chorou de verdade. Tentou falar, mas se limitou a levantar dois dedos.

— Perdeu duas?

Ela confirmou com um aceno de cabeça. Virou-se para pegar um lenço de papel em sua mesa.

— Eu disse a elas para tomarem cuidado, não se envolverem. A maioria das minhas garotas, pelo que sei, nem usa drogas. Ou se consomem, é apenas de vez em quando, como uma distração. Porque qualquer uma é despedida ao primeiro sinal de que se tornou uma viciada.

Jezebel fez uma bola com o lenço de papel e arremessou para o cesto no canto, a três metros de distância.

— Conheci Jonas quando ele era um pequeno traficante chamado Morty.

— Morty o quê?

— Morty Bagadonuts... era assim que ele se chamava naquele tempo. Acho que seu verdadeiro nome é Bagdona. Mortimer sempre foi um ordinário, mas tinha uma operação razoável. Usava algumas mulheres em hotéis na Fremont, até compreender todo o potencial da Strip.

Jezebel fez uma pausa.

— Nunca permiti que ele tivesse acesso às minhas garotas aqui, mas não é da minha conta o que elas fazem em suas horas de folga. A prostituição legalizada já é uma atividade das mais difíceis. Não faz sentido forçar as mulheres a venderem drogas também. Mas se você pode fazer com que se tornem viciadas, elas passam a vender de qualquer maneira. Isso é parte da história de religião de Morty. Tem a parte das drogas... por um preço... e aquele negócio de amor livre... só que não é de graça. Ele alega que Deus lhe disse, quando estava dentro da baleia, que esses são os dois caminhos para Jesus. Ou seja, trate de pagar, consumir, transar e orar.

— E ele acredita mesmo no que diz? Não é uma fraude?

— Eu me preocuparia menos se fosse uma fraude. Afinal, vendo sonhos. Acha que meu verdadeiro nome é Jezebel? Sou Mary Anderson, de Cleveland. Pode investigar. As pessoas vêm para cá convencidas de que podem ganhar da banca, mesmo sabendo... e elas sabem, é claro... que tudo é inclinado a nosso favor. Só precisamos ganhar uns poucos pontos percentuais do total de milhões de dólares que são jogados aqui em cada período de 24 horas. Por isso, deixamos os clientes pensarem que estão ganhando. Mas todo mundo sabe, no fundo, que somos sempre os ganhadores.

Jezebel sorriu.

— E nossas garotas também são treinadas para persuadir os otários de que são os homens mais extraordinários que já conheceram. Em outro cenário, outras circunstâncias, poderia ser o verdadeiro amor. Quanto mais eles acreditam nisso, mais pagam. Morty inventou uma história que as pessoas compravam sem hesitar. Mais poder para ele. Mas fazer as pessoas acreditarem de fato em suas besteiras? E levar minhas garotas a tomarem tantas drogas que acabaram apagando? Ele passou dos limites. E tem de pagar pelo que fez.

— Onde você acha que Jonas está?

— Creio que Jonas, como o conhecíamos, com a batina e todo o resto, já pertence à história. Mas Morty não está longe. Não vai abandonar sua boca-rica. Ele aluga um apartamento de cobertura no Babylon, sob seu próprio nome. Ninguém ali sabe que Morty é Jonas. Quando assume o papel de

Jonas, ele usa uma batina suja, põe uma peruca de cabelos compridos e uma barba falsa. Tantas pessoas acreditaram em suas histórias, que ele as agrupou no que chama de congregações. Não daria para reunir todas no mesmo lugar. Por isso, ele forma pequenos grupos, que se encontram aqui e ali. E usa mulheres diferentes, em cada lugar, para seus rituais. Mas quando faz a ronda dos cassinos, recrutando, é apenas um homem de meia idade, careca, uma barba ruiva despontando, olhos injetados. Se quer encontrá-lo, o Babylon é o lugar em que deve começar a procurar.

— Ele é responsável por dezesseis mortes, pelo que sabemos. A polícia já deve tê-lo procurado ali.

Jezebel soltou uma risada.

— Os policiais fizeram questão de aparecer no noticiário, mostrando os corpos, fazendo declarações. Mas até agora não ligaram Morty a Jonas... ou se alguém o fez, digamos que os subornos não são inéditos nesta cidade. Eu mesma não lhe contaria nada se não fosse pelas garotas. Acho que a única maneira de lidar com Morty é em seus próprios termos. Alguém precisa destruí-lo.

— Se eu puder persuadi-la de que ele será processado com todo o rigor da lei, vai me ajudar?

Jezebel estudou-o por um momento.

— Você parece tão inocente que pode até merecer minha confiança.

— Como você disse, estamos no mesmo barco.

Jezebel forneceu a Paul uma lista de seis empregadas que haviam prestado serviços a Jonas. Nenhuma era vista havia dias.

— São todas adultas, mas nem por isso me sinto menos preocupada. Se conseguir encontrá-las, dê um jeito de mantê-las sãs e salvas.

— Combinado.

• • •

Havia várias maneiras de circular por Las Vegas, das limusines dos ricos aos carros alugados, táxis, monotrilho e calçadas. Paul optou por se misturar com as pessoas, e usou o monotrilho, que percorria toda a extensão da Strip.

Sempre desembarcava um ponto antes de seu destino. Tentava passar por turista, contemplando embasbacado os gigantescos hotéis e cassinos, ao mesmo tempo que investigava aqui e ali.

No Babylon, o segundo maior estabelecimento, depois do Tiatira, comprou pequenos objetos em duas ou três lojas. Foi com as bolsas de compras para o cassino, entrou e saiu das casas de espetáculos, no empenho de ter uma noção do lugar.

Descobriu-se a estudar cada rosto, enquanto circulava pela Strip, nas proximidades do Babylon. Morty, o careca, de olhos injetados, um princípio de barba ruiva, era seu principal objetivo, é claro, mas ele também procurava por Ângela Barger.

Uma ocasião, num carro do monotrilho, tão lotado que se viu espremido entre outras pessoas, Paul teve a impressão de avistá-la de novo, na calçada. Não podia ter certeza, porque a mulher estava de costas, mas parecia mesmo com ela, absorvida numa conversa com três das chamadas damas da noite... que em Las Vegas não se limitavam a circular de noite. Paul esgueirou-se até a frente do carro e saltou assim que pôde. Correu de volta para o lugar em que pensara ter visto Ângela. As vigaristas continuavam ali, mas a mulher desaparecera.

Ele aproximou-se, as bolsas de compras balançando nas mãos.

— À procura de companhia, estranho? — perguntou uma das mulheres.

— Não é isso. Desculpe incomodá-las, mas...

— Você é da polícia? — perguntou outra. — Porque temos licença para trabalhar.

— Não é isso. Estou procurando a mulher que conversava com vocês.

— Ela é mais do seu estilo?

— Eu queria...

As mulheres riram, trocando olhares.

— Ela nem mesmo é uma profissional, querido. Não vai gostar daquela mulher.

— Tenho certeza de que vou. Ela disse seu nome? Sabem onde posso encontrá-la?

As três deram de ombros.

— Está bloqueando a passagem. Se não quer comprar nossos serviços, trate de se mandar.

— Basta me dizerem onde posso encontrá-la.

Uma das mulheres soltou uma gargalhada.

— Experimente uma igreja. Ah, sim... não há mais igrejas.

23

QUANDO PAUL finalmente arriou na cama, depois de meia-noite, três coisas agitavam-se em seu cérebro: como Morty/Jonas era perigoso, como ansiava por rever Ângela e o que a vigarista dissera sobre as igrejas.

Ele escutou os discos do Novo Testamento durante uma hora, teve um sono irrequieto e acordou cedo. Las Vegas ainda se anunciava como a cidade que nunca dorme, e as atividades e multidão nas ruas não haviam diminuído às seis horas da manhã. Paul não se sentia muito ansioso em iniciar um dia de trabalho interrogando mulheres, na tentativa de localizar as empregadas de Jezebel... e Ângela Barger também, é claro.

Paul não tinha o menor interesse por mulheres atraentes e sedutoras que faziam sexo por dinheiro. Mas experimentou uma estranha emoção ao fazer as rondas. À medida que falava com várias mulheres, descobriu que era mais fácil ter conversas individuais do que com duas ou três ao mesmo tempo. Também passou a sentir uma certa compaixão por elas. Tratou de analisar essa reação. Se Deus amava todas as pessoas e se preocupava com cada alma, e se ele, como Straight dissera muitas vezes, "não quer que ninguém se perca", então devia amar aquelas mulheres também. Viviam no pecado total, com a venda de seus corpos, mas ainda assim eram dignas de amor, compaixão e perdão. E, de repente, uma idéia lhe ocorreu. Se Ângela era uma fiel e fazia uma profissional pensar no conceito antigo de uma igreja, talvez ela sentisse a mesma coisa em relação às mulheres... e as abordava para falar a respeito.

Muitas mulheres tratavam de se afastar assim que compreendiam que ele não era um cliente. Outras eram gentis, e tentavam ajudá-lo. Nenhuma admitiu conhecer as garotas de Jezebel, e poucas se recordavam de terem visto alguém que correspondesse à descrição de Ângela.

Sei que ela está aqui, Deus, pediu Paul, em sua mente. *Ajude-me a encontrá-la.*

Naquela tarde, Paul avistou uma profissional que parecia tão dopada, transtornada e desesperada que ele quase evitou o contato.

— Estou procurando alguém, e gostaria de saber se você pode me ajudar.

— Qual é o seu prazer? — perguntou a mulher, sem o menor entusiasmo.

— Estou à procura de uma loura bonita, em torno dos trinta anos, que tem conversado com as profissionais das ruas.

— Sobre Deus?

— É possível.

— Ela falou comigo. Disse que eu poderia sair das ruas, que conhecia pessoas que cuidariam de mim, me protegeriam do meu patrão e me ajudariam a encontrar Jesus.

— Quando foi que a viu?

— Ontem, ao final da tarde.

— Onde?

— A seis quarteirões daqui, para o norte.

— Se eu desse meu telefone, você ligaria se a encontrasse de novo?

— Vai criar algum problema para a mulher? O que ela faz é perigoso... e ilegal.

Paul pensou na ironia, considerando a fonte.

— Não. Ela é minha amiga. Só preciso encontrá-la. Pode me avisar?

— Pensarei a respeito.

— Ficarei agradecido. E mesmo que não queira me ligar, provavelmente vale a pena escutar o que ela tem a dizer.

— Acha mesmo?

— Tenho certeza.

— Se é o que diz...

Paul começou a se afastar.

— Ei, cara...

A mulher abriu a bolsa e tirou um cartão.

— Ela não me disse seu nome, e não a culpo. Mas convidou-me para uma reunião esta noite, num lugar chamado Meadows. Este é o endereço. Fica no porão de um bangalô.

Paul anotou.

— Você vai?

— Não. Tenho de trabalhar até meia-noite. A mulher disse que eu devia aparecer por volta das dez horas. Se houvesse outra pessoa entrando na ocasião, eu deveria dar uma volta pelo quarteirão, para entrar sozinha. Ela me entregou isto também. Parece que é uma espécie de ingresso. Pode ficar, já que não vou usar.

Era uma pedra branca, achatada e lisa. Paul calculou que era um símbolo, como a folha de ailanto, que os fiéis clandestinos costumavam usar para se identificarem uns para os outros. Na noite anterior, ele ouvira um versículo de Apocalipse que devia ter sido a inspiração: "E darei uma pedra branca a cada um, e na pedra estará gravado um novo nome, que ninguém mais saberá, além da pessoa que a receber".

Esse seria o emblema de Pérgamo, que Paul relacionava com Washington, D.C. Parecia não haver a menor dúvida de que encontrara a pista de Ângela.

— Tem certeza de que não vai? — insistiu ele. — Talvez mude de idéia.

— Não mudarei. Você não conhece meu patrão.

• • •

O resto do dia foi inútil, sem qualquer pista de Jonas. Mas Paul não parava de pensar na possibilidade de se encontrar com Ângela naquela noite. Alugou um carro. E ligou para Bob Koontz do hotel.

— Quando vai precisar de apoio? — perguntou Koontz. — Já descobriu onde o homem se escondeu?

— Tenho uma boa informação sobre seu verdadeiro nome e onde posso encontrá-lo, mas ainda não consegui localizá-lo. Mas pode ter certeza de que vou descobri-lo.

— Avise-me quando precisar de apoio, e providenciarei uma equipe para ajudá-lo em minutos.

— Obrigado. Enquanto isso, pode descobrir o que for possível sobre Mortimer Bagdona, ou Morty Bagadonuts, e me mandar tudo o que encontrar?

— Claro. Pedirei a alguém do escritório local que faça um levantamento.

— Ok, obrigado. Mas não quero que eles atrapalhem a investigação.

• • •

Paul considerou a melhor maneira de participar da reunião de Ângela. Alguns homens também teriam sido convidados? E neste caso, teriam sido os patrões? O antigo conceito do cafetão desaparecera com a legalização da prostituição, mas os homens ainda desempenhavam um papel da maior importância na vida daquelas mulheres. Pela aparência e atitude da mulher que dera a pista para Ângela, ele tinha certeza de que era uma viciada, e que seu patrão era um traficante.

Era improvável que os homens fossem bem-vindos na reunião. Qual seria a reação se ele aparecesse com uma pedra branca na mão? Talvez sua presença fosse intimidativa. E se fosse barrado na porta, antes de ter a oportunidade de falar com Ângela? Ele decidiu vigiar a casa e aguardar uma boa chance.

Às nove e meia, estacionou o carro alugado a alguma distância do bangalô. Arriou por trás do volante. Avistou uma mulher — uma vigarista? — saltar de um táxi a meio quarteirão de distância. Ela esperou que o táxi fosse embora antes de se encaminhar para a casa.

Não havia luzes acesas por cima, e as janelas do porão eram cobertas por tábuas. A mulher parou na calçada, olhou ao redor e depois subiu pelo caminho da casa. Paul esperou um momento, antes de segui-la. Havia uma massa escura no caminho, meio virada para o gramado... uma *van*. Ele avançou pela sombra da casa o máximo que podia, e depois se esgueirou para trás da *van*.

Paul espiou pela janela do motorista, e viu a mulher parada na frente da porta do porão, nos fundos do bangalô. Ela não precisou bater. Alguém lá dentro devia estar observando — alguém que não o viu — porque a porta foi aberta.

— Seja bem-vinda — disse uma voz de mulher. — Foi seguida?

— Não. Tomei o maior cuidado.

Mas não foi o suficiente.

De trás da *van,* Paul observou a chegada de mais oito mulheres. Sete pareciam profissionais — duas chegaram juntas — e uma dava a impressão de ser uma fugitiva.

• • •

Ângela ficou emocionada com o comparecimento. Sorriu para cada mulher, recordando quase todos os nomes, o que as deixou mais à vontade.

— Primeiro, quero aplaudir a coragem de vocês por terem vindo esta noite — declarou ela. — Não pretendo mantê-las aqui por muito tempo, porque sabemos que é perigoso, tanto para vocês quanto para nós. Esta noite pode mudar a vida de vocês. Como eu disse em nosso primeiro encontro, acredito em Deus. Acredito em Jesus. Viemos para cá, de cidades distantes, porque Deus incutiu em nossos corações que devemos ajudar mulheres como vocês. Se estivessem felizes com a vida que levam, com a pessoa a que estão subordinadas, não estariam aqui. Queremos oferecer um meio de sair dessa vida e encontrar Deus. Temos um abrigo onde podemos escondê-las, alimentá-las e ensinar o que cada uma deve fazer para se tornar uma fiel em Cristo. Tenho alguns textos que quero distribuir. Devem estudá-los com todo o cuidado.

Ângela fez uma pausa.

— Mas aqui está a novidade emocionante. Sei que é tudo diferente para vocês. Podem pensar que precisam resolver muitos problemas, antes mesmo de pensarem a respeito. Mas podem ser como muitas mulheres na mesma situação, que acabaram nos dizendo que estavam dispostas a fazer o rompimento imediatamente. Talvez estejam passando por dificuldades com seu patrão neste momento. Eles não sabem onde se encontram, e podem sofrer por virem aqui esta noite se não arrumarem uma mentira criativa e convincente.

Ela correu os olhos pelas mulheres.

— Aqui está nossa proposta. Deixem tudo para trás. Desapareçam. Podemos transportá-las para o nosso centro esta noite. Temos ali roupas, comida, tudo o que puderem precisar para iniciar uma vida nova. Não vamos impor qualquer decisão. E nunca pediremos que façam qualquer coisa contra sua vontade. Vamos mostrar a participação de Cristo em suas vidas. Esperamos que compreendam que Deus as ama, e que Jesus morreu por vocês. Se decidirem, em qualquer momento, que não é o que querem, terão toda a liberdade para irem embora. E nunca lhes pediremos um centavo sequer. Agora, enquanto pensam a respeito, eu gostaria de apresentar a companheira que conheceram na porta... vamos chamá-la de Freda... para contar sua história.

Freda contou que era prostituta em Washington, D.C., quando alguém a convidara para uma reunião "como esta".

— Devo dizer que mal pude esperar pela hora marcada. Estava pronta para uma mudança em minha vida. Sabia que corria um risco pelo simples fato de interromper o contato com meu patrão. Mas fui e escutei. Sabem o que aconteceu? Descobri que já acreditava em Deus. E acreditara durante toda a minha vida, apesar de tudo o que meus pais, professores, a sociedade e o governo diziam. Simplesmente sabia que havia um Deus. Bastava olhar ao redor.

"Mas não me sentia digna. Era uma viciada. Já tinha três abortos. E casara duas vezes. Tinha uma ficha na polícia com um quilômetro de comprimento. Ganhava muito dinheiro, mas gastava tudo. Era tão dependente de meu patrão que pensava que morreria antes dele. Fui para a reunião pensando em tudo isso. Mas quando descobri que não precisava mudar nada, que podia me encontrar com Jesus do jeito como era, não hesitei mais. Ele fez toda a mudança em mim.

"Se tudo isso parece bom demais para ser verdade, espero que confiem em mim quando digo que é mesmo verdade. Mas quero que saibam que talvez não levem uma vida mais fácil. Podem viver em público como uma prostituta, mas os cristãos devem se esgueirar pela escuridão. A decisão é de vocês. Qual é a vida melhor? A vida com Jesus e seus pecados perdoados? Ou voltar para as ruas e vender o próprio corpo em benefício de alguém? Espero que todas aceitem a viagem que oferecemos esta noite. Se não aceitarem, espero que confiem em nossos motivos, e não falem com ninguém a respeito. Só queremos o melhor para vocês, e agradecemos por sua confiança. E quero acrescentar que estaremos aqui todas as noites, pelo menos durante o próximo mês."

Ângela sentia-se gratificada ao perceber que todas as mulheres estavam impressionadas com as palavras de Freda. Ela era uma oradora convincente. Não era dramática, mas ia fundo na angústia de cada uma daquelas mulheres. Era uma pessoa da maior importância no ministério.

— Alguma pergunta? — indagou Ângela.

— A que horas parte o ônibus? — perguntou uma das mulheres.

As outras riram.

— Assim que acabarmos aqui. Temos um motorista, e Freda irá com vocês. Quantas gostariam de ir?

Cinco mulheres levantaram a mão no mesmo instante. A fugitiva hesitou por um momento, antes de perguntar:

— É apenas para as profissionais? Ainda não sou uma delas, mas acabarei me tornando se continuar nas ruas.

— É para você também, minha cara — respondeu Ângela.

— Então pode me incluir.

— Willie...

O parceiro de Ângela adiantou-se. Informou às mulheres que as levaria até a van. Elas saíram, aos pares. Ângela ficou conversando com as três que haviam decidido não ir.

— Estamos lotados, Ângela — informou Willie, depois de levar o último grupo. — Quer guiar a *van*, e depois voltar para me buscar?

— Pode levá-las. Ainda não concluímos a conversa. Ficarei bem até sua volta.

Duas mulheres se retiraram logo depois que a *van* partiu. A outra conversou por mais dez minutos, obviamente arrependida por não ter a coragem de romper também com a vida que levava. Ângela não tentou persuadi-la. Antes de partir, ela prometeu que viria na próxima reunião, e acrescentou:

— Acho que estarei pronta até lá. Pode orar por mim?

Ângela acompanhou-a até a porta. Observou-a até que ela se virou, no meio do caminho, e acenou em despedida. Não havia lua, e Ângela sentia-se envolta por sombras impenetráveis. Imaginou ter ouvido alguma coisa. *Será que há alguém no jardim?*

Ela voltou para dentro da casa, sobressaltada. Ao trancar a porta, ouviu uma batida de leve. Deu um pulo para trás. Houve outra batida.

— É você? — murmurou Ângela. — Esqueceu alguma coisa?

— Não. — Uma voz de homem. — Só estou aqui para falar com você.

— Eu não... ahn... não quero receber ninguém. Já é tarde e preciso...

— Sou eu, Ângela, Paul Stepola.

— Paul! — Ela abriu a porta no mesmo instante. — Está aqui como um agente da ONP?

— Não. Vim como um de vocês.

Depois de entrar, com a porta trancada, ele relatou toda a história, sobre sua cura, o Novo Testamento, Straight, sua conversão, como a vira no Tiatira e na rua. Atordoada, ela se adiantou para abraçá-lo.

— Você não vale nada! Deixou-me apavorada!

— Sua segurança não é das melhores. Eu estava lá fora durante toda a reunião. Precisa ser mais vigilante.

— Tem toda razão.

— Por que veio para cá, Ângela?

— Tive de deixar Washington por algum tempo, e Las Vegas parecia uma cidade em que eu poderia ser útil.

— Um esforço missionário.

— Isso mesmo.

— Onde estão seus filhos?

— Acredite ou não, vieram comigo. Temos jovens que servem como babás.

— Mas, com toda certeza, não estão aqui nesta casa, que pode ser alvo de uma batida da polícia.

— Claro que não. Estamos hospedados em Fremont Towers.

— Como pretende voltar?

— Willie e Freda me levarão, depois de deixarem as mulheres.

— Ligue para eles e avise que você voltará comigo. Poderemos parar no caminho para comer alguma coisa.

— Será ótimo, Paul. E pode aproveitar para me contar o que você está fazendo aqui.

24

NO RESTAURANTE, Paul não conseguia desviar os olhos de Ângela. Amava sua aparência, sua compaixão, amava tudo em Ângela. Sentira-se atraído desde a primeira vez em que a vira, e agora, com seu relacionamento com Jae em deterioração...

Ela estava radiante... "inebriada", como disse, de ver todas aquelas mulheres tomarem a decisão certa, mas também de rever Paul, depois de saber por intermédio de Straight que ele se tornara um cristão e recuperara a visão. Tinha conhecimento, como não podia deixar de ser, do terrível incidente com Jonas.

— Faz com que o nosso trabalho se torne ainda mais importante — comentou Ângela. — Continuo à procura de mulheres associadas com ele, mas até agora ainda não encontrei nenhuma... ou elas não admitiram que trabalharam com Jonas. Todas têm pavor dele.

Paul falou sobre a jovem que o encaminhara para a reunião e lhe entregara a pedra branca.

— Sei quem é — murmurou Ângela. — O nome é Lucy. Ou pelo menos foi o que ela disse. Conversamos mais de uma vez. Ela tem um patrão que é terrível. Não divide o dinheiro com as mulheres. Faz com que se tornem viciadas, obriga-as a comprarem as drogas em suas mãos, a se tornarem vendedoras também... e lhes dá um mínimo de dinheiro, apenas o suficiente para que possam sobreviver.

— Um homem encantador.

— Lucy é muito doce, e parece completamente perdida. Eu adoraria se ela rompesse com sua vida atual e viesse para nós. Mas quando conversa comigo, ela fica olhando ao redor, preocupada com a possibilidade de Mort estar observando. Tivemos até de virar a esquina, antes que ela tivesse coragem de aceitar meu cartão.

— Espere um instante. Com quem mesmo você disse que ela estava preocupada?

— Lucy é uma das garotas de Morty Bagadonuts. Não creio que seja seu nome verdadeiro, mas ele é notório. Mora num apartamento de cobertura...

— No Babylon, pelo que sei.

Paul relatou tudo o que sabia. Ela empalideceu.

— O Mort de Lucy é Jonas?

Paul confirmou com um aceno de cabeça.

— Você poderia me ajudar a pegá-lo.

— Com o maior prazer.

Os dois armaram um plano. Em determinado momento, Ângela inclinou-se sobre a mesa, pegou as mãos de Paul e disse, fitando-o nos olhos:

— É uma idéia sensacional. Você é mesmo brilhante.

E Paul compreendeu que ela não tinha a menor idéia de que ele era casado. Nunca fizera qualquer referência à sua família.

Ele acompanhou Ângela de volta ao hotel. Levou-a até o quarto. Ela fitou-o, em expectativa.

— Até amanhã — murmurou Paul.

Ângela puxou-o pelos ombros, mas ele virou o rosto, oferecendo a face para um beijo. Ela sussurrou:

— O cavalheirismo ainda existe.

• • •

De volta a seu hotel, Paul parou na recepção para pegar o relatório de Kontz sobre os antecedentes de Bagdona. Enquanto subia para o seu quarto, sentia uma estranha mistura de excitação, confusão e surpresa. Durante a maior parte de seu casamento, sucumbira — ou até procurara ativamente — à tentação de outras mulheres pelas quais pouco ou nada sentia, enquanto Jae esperava em casa. Mas naquela noite encontrara-se com uma mulher com quem sonhava havia meses, que mais do que preenchia suas fantasias, e ainda por cima era viúva. Apesar disso, embora estivesse separado de Jae, respeitara os votos conjugais.

Era irônico que, depois de um simples beijo no rosto, ele se sentisse consumido pelo remorso por trair Jae... e também por enganar Ângela. Representara uma mentira, amando Ângela com os olhos e a linguagem do corpo, até mesmo com o tom de voz. Ela era uma viúva, com filhos pequenos, e tinha razões para acreditar que Paul era um homem disponível. E comportara-se como se ele fosse exatamente o que ela procurava. Paul teria de corrigir a situação.

Se nada mais, pelo menos provava que Deus era uma presença ativa em sua vida.

• • •

Mortimer Eugene Bagdona, não era de surpreender, tinha uma ficha criminal em toda a Califórnia, antes de vir para Las Vegas, vários anos antes. Suas fotos na ficha policial já tinham mais de seis anos, mas ofereciam a Paul alguma coisa em que se basear.

Bagdona apresentava-se como joalheiro de importação e exportação, mas aparentemente nunca exercera o ofício. Sua última residência conhecida, antes de se instalar em Las Vegas, fora Chula Vista, na Califórnia. Paul especulou se a polícia local percebera a proximidade entre essa cidade e San Diego, e pelo menos desconfiara de uma ligação com Jonas. Não era provável. De qualquer forma, Morty Bagadonuts nunca fora condenado por qualquer atividade relacionada com drogas.

No dia seguinte, através de Ângela, Paul encontrou-se com duas garotas do Tiatira que haviam prestado serviços a Jonas. Ambas tinham largado o trabalho extra pelo que acontecera na semana anterior. Conheciam duas das mulheres que haviam morrido.

— A princípio, parecia um trabalho normal — disse uma delas. — Dançamos nos rituais com instruções específicas de Jonas. Distribuímos as drogas. Tínhamos permissão para consumir um pouco, se quiséssemos, mas era apenas para encorajar a congregação... era assim que ele chamava os clientes, todos homens... a comprar mais e mais. Jonas vivia nos pressionando para trabalhar com ele em tempo integral, mas quem aceitaria agora?

Ao final daquela tarde, Ângela deveria se encontrar com Lucy. Paul aconselhou-a a agir pelo instinto, decidindo na hora, pelo rumo da conversa, o quanto deveria lhe revelar. A princípio, Ângela apenas comunicaria que Lucy tinha uma boa chance de escapar de Mort.

Paul encontrou-se com Ângela pouco depois de meio-dia, num pequeno restaurante perto da Strip, para dar início à execução do plano.

— Pode parecer divertido, mas é perigoso — advertiu ele.

— Sei disso, Paul, mas tudo em Las Vegas é uma questão de vida ou morte. E você não vai deixar que nada me aconteça, não é mesmo?

— É a última coisa que eu quero, Ângela. E gostaria de poder garantir.

Ela tornou a pegar as mãos de Paul, que sentiu o coração disparar. *Teremos de conversar... em breve.* Paul entregou um conjunto de capas de botão, para cobrir os que ela tinha na blusa.

— Esta aqui deve ser a segunda, de cima para baixo. Parece igual às outras...

— É muito bonita.

— É mais do que isso. O conjunto custa uma fortuna. Esta capa é um transmissor, sintonizado na freqüência dos receptores em meus molares. Desde que eu esteja num raio de quinze quilômetros, poderei ouvir tudo o que estiver acontecendo.

— Isso faz com que eu me sinta segura.

— Deve ajudar. Mas você precisa decidir, Ângela, se quer mesmo correr o risco.

— Está brincando? Não poderia me dissuadir, com a possibilidade de pegar um homem assim.

— A primeira coisa que precisamos saber é se Mort ainda está na cidade. Não há sinal dele no Babylon. Mas se ele foi embora, por que Lucy continua tão apavorada? Convença-a a dizer quando foi a última vez que ela falou com Mort. Melhor ainda, a última vez que o viu.

— Farei isso.

— Não diga que eu sei quem ele realmente é. Lucy deve saber que Mort é Jonas. É bem possível que ele a tenha usado nos rituais. Diga apenas que sou um amigo seu que vai mantê-lo ocupado por tempo suficiente para que ela possa escapar.

— Ela não parecia disposta a fazer isso por enquanto, Paul.

— Só porque tem pavor de Mort. Por que ela ficou com seu cartão e a pedra branca? Até mesmo isso seria arriscado. Não seria porque ela pressente, no fundo de sua mente, que a oportunidade pode surgir?

— Está vendo? Você é mesmo brilhante.

Paul teve vontade de dizer que ela também era... e linda ainda por cima. Só que não foi capaz.

• • •

Paul estacionou a três quarteirões do lugar em que Ângela deveria se encontrar com Lucy. A fidelidade do equipamento era tão boa que ele podia ouvir a respiração de Ângela.

— Não a vejo por aqui — murmurou ela. — Continuarei a procurar. Espero que você possa me ouvir.

Poucos minutos depois, Paul ouviu uma voz de homem:

— Oi, gracinha.

Alguém falando com Lucy? Paul sentiu a tentação de se aproximar para ver quem era.

— Eu disse oi. Está me esnobando?

— Ahn... oi.

— Acha que é boa demais para mim?

Os outros nas proximidades riram. Paul sentiu um aperto no coração. Teria de partir para socorrer Ângela antes mesmo que ela encontrasse Lucy?

— Qual é o seu problema, amigo? — perguntou Ângela, num tom de desafio que deixou Paul impressionado.

— Apenas procuro por um pouco de ação, mais nada.

— Acha que pareço com uma prostituta?

— Não, mas...

— Então me deixe em paz.

— Desculpe, madame.

Mais risos.

— Ouviu isso, Paul? — murmurou Ângela, um momento depois. — Acho que a vigarista está nos olhos de quem vê.

Paul desejou que ela tivesse ignorado o homem. Se ele se sentira humilhado na presença dos amigos, não havia como prever o que poderia fazer.

Paul sentia-se cada vez mais ansioso. *Vamos, vamos logo!* Depois de um longo momento, Ângela falou de novo:

— Já a vi. Cerca de um quarteirão e meio à minha frente. Eu o manterei informado.

Poucos minutos depois, Ângela sussurrou:

— Estou passando direto por ela. Lucy talvez tenha um cliente. É isso mesmo. Estão negociando. Passei e ela me notou, Paul. Arregalou os olhos. Dava a impressão de que queria falar comigo. Talvez se esquive do cliente.

O silêncio foi um pouco longo demais para os nervos de Paul, mas Ângela logo voltou a falar.

— O homem já se afastou. Estou voltando. Espere um instante.

Paul já efetuara inúmeras missões de vigilância, mas nenhuma o deixara tão nervoso. Sabia que se tentasse obter aprovação para usar uma civil numa operação como aquela, não seria autorizado e ainda por cima sofreria uma censura rigorosa. Mas disse a si mesmo que Ângela não estava trabalhando para a ONP. Trabalhava para ele. Só que isso não fez com que se sentisse melhor. De qualquer forma, Ângela corria perigo.

— Olá, menina — disse Ângela. — Como tem passado?

— Oi — respondeu Lucy. — O movimento é mínimo, do jeito que eu gosto. Estou cansada desta vida.

— Recusou aquele homem?

— Pedi o dobro quando a avistei. Esperava que você voltasse.

— O que aconteceu?

— Seu amigo encontrou-a?

— Que amigo?

— Um cara me disse ontem que era um amigo à sua procura. Espero não ter feito nada de errado. Dei o endereço e a pedra para ele.

— Ele me encontrou.

— Espero que o homem não tenha lhe criado qualquer problema.

— Não parece tão nervosa hoje.

— Porque estamos fora de sua vista.

— De quem?

— Morty. Na maior parte do tempo, ele pode me ver de sua cobertura. Mas agora viramos a esquina. Se eu não tornar a aparecer daqui a pouco, ele virá à minha procura. Parece até que sou sua única mulher.

— Ele tem muitas, não é?

— Uma porção.

— Acha que ele a observa neste momento?

— Vai me observar assim que eu virar a esquina de volta.

— Tem certeza?

— Ele voltou ao Babylon, depois de alguns dias de ausência.

— Já está pronta para deixá-lo?

Lucy hesitou.

— Eu arriscaria minha vida.

— Arrisca sua vida nas ruas, Lucy. E se eu lhe disser que posso dar um jeito para que ele nunca mais a encontre?

Paul escutava atentamente, mas Lucy não respondeu. Pelo barulho, parecia que as duas estavam andando.

— Para onde você vai? — perguntou Ângela.

— Não sei.

— Detesta esta vida. É tempo de tentar alguma coisa nova. De que tem medo?

— De Mort, é claro.

— Preste atenção, Lucy...

— Não agora. Podemos voltar a conversar mais tarde?

— Não a pressionarei a fazer qualquer coisa que não queira fazer, Lucy. A decisão será toda sua. E é de sua liberdade que estamos falando.

25

PAUL E ÂNGELA encontraram-se no carro, e avaliaram a conversa com Lucy. Ângela deveria encontrá-la no dia seguinte, no mesmo local... fora da vista de Mort. Paul sentia-se contente pela informação de Lucy de que Mort voltara ao Babylon. Mas achava que ela não o deixaria.

— A experiência me diz que ela vai recusar mais uma vez — comentou Paul.

— Pois eu acho que ela está madura, Paul. Uma decisão assim é muito importante para essas mulheres. Lucy está na beira. Falta pouco para dar o salto.

Antes de deixar Ângela, Paul experimentou a incômoda sensação de que eram observados. Nada observara pelos espelhos do carro. Poderia ser alguém a pé, uma imagem fugaz no canto de seus olhos? Aprendera a não se preocupar até ter certeza, mas não podia deixar de especular sobre Lucy, até que ponto ela era um contato estável.

• • •

Ângela tinha razão sobre a disposição de Lucy. No dia seguinte, sentado no carro, ouvindo a conversa, Paul logo compreendeu o que estava errado.

— Por que os óculos escuros, Lucy?

— Por causa do sol.

— O que é normal aqui, não é mesmo? Ontem também foi um dia de sol, mas seus olhos tristes e bonitos estavam à vista. Deixe-me ver.

— Não.

— Vamos... oh, Lucy! O que ele fez com você?

A voz de Lucy era trêmula:

— Foi apenas um tapa, com o dorso da mão. O anel acertou no osso.

— Por que ele a agrediu?

— Passei muito tempo fora de sua vista ontem.

— E ainda não está preparada para deixá-lo? Tem de ir embora, Lucy. Podemos lhe arrumar um abrigo imediatamente.

— Não posso...

Paul balançava a cabeça. Presumira que Ângela fazia a mesma coisa naquele momento.

— Acha que sou uma idiota.

— Não, Lucy, não acho. Mas não posso deixá-la voltar para aquele homem. Precisa deixar que eu a tire das ruas agora. Basta dizer uma palavra, e nós a levaremos embora.

Lucy hesitou.

— Ainda não estou preparada. Talvez em breve. Deixar Mort é uma coisa, mas não saber de onde virão minhas drogas...

— Sabe que precisa se livrar das drogas.

Uma pausa.

— Eu sei, mas...

— Não há saída fácil, minha cara. Mas precisa ficar limpa, para começar uma vida nova.

— Fala como uma mulher que nunca foi uma viciada.

— É verdade. Mas podemos ajudar. Muitas mulheres sob a nossa proteção já passaram por essa situação. Elas se tornarão a sua família. E a ajudarão a enfrentar tudo.

— Não estou dizendo que não me sinto tentada. Mas esta é a única vida que conheço há mais de cinco anos.

— Cinco anos? Quer dizer que era uma adolescente quando começou?

— Isso mesmo.

Mais fraco, Paul ouviu um barulho de carro parando e uma voz de homem:

— Ei, vocês duas!

A voz de Lucy saiu abafada:

— Oh, não, não! É...

— Poderiam fazer a gentileza de me dar uma orientação?

Paul deu a partida no carro.

— Sou nova aqui — disse Ângela. — Mas minha amiga pode ajudar...

O sussurro de Lucy:

— Não! É Morty!

Paul acelerou, especulando se não seria melhor deixar o carro ali e correr pelos três quarteirões com a arma na mão.

Por que não vigiei o Babylon ontem à noite, para prendê-lo assim que aparecesse?

O tráfego estava parado. *Deveria ter ligado para Chicago, pedido ajuda, de acordo com as normas.*

— Pode me ver com bastante clareza? — indagou o homem, jovial.

— Claro, senhor.

A voz de Ângela passara de prestativa para um medo resignado.

— Então é melhor fazer o que eu mandar, ou usarei isto.

— O que você quer?

— Entre no carro como se me conhecesse, e não haverá qualquer problema.

— Para onde vamos?

A voz se tornou irritada agora.

— Se continuar a protelar, vou liquidá-la onde está. Lucy, fique quieta.

Paul ouviu Ângela entrar no carro e fechar a porta. Ele buzinou e subiu na calçada, provocando uma onda de gritos e gestos. Ao avistar Lucy, parada na calçada, ele viu um sedã preto, último modelo, arrancar do meio-fio. Não havia a menor possibilidade de alcançá-lo, com o tráfego intenso; e mesmo que conseguisse, muito pouco ele poderia fazer, visto que Mort tinha uma arma apontada para Ângela.

— Onde está seu namorado?

A voz de Morty tornou a atrair a atenção de Paul.

— Não tenho nenhum namorado. Preciso cuidar de minha família.

Ângela dava a impressão de que tentava encobrir seu terror.

— É mesmo? Pois vinha se empenhando num jogo perigoso para uma mulher com uma família, ao se meter com minhas garotas. Mas preciso de uma mulher como você...

— Por quê?

— Preciso relacionar as pessoas com Deus.

— E como eu faria isso?

— Pode deixar que ensinarei. Mas você é mesmo deslumbrante. Já pensou alguma vez em ganhar muito dinheiro? Lucy tira mais do seu trabalho nas ruas do que você jamais sonhou.

— Pensei que falava em levar as pessoas para Deus. Ah, o Babylon... Está hospedado aqui?

Boa, Ângela. Você daria uma grande agente.

Paul ouviu o carro parar, portas abrindo e fechando.

— Vamos andar devagar até os elevadores e subir para o meu apartamento. Uma insinuação de que vai a contragosto, e se arrependerá amargamente. Entendido?

— Já posso lhe dizer, desde já, que não estou interessada no que você pede.

— Pode mudar de idéia. Sei quem você é.

Paul ligou para Koontz.

— Vou prender o homem, talvez dentro de uma hora. Peça ao pessoal do escritório local da ONP que vá até o Babylon. Mas ninguém deve fazer nada enquanto eu não mandar. Mort Bagdona é Jonas. Ele tem uma refém. Tudo está acontecendo muito depressa.

Paul verificou a arma presa na perna. Depois, ligou para o número no cartão que Ângela entregara a Lucy. Willie atendeu.

— Paul Stepola. Ainda está de sobreaviso para levar Lucy?

— Deveremos cuidar disso amanhã.

— Preciso que faça agora.

— Mas temos uma reunião esta noite, e...

— Lucy está pronta para ser recolhida neste momento. Levarei Ângela de volta para vocês mais tarde. Entendido?

— Claro. Mas...

— Confie em mim, Willie. Explicarei tudo mais tarde. Agora, faça o que estou dizendo.

• • •

— Você tem se comportado muito mal, invadindo meu território — disse Morty.

— Não estou entendendo.

— Claro que entende. Vem tentando afastar as pessoas de mim. Tem idéias próprias sobre o que Deus quer.

— Quem lhe disse isso?

— Não foi Lucy, se é isso o que está pensando. Mas ela deveria ter me falado. Foi uma grave violação da lealdade. É por isso que ela também vai receber o que merece.

— Não vai me machucar, não é?

— Não, a menos que você me obrigue. Fique calada no elevador.

Paul parou na frente do Babylon e deixou seu carro estacionado ali. Subiu no elevador para os andares exclusivos. Encontrou um segurança do hotel. Acenou com a cabeça para que o homem se aproximasse e mostrou seu documento de identidade.

— Estou numa missão de vigilância, e uma equipe de apoio deve estar chegando. Preciso que me empreste suas algemas. Preciso também de uma chave mestra que me dê acesso às suítes na cobertura. Vamos, sei que tem a chave... Obrigado. O pessoal da ONP local estará lá embaixo em breve. Avisarei quando precisar deles.

O homem dava a impressão de que acabara de ser convocado para ser o assistente de um típico xerife do velho oeste.

• • •

— Você está no 2.200? Aposto que é um apartamento enorme.

Ângela, você é mesmo uma profissional. Continue a falar.

— Espere só até conhecê-lo.

A porta foi aberta.

— Dois andares! Você toca piano?

— Já encontrei no apartamento. Fique à vontade.

— É pedir muito. Até que ponto posso ficar à vontade?

Paul foi para o final do corredor, de onde tinha uma vista da entrada do apartamento e também de qualquer pessoa que saísse do elevador.

— Já disse que não vou machucá-la, a menos que me obrigue.

— Não farei isso.

— Então vai se juntar a mim?

— De que maneira?

— Considera-se uma mulher de Deus. Pois eu sou um homem de Deus. Quero você em minha equipe.

— Para fazer o quê?

— Recrutamento. As pessoas precisam de Deus. Precisam muito. E Deus me revelou os verdadeiros caminhos para alcançá-lo. Eu ensino esses caminhos a você, e você ensina aos que procuram.

— Acho que não.

— Pois eu acho que sim. Deus me disse para procurá-la, para recrutá-la. Disse também que a prepararia. Se você recusar, Deus ficará furioso e me dirá o que fazer.

26

PAUL CONTINUAVA A projetar as diversas possibilidades em sua mente. Se Jezebel estava certa, Morty Bagadonuts acreditava mesmo que tinha um canal direto de comunicação com Deus. Por isso, não havia como prever o que ele seria capaz de fazer. O instinto dizia a Paul que tinha o homem certo onde o queria, numa área restrita, confinada. A última coisa que Paul queria era uma perseguição em alta velocidade.

— Lamento, mas terei de amarrá-la numa cadeira — anunciou Mort.

O tom era cordial. Não era de surpreender que conseguisse persuadir as pessoas... falava como se só tivesse os interesses dos outros em seu coração.

— Não é necessário. Vou cooperar.

— Eu bem que gostaria que fosse verdade. Mas teremos de passar algum tempo aqui. Espero persuadi-la a me acompanhar de bom grado esta noite para uma reunião de orações, com peiote.

— Onde será?

— A oeste daqui.

— E o que acontece?

— Apresento à congregação os dois caminhos de orientação divina para Deus. Um natural, o composto que eleva a mente para um plano sagrado, e o amor físico, que Deus criou.

— Drogas e sexo.

— Se você vai se tornar a rainha do paraíso, não deve ser tão grosseira.

— Sabe que não precisa realmente me amarrar.

Paul ouviu Mort trabalhando com o que parecia ser um rolo de fita adesiva.

— Teremos de consumar nossa união, antes de nos tornarmos um só sob o paraíso.

Ângela não respondeu.

— Está mal orientada, Angel.

Paul ficou surpreso ao ver como ele chegara perto do nome verdadeiro.

— Seu coração está no lugar certo, mas não deve tentar converter pessoas, a menos que não tenham religião — acrescentou Mort. — Minhas garotas já têm a fé.

Paul ligou para uma telefonista do Babylon. Pediu para falar com o chefe da segurança.

— Também tenho fé — declarou Ângela. — Por que está tentando me converter?

Paul perguntou se o apartamento 2.202, à direita do 2.200, estava ocupado.

— Dois cavalheiros alugaram esse apartamento, Agente Stepola. Os detectores de movimento e calor informam que eles não se encontram no apartamento neste momento.

Paul avançou apressado pelo corredor. Usou a chave mestra para entrar no 2.202. Os homens eram relativamente asseados, e as camareiras já haviam arrumado a suíte de dois quartos. A gigantesca tela de TV ocupava uma parede inteira. Na outra havia uma coluna cromada, larga, do chão ao teto, com um painel corrediço no centro.

— Quando chegar o momento de partirmos para a cerimônia, você não se sentirá mais forçada — garantiu Mort. — Mas terá de ser convertida. Deus criou a substância que vai libertar sua mente.

— Peiote?

— Isso mesmo.

— É apenas mescalina... e natural ou não, ainda é ilegal.

— Segundo as leis dos homens. Mas pode admitir a presunção do homem de tentar proibir alguma coisa que Deus criou?

Paul recebeu uma ligação através de seus receptores pessoais. Correu para o fundo do quarto e entrou no closet, a fim de não ser ouvido através da parede.

— Stepola falando.

— Senhor, os ocupantes do 2.202 estão subindo.

— Detenha-os. Não deixe que eles entrem na suíte.

— Lamento, mas só os notamos tarde demais. E o pessoal da ONP também está aqui embaixo.

— Mantenha-os aí embaixo por enquanto. Tenho de sair daqui.

Paul foi até a porta da suíte e espiou pelo olho mágico. Dois homens de terno saltaram do elevador; o mais alto era negro. Paul voltou correndo para o quarto, e agachou-se junto da porta. Viu a porta da suíte ser aberta, e os dois homens entrarem. O negro foi ligar a televisão e sentou numa poltrona. O outro tirou os sapatos e se estendeu no sofá.

Paul não queria provocar um sobressalto nos homens. Pensou em telefonar do closet a fim de informar que estava na suíte e explicar o motivo da sua presença. Mas notara que os dois estavam armados. Antes de fazer qualquer coisa, queria saber de que lado eles estavam. Por isso, continuou onde estava, escutando.

— Eu gostaria de pelo menos vê-la primeiro — comentou o negro alto.

— Eu também, mas Morty disse para sentar e esperar.

— É tudo o que fazemos, Jimmy, sentar e esperar.

— O que devemos fazer se ela não quiser cooperar?

— Acho que Morty não vai se importar. Não vai nem querer saber.

— Será que eles estão aqui? — indagou Jimmy. — Não ouço nada.

Jimmy passou pelo outro homem, que continuou sentado, olhando para a tela da TV, ligada, mas sem som. Foi até a porta de serviço.

— Eles estão falando, Danny, mas não consigo entender o que dizem.

Jimmy voltou ao sofá.

— Estou morrendo de fome. Você também vai querer alguma coisa?

— Claro. O que você pedir está bom para mim.

Jimmy telefonou, fazendo o pedido.

Paul se encontrava numa terra de ninguém. Eram três contra dois; e Ângela não tinha qualquer arma, não era treinada, e estava amarrada ainda por cima. O problema era evidente: para matar um, teria de matar todos os três. Talvez fosse assim que acontecesse nos filmes, mas raramente ocorria na vida real.

— Ele devia deixar que pegássemos a mulher — comentou Danny. — Mas não quis permitir, achou que faríamos uma cena. Tinha de cuidar de tudo pessoalmente.

— Mas ele conseguiu, não é mesmo?

— Tem razão. E nós ficamos aqui esperando, como o aipo de ontem...

Jimmy soltou uma risada.

— Como o quê? O aipo de ontem?

— Ou qualquer coisa que costumam dizer.

Paul podia ouvir Mort ainda tentando persuadir Ângela.

— Com peiote, sua mente entra numa dimensão diferente, e Deus fala diretamente para você.

— Terá de me obrigar a engolir.

— Eu não gostaria de fazer isso. Quero que compreenda que é um momento monumental em sua vida. Podia pensar que servia Deus, mas hoje vai ouvi-lo falando com você.

— Amarrada e contra a minha vontade?

— É apenas uma precaução. Temos uma hora de espera, e não posso passar o tempo todo sentado aqui, apontando uma arma para você.

Jimmy levantou do sofá e foi para o banheiro. Paul tirou a arma do coldre na perna e foi atrás, esperando o momento exato. Assim que Jimmy levantou o zíper, ele comprimiu o cano da arma em sua nuca.

— Não deixe escapar nenhum som — sussurrou Paul.

Ele tirou a arma de Jimmy. Revistou-o e constatou que ele não usava nenhuma outra arma.

— Quantas armas seu amigo tem?

Paul sentiu que Jimmy tremia. O homem levantou um dedo.

— Se estiver mentindo, você será o primeiro a morrer. Agora, sairei atrás de você. Diga a Danny, em voz baixa, para pôr sua arma no chão e empurrar com o pé em minha direção.

Ao saírem e se postarem atrás de Danny, Jimmy disse, a voz estridente:

— Danny, mostre-me sua arma.

O grandalhão não se virou.

— Como?

— Danny...

Só agora Danny se virou. Levantou no mesmo instante, numa reação instintiva, a mão estendida para a arma.

— Não faça isso — sussurrou Paul. — Posso liquidar os dois em meio segundo.

— Ponha a arma no chão, e empurre com o pé para cá — pediu Jimmy. — Por favor, Danny, faça isso.

Danny, de cara amarrada, tratou de obedecer, sem desviar os olhos de Paul. Com a arma de Jimmy no bolso, a de Danny na mão esquerda, Paul mandou que Danny deitasse no sofá, de barriga para baixo.

— Qualquer barulho, qualquer sinal... não precisarei de mais nenhum pretexto.

Jimmy recebeu a ordem de pegar o lençol no quarto, e rasgá-lo em tiras.

— Amarre os tornozelos e os pulsos de Danny, nas costas. E ligue tudo com outra tira. E fique sabendo que vou inspecionar seu trabalho. Se não estiver perfeito, não voltará para casa esta noite.

Jimmy demonstrou tanto empenho que deixou Danny ainda mais furioso. Ele amarrou os pulsos nas costas primeiro, em seguida os tornozelos. Levantou os pés de Danny e fez um esforço para prender as tiras ali nos pulsos. Deixou o amigo numa posição bastante desconfortável. A ligação entre os pulsos e os tornozelos tornava impossível para Danny até se contorcer.

Paul fez Danny abrir a boca e mandou Jimmy passar várias tiras do lençol rasgado entre seus dentes, como um cabresto, não permitindo que Danny emitisse qualquer som. Paul foi puxar as tiras, para verificar se estavam firmes.

— Bom trabalho, Jimmy — sussurrou ele. — Agora, ponha a mão esquerda entre as pernas, por trás, e a mão direita pela frente.

Jimmy contraiu os olhos, como se não compreendesse. Mas, agachando um pouco, ele conseguiu. Paul algemou seus pulsos, depois empurrou-o para o chão, onde ele ficou estendido de costas. Amarrou seus tornozelos e pôs uma mordaça. Revistou Danny outra vez, para ter certeza de que ele entregara mesmo sua única arma.

Os adversários estavam agora em condições de igualdade. Mort começava a dar a impressão de que sua paciência estava quase se esgotando.

— Você pode ter uma vida como nunca sonhou, Angel.

— Uma vida como a de Lucy? Não, obrigada.

— Ela entrou nas drogas pesadas. Se tivesse ficado apenas com as naturais, poderia estar agora sentada aí no seu lugar.

— Um privilégio e tanto. E como ela obtém as drogas pesadas, Mort?

— Jonas. E só as forneço porque não quero que algum vagabundo a explore. Ela poderia ter uma vida diferente se passasse para peiote e fizesse o que eu mando em termos espirituais.

Durante os vinte minutos seguintes, Ângela esforçou-se em distrair Mort com uma conversa irrelevante, a fim de evitar que ele a obrigasse à força a engolir o peiote.

Paul teve um sobressalto quando ouviu um barulho às suas costas, partindo da coluna cromada na parede do outro lado. O painel abriu, para revelar um pequeno elevador, que trouxera o pedido de Jimmy e Danny. Paul tirou a bandeja e pôs no chão. Apertou o botão de Recebido, que fechou o painel.

Paul estudou o mecanismo. Compreendeu que devia haver outro similar em cada suíte. Examinou a parede que dava para a 2.200, mas nada encontrou. Foi para o banheiro. Ali, projetando-se da parede por um metro, havia um *closet*, que só podia ser a parte posterior do elevador de comida que servia à suíte ao lado. Estava pintado como a parede. Mas quando bateu com a unha, Paul constatou que era metálico.

Ele voltou à sala, tentando determinar a que distância da coluna cromada Mort e Ângela estavam. Concluiu que se encontravam bastante longe para o que ele planejava, sabendo que a vida de Ângela dependia disso.

De volta ao closet no banheiro, Paul descobriu que o painel posterior do pequeno elevador era preso por parafusos. A chave do carro era tudo de que precisava. Com todo o cuidado, sem fazer barulho, ele removeu a placa. Abria para o poço do pequeno elevador, com placas de metal, por cima e por baixo, separadas por cerca de três metros. Havia um flange em cada placa, que aparentemente podia ser programado para acionar uma alavanca que abriria a porta corrediça na suíte, mostrando a entrega.

Paul enfiou uma perna entre os andares e testou a firmeza da plataforma. Balançou um pouco, mas parecia bastante sólida. Cauteloso, ele passou todo o seu corpo pela abertura, até ficar agachado, diante da porta corrediça para a suíte 2.200.

Os cheiros da cozinha, 22 andares abaixo, subiam pelo poço. Junto com o vapor. Paul sabia que era apenas uma questão de tempo antes que alguém num andar abaixo fizesse um pedido, o que faria com que todo o mecanismo mexesse. Tinha de agir agora.

— Vamos partir dentro de meia hora — avisou Mort. — Quero que você tome a prescrição de Deus de bom grado. Será a sensação mais maravilhosa que já experimentou em toda a sua vida. E Deus confirmará o que me disse, que você tem de ser minha. Vai me ajudar na missão que realizo para Deus, levando muitas almas ao paraíso.

Paul tirou a arma do coldre na perna. Estendeu a mão para a alavanca. O suor escorria do rosto.

— Receba isto em sua boca.

— Não quero!

A raiva do Mort era cada vez maior.

— Engula logo isto ou vai se arrepender! Abra a boca!

— Já disse que não vou tomar.

— Talvez prefira tomar com o cano de uma arma enfiado na garganta. Abra a boca.

Ângela, aparentemente, obedeceu.

— Mastigue!

Ângela balbuciou:

— Não!

— Não tem problema. Encherei sua boca de água, e terá de engolir para respirar.

Paul esperou por um instante, ao ouvir Mort deixar a sala. Empurrou a alavanca. O painel abriu. Ângela estava presa numa cadeira com fita adesiva. Paul levou um dedo aos lábios. Ela esbugalhou os olhos e cuspiu a droga. Paul foi se esconder atrás da porta entre a sala e o lugar em que ouvia água correndo.

A água parou. Mort voltou, o copo em uma das mãos, a arma na outra. Paul estava por trás dele agora.

Mort ajoelhou-se diante de Ângela. Espetou um dedo grosso em sua boca, enquanto ela tentava se esquivar.

— Cuspiu o peiote? — perguntou ele, incrédulo. — Eu esperava não ter de fazer isso pelo caminho mais difícil.

Paul aproximou-se e levantou a arma por cima de sua cabeça. E bateu no antebraço de Mort com tanta força que ouviu ulna e rádio quebrarem, enquanto a arma voava para longe. Mort gritou e arriou no chão, olhando apavorado para a arma de Paul. Com a outra mão, Paul soltou Ângela.

— Ligue para a segurança — pediu ele. — Avise que conseguimos prender Jonas e dois de seus lacaios. A equipe da ONP já pode subir.

27

ANTES QUE PAUL pudesse se retirar, levando Ângela, a imprensa apareceu. Ele ligou para Bob Koontz, que previu que seria condecorado outra vez em Washington.

— Grande trabalho, companheiro. Mal posso esperar para ouvir os detalhes.

De volta ao hotel de Ângela, Paul acompanhou-a até o elevador. Dava para perceber que ela estava profundamente abalada. Ângela apoiou-se nele, enlaçando-o pelo pescoço. Com receio de que ela pudesse desfalecer, Paul segurou-a com firmeza. Ela puxou seu rosto e beijou-o com ardor. Paul ficou imóvel, sem reagir, por mais que quisesse. Ângela recuou, com um sorriso.

— Você é tímido em público. Preciso tomar uma chuveirada e trocar de roupa para a reunião desta noite. Importa-se de me dar uma carona?

— À reunião? Acha que tem condições de comparecer?

— Não posso deixar de reconhecer que o dia de hoje foi terrível. Mas o resultado mais do que confirmou minha missão aqui. E obrigada por socorrer Lucy. Você salvou a vida dela.

• • •

Naquela noite, enquanto Paul a levava para o bangalô, Ângela pôs a mão em sua perna.

— Passamos por muitas coisa juntos — disse ela, fitando-o. — Nada como um trauma partilhado para permitir que você realmente conheça alguém.

Se ao menos fosse verdade...

— Precisamos conversar, Ângela.

— Eu poderia conversar com você para sempre.

— Você é uma pessoa maravilhosa. Corajosa, linda. Eu...

— O sentimento é mútuo, Paul. E tenho certeza de que você sabe disso.

— Obrigado, mas não tenho sido totalmente franco com você.

— Hum... Parece até um rompimento... e ainda nem começamos.

— Não é um rompimento, Ângela. É um aviso de que não estou disponível.

— Como? Vai me dizer agora que é casado?

— Isso mesmo.

Ângela afastou-se.

— Sinto muito — murmurou Paul. — Eu deveria ter falado antes.

— O que foi? Não pensou a respeito? Não percebeu o que estava acontecendo? Não passou por sua cabeça que eu poderia me apaixonar por você?

— A verdade, Ângela, é que também me apaixonei por você.

— E acha que isso vai fazer com que eu me sinta melhor? Só porque foi recíproco?

— Desculpe. Não sei o que mais dizer.

Ângela balançou a cabeça.

— Vocês, os agentes da ONP, não usam aliança quando estão em serviço.

— É o protocolo.

— E muito conveniente. Como eu poderia saber?

— Eu deveria ter avisado.

— Claro que deveria.

— Perdoe-me, Ângela.

— Isso é o mínimo, Paul. Levarei algum tempo para me acostumar à idéia.

Os dois permaneceram em silêncio durante a maior parte do resto do percurso.

— Pode me deixar dois quarteirões ao sul do bangalô.

Paul parou o carro, mas ela não saltou no mesmo instante.

— Também tem filhos?

— Uma menina e um menino. Sete e cinco anos. Jae e eu somos casados há dez anos.

— Ou seja, você é *muito* casado.

— É verdade.

— Não tinha o direito de se apaixonar.

— Sei disso.

— Ainda bem. Quero que se sinta mal. E que se arrependa. Sinta saudade. E volte para sua família. Darei um jeito de sobreviver.

• • •

Paul voltou lentamente para sua cidade e seu hotel. Parou o carro no estacionamento e ficou sentado ali, pensando. Ângela era tudo o que Jae não era... ou pelo menos o que Jae não era há muito tempo. E ele a tivera em seus braços. Por que continuava a insistir em seu casamento?

Jae fora injusta, mas talvez ela tivesse esse direito. Paul pensou no tempo em que eram novos um para o outro, em que absorviam o que havia nos olhos um do outro, em que viviam apenas um para o outro. Durara apenas uns poucos anos, até que ele começara a ceder à emoção da aventura. Parecera divertido às vezes, mas ele tinha de admitir que, em última análise, não passava de uma emoção superficial, sem qualquer substância... um ímpeto pelo fluxo de açúcar no sangue, não uma refeição decente.

Straight tinha razão. Com a nova fé e a nova vida de Paul, havia também uma nova responsabilidade. Paul tinha uma noção do tipo de marido que deveria ter sido. O que ia fazer com seu casamento? Não havia opções. Tinha de encontrar uma solução. Refazer a vida com Jae parecia uma tarefa tremenda, quando seu coração ansiava por começar tudo de novo com Ângela. Seria um teste autêntico para sua fé.

Ele deixara o rádio do carro ligado. O noticiário anunciou a prisão de Jonas, a figura religiosa que enganara centenas de pessoas e fora responsável pela morte de pelo menos dezesseis, por superdose de drogas. Paul decidiu verificar como estava na televisão. Além de capturar um monstro, sentia-se satisfeito pelo que isso representava em seu papel como agente duplo na ONP. Os altos escalões não perceberiam a diferença entre Jonas e seus seguidores desorientados e os verdadeiros fiéis.

O percurso do elevador até seu quarto pareceu levar uma eternidade. Foi quanto Paul descobriu como se sentia exausto, tanto da tensão do dia quanto da conversa com Ângela. Tinha a sensação de que poderia dormir durante doze horas consecutivas... e talvez devesse fazer isso.

Ele abriu a porta do quarto. Mas antes de estender a mão para o interruptor de luz, notou a silhueta corpulenta de um homem sentado em sua cama. Paul agachou-se, e sacou sua arma.

— Pode guardar a arma — resmungou uma voz familiar. — Não atiraria em seu sogro, não é mesmo?

Paul prendeu a respiração.

— Diga que Jae e as crianças estão bem.

— Claro que estão. Sente-se.

Paul arriou numa cadeira. *Então o que é? Jae lhe mostrou a carta? Fui seguido? Descobriram tudo?*

— Vai me dizer quem é ela. E, depois, vai se livrar da mulher.

— Como?

— Pensa que sou ignorante, Paul? Usou uma mulher na operação de hoje.

— Ela atuava aqui. E tinha um contato com meu suspeito.

— É mesmo? Quer saber de uma coisa? A mulher apareceu em segundo plano em alguns noticiários de TV. E o rosto me pareceu familiar. Sabe por quê?

— Não posso imaginar.

— Já havia visto fotos dela antes.

Paul teve de fazer o maior esforço para manter o controle.

— É mesmo?

— É, sim. Como ela se chama, Paul?

— Nunca partilho os nomes de informantes.

— Ela é uma informante agora?

— Foi neste caso.

— Também foi em Washington? E em Toledo?

— Como?

— Sabe muito bem do que estou falando.

— Não, não sei...

— Claro que sabe, Paul.

— Se é tão esperto, pode me dizer.

— Não me fale assim, rapaz. Sei que é a filha de Andy Pass. Ela está em nossos arquivos.

O quê?

— Como sabe que ela não é uma subversiva, igual ao pai? É melhor mudar seu comportamento, Paul. É minha filha que você está enganando.

— Não estou enganando ninguém.

— Trate de se emendar, Paul.

Entre todas as coisas, ser apanhado por...

— Mas não é por isso que estou aqui — acrescentou Ranold. — Surgiram problemas na Terra do Sol que culminaram numa crise terrível.

— O que aconteceu?

O velho recostou-se na cabeceira da cama.

— Cristãos. O governador regional fez um apelo para a agência. A força-tarefa de Fanáticos Clandestinos estará envolvida. Mas vocês não dispõem da experiência e potencial humanos... nem da coragem... para uma grande operação desse tipo. É um caso para Projetos Especiais.

Ranold sorriu.

— Eu sempre soube que este dia chegaria, Paul, desde que vimos aquelas primeiras serpentes na pilha de lenha. O Congresso e a agência careciam da vontade para esmagá-los naquele tempo. A nova geração é formada por um bando de liberais frouxos... carreiristas e políticos sem qualquer experiência direta de guerra... e ficou apavorada com a perspectiva de um clamor público. Mas pelo menos sabia que precisava de alguém nos bastidores. Foi quando criei Projetos Especiais.

O velho fez uma pausa.

— Tratei de estabelecer o melhor programa que me permitiam. Liquidar os líderes pela intimidação, criar uma força-tarefa, controlar as notícias que vazam para a imprensa, a fim de evitar a criação de mártires. Adverti desde o início que tentavam liquidar um urso com uma espingarda de ar comprimido. Agora, todos percebem que eu tinha razão. Em apenas seis meses, as serpentes espalharam-se por todo o país. Os terroristas não se retraíram... ao contrário, proliferaram.

O sorriso se tornou insidioso.

— Assim, enquanto vocês da força-tarefa investigavam e efetuavam prisões, eu esperava pelo momento certo para lançar a bomba na cova das serpentes. Será agora, Paul. O Congresso concedeu-me poderes de emergência, e vou convocar o exército. A Terra do Sol será o lugar em que vamos esmagar a insurreição, de uma vez por todas.

— Ranold, estou... *chocado* é a palavra certa, eu acho. Imaginei que você cuidasse de alguma coisa importante, mas...

— Você não sabia como a situação se deteriorou. Passou muito tempo fora do serviço ativo. O que viu até agora é apenas a ponta do *iceberg*. Estamos encontrando Bíblias por toda parte, junto com o que eles chamam de "porções"... pequenas publicações com textos do "evangelho". Há muitos aparecendo em nosso próprio território, em Michigan e Ohio. Não sabemos onde são impressos. Sem falar no material que é transmitido pela Internet. Temos leis contra isso, mas é quase impossível impor seu cumprimento.

Paul quase estufou de orgulho pelo que seus irmãos e irmãs vinham fazendo — como fora informado na mina de sal —, mas manteve uma expressão desconcertada.

— O movimento é cada vez maior e mais forte... mais implacável e astucioso... e mais disseminado do que você pode imaginar. É por isso que chegou o momento.

— O que aconteceu em Los Angeles?

Ranold virou-se e pôs os pés no chão, entusiasmado com o assunto.

— Os fanáticos ali infiltraram-se por toda parte e são ousados. E tenho certeza de que você sabe como a indústria cinematográfica é importante para o nosso governo.

Paul esfregou os olhos.

— Tão importante que todos os estúdios foram reunidos em um só.

— O estúdio dirigido pelo governo. *L.A. Idea Co.* E por quê? Porque os filmes são o nosso mais importante instrumento de propaganda. Também figuram entre as nossas exportações mais valiosas, em termos de propagação de cultura e de renda. Pois os fanáticos estão tentando sabotar a indústria. Só que cometeram um erro fatal.

— O que eles estão fazendo?

— Você vai ver. Iremos para lá amanhã.

— Koontz sabe?

— Claro. E você continua subordinado à ONP, através da chefe do escritório em Los Angeles. O nepotismo gera a dissensão, Paul. Além do mais, para esta operação decidi assumir o papel de General Decenti... consultor militar, o velho soldado que é chamado da aposentadoria para aconselhar os mais novos. É o melhor de tudo em Projetos Especiais. Sou poupado do ônus da atenção pública e... — Ranold sorriu — ... da lei. Posso comandar o espetáculo da maneira que considerar mais apropriada. Para o dia-a-dia, entreguei o comando a Balaam.

— A agente que conheci na cerimônia de condecoração?

— Eu lhe disse que ela estava em ascensão, Paul. Balaam tem dado uma grande contribuição à minha equipe, em termos estratégicos e em situações de detenção. É verdade que ela ainda não foi testada em campanha, mas você estará por perto para ajudá-la, em caso de necessidade. Viajaremos amanhã, e ficaremos juntos no mesmo lugar.

Ranold levantou.

— Tenho um quarto em dois andares abaixo. Nosso vôo parte às oito horas.

— Quero que saiba que não há nada entre a filha de Andy Pass e eu.

— Posso acreditar. Mas a menos que a tenha abordado para obter informações sobre o movimento clandestino, acho que está brincando com fogo.

• • •

Paul ligou para o quarto de Ranold poucos minutos depois, para ter certeza de que ele estava mesmo ali.

— A que horas disse que o vôo partia?

— Oito horas. Vamos nos encontrar para o café da manhã às seis e meia.

Paul ligou para Ângela, mas foi Willie quem atendeu.

— Ela ainda está conversando com algumas das mulheres.

— O que vou dizer é muito importante, Willie. Avise a ela para não voltar a seu hotel. Deve mandar alguém para pegar suas coisas e as crianças, e encontrar outro lugar para ficar. Entendido?

— Entendido. Mas...

— Não tem mas nenhum, Willie.

• • •

A última ligação de Paul foi para Straight, que ficou horrorizado com a ação iminente.

— Devo lhe dizer, Paul, que já esperávamos por alguma reação violenta. Um dos nossos em Washington até informou que havia uma organização forte por trás de Balaam. Mas nunca imaginamos que a reação seria tão intensa e tão depressa.

— Preciso de contatos com os fiéis em Los Angeles, o mais depressa possível — disse Paul. — Bem que gostaria que você estivesse lá comigo.

— É interessante que você diga isso, Paul. Agora que a batalha esquenta, tenho desejado com freqüência ter uma participação mais ativa na linha de frente. Mas ainda não chegou o momento.

Straight prometeu que providenciaria tudo de que Paul precisava no prazo de 24 horas.

28

O CAFÉ DA MANHÃ e o vôo foram extenuantes para Paul, vítima da arrogância do sogro. Tudo parecia resumir-se em como Paul deveria se emocionar nesta oportunidade por reconhecimento.

— Ficaremos hospedados na casa de Tiny Allendo, em Beverly Hills — informou Ranold, quando desembarcaram do avião em Los Angeles. — Nunca viu uma casa igual.

Allendo era o diretor do estúdio.

— Vamos ficar na casa? — murmurou Paul. — Parece um conflito de interesse.

— Esqueceu que ele também trabalha para o governo?

— Mas ganha com os lucros. É por isso que ninguém mais que trabalha para o governo mora em Beverly Hills.

Uma limusine com um cartaz na janela com o nome Decenti parou na área de desembarque.

— Tiny é sempre atencioso — comentou Ranold, enquanto o motorista guardava a bagagem no porta-malas.

Ranold pediu ao motorista que passasse por Hollywood, a caminho da casa de Allendo.

— Assim você poderá ter uma noção do que está acontecendo aqui, Paul.

Paul gostou da vibração de massagem do banco de passageiro e dos vários sinais de rádio e TV disponíveis através dos receptores nos molares.

— Pare aqui — disse Ranold ao motorista. Ele apontou para um cartaz que anunciava um filme, mas mostrava o holograma de outro. — É repulsivo.

O cartaz era de um novo filme de ação erótico, mas a imagem holográfica era de *Os Dez Mandamentos*, o momento em que Charlton Heston, como Moisés, joga as tábuas no chão, em repulsa pelo pecado dos israelitas. A cena, numa repetição interminável, mostrava as tábuas quebradas e Moisés criticando o povo com veemência.

— Mas o que é isso? — murmurou Paul, surpreso.

— Obra dos fanáticos. Estão convencidos de que Hollywood é imoral, e decidiram mudar. Não podemos deixar que isso aconteça.

O fato de que Hollywood e suas produções eram imorais não chegava a ser novidade. Mesmo em sua vida anterior, Paul não conseguia suportar os filmes novos. Todos eram agora holográficos e muitos interativos, mas não serviam como uma diversão que ele podia partilhar com a família. Nada mais era proibido.

— O vandalismo de alta tecnologia — comentou Ranold, furioso. — E como a indústria é controlada pelo governo, passa a ser um crime federal.

— Seria difícil acabar com essas projeções?

— É o que viemos fazer.

— Impedir a adulteração de cartazes?

— Ainda não foi possível encontrar a fonte, Paul. Só podemos evitar em caráter temporário, usando interceptadores. Esse será o seu trabalho. Ou pelo menos parte dele. Isso é apenas o começo.

— Espero que sim, porque você disse...

— Eu disse que era uma crise, e é mesmo. Esta é apenas uma manifestação. Motorista, leve-nos a um lugar em que possamos ver o sinal de Hollywood.

Parecia que cada casa na área tentava superar as outras. Todas tinham chafarizes e piscinas. Muitas tinham pequenos campos de golfe e imensos gramados.

— Deveria ter conhecido a cidade antes de seu nascimento, Paul. O nevoeiro misturado com a poluição era tão denso que não se podia ver as casas. Graças à tecnologia... em particular os carros e outros veículos impulsionados por eletricidade... a cidade é agora mais limpa.

A limusine parou de novo, poucos minutos depois. Paul contemplou o famoso morro de Hollywood em que se erguiam havia quase um século as famosas letras brancas com o nome do local. Nos últimos vinte anos, as letras eram formadas por imagens a laser. Fora ali que os vândalos haviam atacado de novo. Um dos L fora apagado, e a projeção agora era de *Holywood.* Em vez do *Holly* que significava azevinho, o *Holy* que significava sagrado.

— As mesmas pessoas? — perguntou Paul.

— Claro que são as mesmas pessoas. O problema não é apenas a existência dessas pessoas, mas também o fato de terem escapado ao controle.

• • •

Tiny Allendo, ao contrário do apelido, que em inglês significa muito pequeno, não tinha nada de pequeno. Era um apelido irônico para um homem com mais de dois metros de altura, cabelos pretos ondulados, olhos supostamente azuis brilhantes e um sorriso descontraído. Paul não veria os olhos até depois do escurecer, porque Allendo usava enormes óculos escuros espelhados, até mesmo dentro de casa, durante o dia. Vestia preto sobre preto, era um modelo de elegância, e demonstrou ser um anfitrião generoso. Beirando os cinqüenta anos, parecia dez anos mais moço. Gostava de conduzir a conversa. Embora jovial, era incapaz de esconder uma raiva latente pelo que vinha acontecendo em Hollywood.

Tiny tinha empregados que se revezavam em turnos de oito horas. O mordomo, a quem Tiny se referia simplesmente como o porteiro, conduziu Paul e Ranold a seus respectivos quartos, em alas opostas da casa de 1.600 metros quadrados. Valetes desfizeram as malas e guardaram suas roupas. Foram convidados a descansar até o brunch, que seria servido às dez horas, à beira da piscina.

Embora Tiny fosse, em termos técnicos, um empregado do governo, Paul não se sentia à vontade com a disposição. A casa de mármore e estuque era a mais suntuosa que Paul já conhecera. Tudo era reluzente e ultramoderno, sob encomenda, dos móveis às cortinas e roupas de cama. O banheiro exclusivo de Paul era tão grande quanto a sala de sua casa. As luzes acendiam quando ele entrava num cômodo, e apagavam quando saía. Havia um criado de prontidão na extremidade do corredor, esperando para atendê-lo se precisasse de alguma coisa... qualquer que fosse.

Paul não sabia se devia se vestir para a piscina ou para o trabalho. Decidiu que se encontrava ali a trabalho, e que deveria assumir o papel, mesmo que estivesse comendo à beira da piscina com um dos homens mais ricos de Hollywood. Vestiu uma calça clara e um paletó. A única concessão ao clima e ao lugar foi uma camisa esporte, em vez de camisa social e gravata.

O criado conduziu-o à piscina. Ele chegou ao mesmo tempo que Ranold e seu acompanhante. Ranold vestia um terno com colete. Parecia contrafeito, e prometeu a si mesmo que compraria um calção para mergulhar na piscina ao final da tarde. Havia na piscina mais ou menos vinte mulheres lindas, bronzeadas, em biquínis mínimos.

Tiny usava uma sunga dourada, para combinar com os óculos escuros, sandálias pretas e uma camisa branca. Recebeu seus hóspedes com evidente entusiasmo. Levou-os para uma mesa redonda. Sentou-os à sua frente, enquanto era ladeado por uma secretária e um jovem assessor. Foi servido um *brunch* leve para os cinco, de frutos do mar, os empregados pairando nas proximidades para atendê-los o mais depressa possível.

— Tenho o direito de perguntar se vocês dois são parentes? — indagou Tiny.

Ranold explicou a relação. Passou pelas formalidades dos cumprimentos de Washington.

— Fico grato por vocês dois estarem aqui — comentou Allendo.

— E dentro de poucos dias se sentirá ainda mais agradecido — garantiu Ranold. — Washington vai agir em cooperação com o escritório da Organização Nacional da Paz em Los Angeles, a que Paul tem pleno acesso, por causa de sua função de consultor da força-tarefa de Fanáticos Clandestinos. A agente Bia Balaam e eu, representando o Congresso dos Sete Estados

Unidos da América, temos todos os recursos do governo federal à nossa disposição. Posso lhe assegurar, Sr. Allendo, que esses ataques a Hollywood não terão a menor chance de se espalharem. Não iremos embora enquanto não esmagarmos os esforços desses fanáticos que querem destruir a indústria do cinema.

— É um alívio saber disso — declarou Tiny. — Quero que saiba que é mais do que um transtorno. Essas pessoas estão tentando nos derrubar. E independentemente do que pensam a respeito de nosso produto, é apenas impressão minha ou essas pessoas estão mesmo violando a lei pelo simples ato de praticarem a religião?

— Claro que estão — confirmou Ranold. — Por isso, é importante que o levante seja esmagado e o movimento clandestino desmantelado, o mais depressa possível. Mobilizamos um formidável contingente do exército. Ao cair da noite, teremos cercado não apenas Hollywood, mas toda a cidade de Los Angeles.

— Não pode estar falando sério.

— Estou, sim. A área é vasta, mas não é uma manobra muito difícil. Nossos homens agirão em colaboração com o escritório local da ONP. Sob a orientação da Agente Balaam, o pessoal daqui já começou a investigar e se infiltrar, na tentativa de identificar os responsáveis pelos ataques à sua operação.

Infiltrar? Fora isso que Balaam gabara-se de ter feito em Washington, D.C.

Allendo comia com uma certa delicadeza para um homem tão grande. Mergulhou as mãos numa tigela com água para limpar a manteiga que escorrera pelos dedos. Enxugou-as como uma toalha.

— A imprensa vai adorar a operação, Sr. Decenti. Por isso...

— Pode me chamar de General Decenti.

— Está bem. Como podemos evitar que a imprensa fale a respeito?

Ranold enxugou os lábios com um guardanapo.

— Até agora, conseguimos controlar a imprensa muito bem.

— O vândalo do cartaz é apenas um *hacker* com acesso a um filme antigo — disse Tiny. — E aqueles que apagaram uma letra no sinal de Hollywood são apenas brincalhões. A campanha de desinformação deles é um fracasso. Ainda transmitimos a nossa mensagem para o mundo inteiro.

— Exatamente. E continuaremos a fornecer à imprensa apenas o que queremos que eles digam.

Allendo sorriu e balançou a cabeça.

— Quanto tempo acha que se pode manter o blecaute da imprensa?

— Uma excelente pergunta. Não por muito tempo. Por causa da natureza da besta. Precisamos efetuar uma intervenção rápida e cirúrgica. Pode ter certeza, Sr. Allendo, que temos uma política de tolerância zero, e que estamos empenhados em descobrir e dizimar esses fanáticos.

— Já dá para ver um filme baseado no cumprimento dessa missão.

Ranold ficou radiante.

• • •

Quando terminaram de comer, Allendo anunciou:

— Tenho uma reserva para esta noite num clube maravilhoso chamado Studio. Comentou que gostaria de fazer compras esta tarde, General. Por favor, quero que tenha toda a liberdade de usar minha limusine e motorista.

— É um oferecimento generoso, mas tenho um carro e um motorista do governo à minha disposição — respondeu Ranold.

— Não quer usar a limusine, Dr. Stepola?

— Um carro da agência virá me buscar.

Foi nesse momento que a secretária avisou Paul:

— Seu carro acaba de chegar.

Allendo acompanhou Paul até a porta da vasta mansão, onde uma réplica da Fonte de Buckingham, em ouro maciço, esguichava água pelo ar, por trinta metros de altura. Tiny apertou de novo a mão de Paul, e reiterou que se sentia muito feliz por tê-lo como hóspede.

— Eu só queria informá-lo de que poderá ter a companhia noturna que desejar. Drinques à noite, conversa, esse tipo de coisa. Basta comunicar o que deseja a seu criado.

— Não precisarei de nada.

— Não?

— Não, obrigado.

— Como preferir. Se não estiver ocupado, terei o maior prazer em tê-lo a meu lado, à beira da piscina, durante o resto da tarde.

— Pode me dar licença agora? Preciso dar alguns telefonemas e visitar algumas pessoas.

— Claro. Mas vai ao Studio conosco esta noite?

— Pode contar comigo.

Allendo o deixou enquanto dois sedãs do governo, sem qualquer identificação, paravam junto à calçada que circunda a fonte. As duas pessoas ao volante saltaram, uma mulher em torno dos 60 anos, um homem que aparentava uns 40 anos.

— Um belo espetáculo — comentou o homem. — E ainda se fala em escassez de água.

— É verdade — acrescentou a mulher. — Não quer ficar na minha casa e me ceder seu quarto aqui?

Paul tentou parecer divertido.

— Não parece certo, não é mesmo?

— É uma pena que você não tenha direito a um Benz, como o VDD.

— Como?

A mulher apontou para a limusine e o motorista, que esperavam no caminho circular em torno do chafariz.

— Vice-Diretor Decenti. Aquele é o seu carro.

— Ex-vice-diretor — corrigiu Paul. — Ele está aqui como General Decenti.

— Qualquer coisa. Vamos começar com uma reunião de avaliação amanhã de manhã, às nove horas, em nosso escritório, senhor. Vai participar?

— Eu o informarei mais tarde.

Enquanto os dois se afastavam, Ranold saiu da casa. Paul informou-o sobre a reunião.

— Não espere que eu participe de reuniões em que os cegos guiam os cegos, Paul. Balaam e eu vamos nos encontrar amanhã de manhã com o governador geral e sua equipe. Depois, vamos nos encontrar com o general que está no comando do nosso exército. Cuide de sua própria agenda. E eu o avisarei quando quiser que me dê informações a respeito. Combinado?

— Combinado.

• • •

Paul decidiu dar uma volta para sentir a cidade. As inundações na guerra haviam destruído as comunidades costeiras de Los Angeles, mas agora a cidade exuberante, de cinco milhões de habitantes, parecia mais próspera do que nunca. A nova tecnologia permitia que os edifícios resistissem aos freqüentes terremotos, até os mais severos.

De um dos pontos mais elevados da via expressa, Paul pôde avistar as praias do Pacífico a oeste e as montanhas cobertas de neve a nordeste. O escritório da ONP ficava no complexo do centro cívico, entre o prédio histórico da prefeitura, branco, com 26 andares, e o centro de convenções. Paul parou ali perto para comprar um mapa.

As oito áreas principais da cidade estavam bem descritas no mapa: South Central, Central, Downtown, San Fernando Valley, Port of L.A., West L.A., South Bay e East L.A. Segundo Straight, as pessoas nas minas de sal por baixo de Detroit tinham ligações com facções clandestinas em cada uma dessas áreas. Antes de voltar para a casa de Allendo, Paul deu mais algumas voltas, orando por seus irmãos e irmãs na cidade.

• • •

Naquela noite, Paul e Ranold espremeram-se no extravagante conversível de dois lugares de Tiny. Ambos vestiam terno escuro, enquanto Tiny usava um cafetã preto e dourado. O Studio era o novo ocupante do lendário Grauman's Chinese Theatre. Era agora uma casa noturna espetacular, com um bar que oferecia filmes interativos, música, dança e jantar.

Num círculo no centro, mais baixo do que o resto, os três jantaram *sushi* e outras delícias que haviam sido trazidas de avião da Ásia naquele mesmo dia. Em galerias por cima, os clientes que não estavam dançando ou namorando podiam participar da diversão exclusiva proporcionada pelo Studio: os filmes de realidade virtual. Por uma taxa considerável, podia-se entrar numa sala especial, toda envidraçada, participar de qualquer filme escolhido, desempenhar um papel e comprar cópias das cenas em que aparecia.

Paul notou que a maioria das pessoas de sua idade e jovens optavam por filmes eróticos ou pornográficos; e ninguém parecia constrangido pelo que via ou fazia. As pessoas mais velhas inclinavam-se para os clássicos. Paul especulou como seria ficar ao lado de Humphrey Bogart enquanto ele contracenava com Ingrid Bergman em *Casablanca*.

Ranold disse que gostaria de ser "John Wayne, apenas uma vez".

Para Tiny, aquilo era coisa antiga. Mas ele insistiu que Ranold e Paul satisfizessem sua curiosidade. Ranold não parava de falar em assumir o papel de Rooster Cogburn, o personagem de Wayne em *Justiceiro Implacável*, durante um duelo a tiros. Paul inclinou-se sobre o ombro do pianista Sam, na boate de Rick Blaine, e tocou "Chopsticks". Depois, sentou no banco, tomando o lugar de Sam, e por dez minutos tornou-se o pianista em *Casablanca*.

Quando Paul voltou à mesa, Tiny e Ranold estavam absorvidos nas últimas façanhas de *Bravura Indômita (True Grit)*. Paul concluiu que ali era mais seguro do que na casa de Tiny, e foi para um corredor sossegado, a fim de fazer uma ligação para Straight. Transmitiu as últimas informações. Straight disse que passaria tudo para o centro de operações em Detroit, destacando a presença militar. Também deu dicas sobre a comunidade cristã na área.

— Por onde começo? — perguntou Paul.

— Kirk Quinn. Mais conhecido por Quatro-Olhos, porque ainda usa os óculos antigos. É um lobo solitário, um técnico em computador, mas conhece todo mundo. Ele pode pô-lo em contato com as pessoas que você precisa encontrar. É o responsável pela maioria das coisas que estão acontecendo por aí. Mas tome cuidado, Paul. Se você está sob o comando de Decenti, deixe que as diversas facções enviem e recebam suas mensagens. É evidente que está sendo vigiado.

29

PELA MANHÃ, enquanto Paul esperava por seu carro, o pessoal do exército chegou num veículo militar sobre o qual Paul apenas lera. Supostamente, era capaz de resistir a um ataque de míssil. Parecia lento e pesado. Mas assim que Ranold embarcou, depois de uma recepção calorosa de todos a bordo, o veículo partiu em disparada.

Paul foi para o centro da cidade em seu eletro-sedã da ONP. Os agentes do escritório local cumpriram as formalidades de recepção ao assessor religioso de Chicago. Mas Ranold tinha razão. Parecia o cego conduzindo o cego. Aquelas pessoas, ao que parecia, não tinham qualquer pista objetiva, e pareciam desanimadas pelo fato de Bia Balaam ter assumido o comando da operação. Ela já estivera ali, determinando os rumos e despertando hostilidade, calculou Paul, ao insinuar que os locais haviam sido incompetentes para conter a rebelião. Ela tratara-os como lacaios que precisavam se redimir.

A chefe do escritório de Los Angeles, uma mulher séria e objetiva, na casa dos 60 anos, chamada Harriet Johns, mostrou um mapa grande da cidade, com as oito áreas indicadas, e apontou os locais mais prováveis para as reuniões dos subversivos. Haviam traçado as atividades clandestinas até um conjunto de prédios abandonados, não muito longe do Aeroporto Internacional de Los Angeles, que fora uma universidade católica. Também achavam que podia haver uma pequena célula numa boate abandonada em South Central.

— Como *Washington* aconselhou — disse ela, com evidente irritação, sem mencionar o nome de Balaam —, temos informantes dentro das duas células. Mas ainda não foram muito eficazes. E talvez não consigamos tirálos a tempo antes de um ataque.

A ONP deixaria um infiltrador vulnerável? Paul se preocupava ainda mais com a possibilidade de encontrar algum.

Ele se ofereceu para verificar os pontos de encontro em potencial e procurar sinais de atividade subversiva. E foi embora. Sentia-se satisfeito por ter mais informações do que a força-tarefa. Infelizmente, segundo Straight, a força-tarefa tinha razão sobre a universidade abandonada e South Central. Paul ligou para ele do carro.

— Conheço o local — informou Straight. — Era a Universidade Loyola Marymount. O governo transformou-a num centro de reprogramação depois da guerra. Ensinava as pessoas a sobreviverem sem a dependência da religião. Não era uma boa idéia?

— Os fiéis por aqui têm algum talismã, Straight?

— Têm, sim. Uma moeda de um *penny*.

— A antiga moeda inglesa?

— Não. A moeda de centavo americana. Foi usada até o final da guerra. Tem a efígie de Abraham Lincoln num lado, e diz "In God We Trust" (Nós confiamos em Deus). A cor era marrom-escuro, porque levava cobre.

— E isso tem alguma relação com o Apocalipse?

— A ligação é um pouco mais obscura do que os outros símbolos. Lincoln era conhecido como Honesto Abe. Uma virtude pela qual queremos ser conhecidos. E a frase sobre Deus é um dos motivos pelos quais a moeda saiu de circulação. Mas o *penny*, por causa da cor, também representa ouro.

— Há muita coisa aqui.

— Mas os fiéis não são os únicos que guardam a moeda. Há uma outra frase relacionada: "Eu o aconselho a comprar ouro de minhas mãos... ouro que foi refinado pelo fogo".

— Portanto, Los Angeles é Laodicéia. Mas ainda não sei por quê.

— Por um lado, Laodicéia tinha de trazer água de longe, através de um aqueduto. É o que também acontece com Los Angeles. E lembre-se de que o trecho também aconselha a obter colírio para os olhos, a fim de que se possa ver. Laodicéia era uma grande fabricante de colírios no mundo antigo.

— Os filmes de Los Angeles podem ser considerados hoje em dia como produtos para os olhos.

— Tem toda razão... para não mencionar o que costumavam chamar de "pessoas doces"... as pessoas belas.

— Incrível. Onde eu poderia arrumar um *penny?*

— Fora do movimento clandestino aí? Não tenho a menor idéia. Use a frase de código para iniciar o contato e depois tentar obter um *penny*.

• • •

Com o mapa no banco, ao seu lado, Paul tentou descobrir seu primeiro contato no movimento subterrâneo. Não via ninguém de óculos desde que era garoto. Segundo Straight, a cirurgia a laser nos olhos de Kirk Quinn não dera resultados. Mas o fato de usar óculos não prejudicava o trabalho atual de Quinn. Embora ninguém, fora do movimento clandestino, soubesse quem ele era, sua obra era vista e comentada por milhões de pessoas em Los Angeles, todos os dias.

Paul pegou a auto-estrada de Santa Monica e seguiu para oeste, a caminho da Venice-on-the-Ocean, reconstruída depois da guerra. Ali, localizou uma rua com prédios de alvenaria de um só andar, alojando instalações cinematográficas pós-produção.

Estacionou a alguns quarteirões de distância. Teve a impressão de que não atraía qualquer atenção ao percorrer a distância até os prédios. Ali, numa placa na entrada, encontrou "K. Quinn", relacionado como editor independente, instalado no conjunto J, o penúltimo.

A porta estava trancada. Tinha um olho mágico. Havia uma janela pequena na parede ao lado, com a cortina fechada. Paul apertou o botão do interfone.

— Não estou aceitando nenhum trabalho por enquanto — avisou uma voz, no meio da estática.

— E se eu fosse amigo de um amigo?

— Ainda assim não estou aceitando nenhum trabalho.

— Quero apenas conversar.

— Estou muito ocupado.

— E se eu fosse da Organização Nacional da Paz, com um mandado judicial para revistar a área?

— Neste caso, eu o convidaria cordialmente a entrar. Levante sua identificação para o olho mágico.

A porta foi aberta quase que no instante seguinte, por um homem baixo, pálido, calvo, de trinta e poucos anos, com óculos de aros pretos. A desarrumação lá dentro era total, com pratos, copos e equipamentos por toda parte. Paul também viu uma chapa elétrica e uma panela suja.

— Você mora aqui também? — perguntou ele, apertando a mão de Specs.

— Um arranjo criativo. Meus aposentos ficam atrás daquela cortina. Seu mandado judicial também inclui meus aposentos?

Specs pegou uma cadeira dobrável atrás da geladeira e armou-a para Paul. Sentou na beira do balcão, depois de empurrar algumas coisas para o lado.

— De que sou suspeito agora? O que deseja de mim?

— Você é suspeito de ser o projecionista que vem adulterando cartazes e mudou o letreiro de Hollywood.

— *Holy*wood, você diz? — indagou Specs, sorrindo.

Paul confirmou com um aceno de cabeça.

— Como conseguiu?

— Só um *hacker* poderia fazer isso. Adoro o termo *projecionista*, embora seja arcaico e inadequado. Esses visuais de alta tecnologia são sempre controlados por computador. Por isso, se alguma pessoa quisesse interferir com as imagens, teria de conhecer o funcionamento dos aparelhos. Pelo menos o suficiente para acessá-los e alterar as projeções. Teria também de preparar os equipamentos para reverter... ou posso dizer consertar... o esquema cada vez que alguém tentar anular a nova programação.

— Fingirei que compreendi tudo. E pergunto se é isso que encontrarei em seus computadores, se quisesse confiscá-los e mandar que fossem examinados.

Specs passou a mão suja pela careca reluzente.

— Se eu tivesse a inteligência necessária para fazer o que acabei de descrever, não acha que também teria a capacidade de codificar a programação para que ninguém pudesse descobri-la?

— Não sei muito a respeito, mas eu diria que alguém em seu nível seria capaz de decifrar.

— Seria um desafio e tanto para os dois lados. Seu suspeito tentando evitar que alguém descubra e o outro lado empenhado em decifrar o código.

Paul entrelaçou os dedos atrás da cabeça.

— Portanto, com você não querendo admitir que é o culpado, enquanto nós somos incapazes de encontrar qualquer prova em seus equipamentos, temos um impasse?

— Se persistirem as variáveis.

— E se houvesse outra variável? Se eu lhe dissesse que sou seu irmão em Cristo, e que só não tenho um *penny* para provar porque ainda não entrei em contato com a liderança do movimento clandestino?

Specs inclinou a cabeça para o lado e cruzou os braços.

— Neste caso, temos um enigma.

— Como assim?

— Se eu fosse quem você pensa que sou, haveria de querer tanto que isso fosse verdade que me revelaria. Mas se você não for quem diz que é, minhas palavras me condenariam.

Paul inclinou-se para a frente, os cotovelos apoiados nos joelhos.

— Eu sou quem digo que sou. Pode acreditar, porque falo em nome do Cristo ressuscitado, que disse "Meu propósito é dar a vida..."

— "... em toda a sua plenitude". — Specs balançou a cabeça. — Então você é o tal homem?

— Que homem?

— Pode imaginar como está se espalhando a notícia de que temos um contato nos altos escalões.

— Sou eu.

Kirk Quinn tirou os óculos e pôs em cima do balcão. Cobriu o rosto com as mãos e começou a chorar. Paul levantou e pôs a mão em seu ombro. Specs segurou-a, e puxou-o para um abraço apertado.

— Há muito tempo que nos sentimos muito sozinhos, completamente isolados.

— É uma honra conhecê-lo, senhor. — Depois de uma pausa, Paul acrescentou, imitando John Malkovich em *A Rota da Fuga (Con Air)*: — Adoro o seu trabalho.

Isso fez com que Specs risse. Ele enxugou o rosto e tornou a pôr os óculos. Tirou do bolso e entregou a Paul um cartão com o número de seu celular.

— O trabalho de interferência é constante. Infelizmente, é mais ou menos fácil anular meus protocolos para reversão de uma nova programação.

— Não estou entendendo.

— Sei que eles estão tentando mudar o que eu fiz, e por isso preparo um novo programa. Mas isso é apenas um pequeno estorvo para eles, que logo reconstroem uma nova plataforma para a operação. Preciso me manter sempre atento a isso e recomeçar tudo. E com bastante freqüência, várias vezes por dia.

— Por que não podem prever o que você vai fazer e tomar providências para tornar impossível a sua interferência?

— Quer saber a verdade?

— Claro.

— Não é nada humilde.

— Pode falar.

— Eles não são tão bons quanto eu.

Paul relatava a Specs o perigo para Loyola e South Central quando ouviu um zumbido na cabeça.

— Com licença, Sr. Quinn.

Ele virou-se para a porta. Comprimiu os dedos.

— Paul falando.

Era Ranold.

— Onde quer que você esteja, vá para South Central.

— O que está acontecendo?

— Trate de se apressar. Gostará de ver o que vamos fazer.

Ele deu o endereço. Paul disse a Specs para alertar as pessoas em Loyola.

— Tenho de correr.

Specs balançou a cabeça concordando.

— Rápido.

Paul sorriu.

— Rápido.

Ele foi pegar seu carro. Encontrou um tráfego intenso no outro lado da nova Marina del Rey, e por isso demorou uma hora para chegar a South Central. Ali, encontrou o sogro no meio de um grupo de militares, em uniformes de combate, trocando congratulações pelo sucesso do ataque, que resultara na morte de cinco cristãos, com seis feridos e doze capturados. Quando notou a presença de Paul, Ranold foi ao seu encontro, com a mão levantada. Paul ignorou o gesto.

— Ranold, como passamos da suspeita de uma pequena célula reunida aqui para tamanho holocausto?

O sogro ficou vermelho. Irritado, inclinou-se e murmurou no ouvido de Paul:

— Nunca mais me questione na presença de meus subordinados, escoteiro. E devia se sentir orgulhoso de ser parte disso. O que há com você?

— É comum para os fanáticos andarem armados? Eles responderam ao fogo?

— Você nunca esteve bastante perto da ação para ver mais do que uma bola de fogo vindo em sua direção. Trate de crescer, Paul.

Uma figura alta e esguia, em uniforme de combate, desligou-se do grupo e aproximou-se. Paul demorou um instante para registrar que era uma mulher. *Só pode ser Balaam.* Ele estava cego quando lhe fora apresentado no Rose Garden.

— Olá, Dr. Stepola. — Ela estendeu a mão ossuda de que Paul se lembrava. — É um prazer tê-lo a bordo.

Paul apertou a mão estendida, enquanto recordava a presunção em sua voz quando garantira que tornaria "pouco saudável" ser um cristão. Os olhos de Balaam deixaram-no hipnotizado. Como os cabelos, eram prateados. Pareciam pulsar e mudar de posição a todo instante, como poças de mercúrio. Também davam a impressão de sugar os pensamentos de sua cabeça. Ela parecia quase inumana.

— Passou por momentos difíceis na Terra do Golfo.

— Não tão difíceis quanto tiveram aqueles que morreram. Tive sorte.

— Muita sorte — concordou Balaam. — E com a orientação de seu sogro, esta operação também terá muita sorte.

— Não duvido.

Os soldados embarcaram em seus veículos. Chamaram Ranold e Balaam.

— Venha conosco, Paul — convidou Ranold.

— Estou seguindo uma pista. Tornaremos a nos encontrar esta noite.

Paul voltou para seu carro, angustiado. Ligou para Straight.

— Acabo de ser informado — disse Straight. — Aquelas pessoas não estavam armadas, não tinham qualquer munição. Pelo que sabemos, preparavam-se para sair quando foram atacadas.

— Quem restou, Straight? Com quem posso fazer contato agora?

— Quinn deve saber. Já falou com ele?

— Tivemos um encontro há pouco tempo... Essa não!

— O que foi, Paul?

— Um dos cartazes acaba de ficar escuro.

— Não se preocupe com isso. Eles restabelecem o cartaz original, mas Specs logo providencia uma nova interferência. Ligue para ele.

Paul ligou, mas não obteve resposta. Precisava ter certeza de que Specs alertara a facção de Loyola sobre o que acontecera em South Central, e comunicara que eles podiam ser o próximo alvo.

O tráfego já não era mais tão intenso. Paul notou, durante o percurso, que todos os cartazes de filmes haviam se apagado. Specs assistira ao noticiário? Aquilo era sua tentativa de uma manifestação, um tipo de memorial? Ou ele resolvera escapar, por sua própria segurança? Teria abandonado o estúdio?

Paul fez um esforço para deixar de pensar no pior. Specs estava apenas muito ocupado.

Ocupado demais para atender a ligação.

30

PAUL CONTINUOU A telefonar para Kirk Quinn, enquanto seguia para Venice. Foi parar no estacionamento na frente do conjunto J. Sentiu um aperto no coração ao deparar com pessoas aglomeradas junto da porta.

— SOU da ONP — anunciou ele, enquanto abria caminho pela pequena multidão.

Um enorme buraco fora aberto na porta, no lugar em que ficava a maçaneta. A pequena sala dava a impressão de ter sido atingida por uma tempestade. Todos os computadores e monitores haviam sido destruídos.

E no chão, perto da parede dos fundos, o corpo de Specs estava caído, no meio de uma poça de sangue vermelho escuro, os olhos arregalados, sob as lentes grossas dos óculos, os dentes à mostra, a garganta cortada de orelha a orelha.

Paul sentia-se nauseado e trêmulo, mas forçou-se a tirar um bloco e uma caneta do bolso, e pôs-se a perguntar às pessoas o que havia acontecido.

— Um grupo de comandos — informou um jovem. — Chegaram em três ou quatro jipes militares. Explodiram a porta e entraram gritando. Ouvi o barulho de coisas quebradas, muitos berros. E, depois, eles foram embora. Não devem ter ficado mais de trinta segundos. Aquele homem de óculos está bem?

Paul acabara de conhecer Quinn, mas sentia que perdera um irmão querido. *Que desperdício! Que trágica perda!*

• • •

O perigo deveria ser óbvio: um carro do escritório local da ONP, agora sob controle de uma agressiva agente de Washington, que não confiava em ninguém, muito menos em seus concorrentes. Paul era um agente que fora ferido duas vezes, considerado um herói na agência; e se tornava uma ameaça ainda maior por ser o genro de Ranold Decenti. Era evidente que Bia Balaam nunca daria a Paul a oportunidade de se mostrar mais competente, de seguir sua própria liderança, talvez efetuar prisões. Ela insistiria em saber o que Paul fazia em todas as ocasiões, para ter certeza de que ele não questionaria sua autoridade.

• • •

Com a atenção dos espectadores ainda focalizada na destruição no estúdio de Specs, Paul ajoelhou-se e revistou debaixo de seu carro. Encontrou um dispositivo de rastreamento, por trás da roda dianteira direita. Onde poderia deixá-lo? No final da quadra, havia um carro amarelo, que dava a impressão de circular muito, dia e noite. Acompanhá-lo manteria os monitores ocupados, embora fosse improvável agora, com os ataques começando — e bem-sucedidos — que Balaam tivesse mais tempo para dedicar a Paul. De volta a seu carro, ele ligou para Harriet Johns.

— Adivinhe o que aconteceu — disse ele. — O exército pegou o projecionista dos cartazes.

— Estou aqui no local.

— Era de imaginar. Avisaram você, um deles, mas só há poucos minutos recebemos um comunicado. Parece que Washington espera que entremos na fila, apenas um passo à frente da polícia e da imprensa.

— Não fui avisado — explicou Paul. — Por acaso passei por perto e parei para verificar o que havia acontecido. Segundo testemunhas, o exército abriu um buraco na porta, destruiu tudo e partiu um minuto depois. O corpo ainda continua aqui, estendido no chão, numa poça de sangue.

— Parece horrível.

— E é mesmo. Agora, preciso afastar os curiosos. Vão mandar alguém para cuidar de tudo?

— O legista e a equipe de limpeza do local do crime já estão a caminho. Ei, tenho uma notícia nova! Todos os cartazes de filmes estão sendo restabelecidos. E se passar por Hollywood Hills, dê uma olhada no letreiro.

— Voltou ao normal? — indagou Paul.

— Melhor do que o normal. Você precisa ver para compreender. Suponho que já sabe o que aconteceu em South Central.

— Já sei.

— Levaram os sobreviventes para o Centro Médico King-Drew. Não quer ir até lá para interrogá-los?

— Claro.

— Depois que terminar, gostaria que viesse até aqui para relatar o que descobrir.

Quando chegou ao hospital-prisão em South Central, Paul foi recebido com olhares irritados. Era um lugar que não estava acostumado à presença de agentes do governo.

Paul interrogou três sobreviventes feridos. Mas como pareciam muito desorientados, ele preferiu não se revelar como um companheiro na fé. No centro de tratamento intensivo, encontrou Tyrone Perkins, um jovem negro que tinha o tronco envolto por ataduras, com os monitores registrando seus sinais vitais. Estava consciente. E chorando.

Paul mostrou suas credenciais, e pediu à enfermeira que os deixasse a sós.

— Você é da ONP? — perguntou Tyrone.

Paul acenou com a cabeça em confirmação.

— Eu era seu agente infiltrado no movimento — informou Tyrone, as lágrimas escorrendo pelas faces.

— Nosso agente?

— Eu trabalhava pelo dinheiro. Nunca pensei que aquelas pessoas seriam mortas...

— O que aconteceu, Tyrone? Eles estavam armados?

— Ninguém.

— Não havia armas escondidas em parte alguma?

— Não. Estou morrendo, e as mortes me atormentam. Eram boas pessoas. E fui eu quem as matou...

— Eu também não queria que elas morressem, Tyrone.

O peito do jovem arfou forte. Paul notou pelo monitor que sua pulsação era perigosamente irregular.

— É melhor eu chamar alguém.

— Não! — balbuciou Tyrone. — Mereço morrer.

— Você tinha conhecimento dos outros grupos, Tyrone?

— Não posso dizer... não agora.

A voz saía rouca. Paul tocou na mão enfaixada.

— Se eu o convencesse de que sou um deles, poderia me dizer como encontrá-los, para que eu possa avisá-los?

— Como?

— Quer compensar o que aconteceu? Pois então me diga a quem devo avisar.

— Não posso confiar...

— Pode confiar em mim, Tyrone. Conheço a frase de código.

— Não disse a frase para ninguém...

— Não precisava me dizer. Eu já sabia.

— Pois então diga.

— Meu propósito é dar vida...

Os olhos de Tyrone ficaram imensos.

— ... em toda a sua plenitude. — Ele falou tão baixo que Paul teve de inclinar a cabeça para ouvi-lo. — O porto... Pescadores de Homens...

— Obrigado — murmurou Paul. — Abençoado seja.

Os aparelhos de Tyrone começaram a bipar. O pessoal médico veio correndo.

• • •

Paul voltou ao centro, passando por um enorme comboio militar, que seguia na direção contrária. Foi para Hollywood Hills e viu de novo o letreiro famoso. Dizia agora "Hurra para Hollywood". Motoristas buzinavam e acenavam ao passarem.

A cena deixou-o cheio de tristeza e raiva. Sentia-se nauseado pelo que testemunhara naquela tarde. *Alguma vez fui tão ruim assim?* Ele temia que sim. Fora maravilhoso puxar o gatilho em San Francisco; sentia-se justificado por matar cristãos. Acuara Stephen Lloyd, e depois assistira sem levantar um dedo enquanto Donny Johnson espancava-o até a morte. Até mesmo o agente Jefferson mostrara-se ofendido.

— O que há de errado com você? — indagara ele.

E Paul teria acertado um tiro na cabeça daquele garoto mexicano se não soasse antes a sirene de advertência. *Eu agia por raiva, não por desumanidade. Ou pelo menos torço para que tenha sido isso.*

Sentia-se repugnado pelo assassinato brutal de Specs por Balaam... e pelo fato de que o sadismo de suas "intervenções" em Washington passasse a ocorrer aqui, num cenário mais público. Paul orou para se manter bastante calmo, a fim de causar algum impacto positivo no que parecia ser uma situação desesperadora. E seu sogro... Ranold era impiedoso, como Paul sabia muito bem. Como conseguiria suportar a exultação sanguinária durante todo o tempo em que ficaria ao seu lado na casa de Tiny? Se Paul não fosse capaz de reprimir sua repulsa, que suspeitas isso poderia despertar? Já provocara a ira do velho naquela tarde. *Talvez Ranold mantenha-me por perto para poder me vigiar melhor. Será que foi ele quem pegou a carta de meu pai?*

Mesmo assim, Paul não podia manter-se quieto diante das mortes. *Terei de conservar a coragem de minhas convicções, permanecer firme na fé e correr os riscos.*

Como Jae pudera viver na mesma casa que um monstro como Ranold? Paul sentiu uma súbita vontade de falar com ela. Jae não atendeu no celular. Ele deixou um recado, e ligou para a sogra.

— Jae não está.

— Onde ela foi?

— Não sei. Mas direi que você ligou. Ela estará ausente por alguns dias.

— Em que lugar?

— Ela não me disse. Mas tenho certeza de que vai me ligar.

— Então deixe-me falar com as crianças.

— A diferença de horário é de três horas, Paul. As crianças já foram dormir.

• • •

Paul nunca se sentira tão sozinho. Era tarde demais para tentar encontrar os Pescadores de Homens no porto; os mercados abriram ao amanhecer e fecharam cedo. A esta altura, já passava da hora do jantar. Ele lembrou que Harriet Johns lhe pedira que fosse ao escritório. Seguiu para o escritório local, convencido de que ainda a encontraria ali. Até pouco tempo antes, Paul considerava-a com o maior respeito. Era uma mulher que subira pelos próprios méritos, e conquistara a admiração de seus agentes.

Sua sala, pintada com um verde burocrático, ficava num canto do quarto andar. Ela recebeu-o com alguma efusão.

— Finalmente me transmitiram a história completa do projecionista — informou ela. — Parecia um vagabundo de praia, em Venice-on-the-Beach, mas estava fortemente armado. Tentaram fazer com que se rendesse, mas ele resistiu. E tiveram de atirar.

Um tiro e tanto. Como se pode cortar a garganta de um homem fortemente armado?

— O que você descobriu em South Central, Paul?

— Não muita coisa. Estou surpreso que você não tenha ido até lá.

Harriet fez uma careta.

— Só iria a South Central num tanque. O ataque será noticiado como uma guerra entre gangues em que inocentes acabaram morrendo. É mais do que verossímil naquela área. A polícia de Los Angeles cuidará de tudo.

— Devo lhe dizer, Chefe Johns, que estou perplexo. Tive a impressão, pela reunião desta manhã, que estávamos em compasso de espera. Mas de repente atacamos um alvo importante. Estão me deixando de fora? O que está acontecendo?

Harriet alteou as sobrancelhas. Ficou olhando para o teto.

— É o envolvimento de Washington... seu sogro, Balaam, e todos os recursos que trouxeram para a operação. O serviço secreto do exército obteve informações suficientes para fechar e intimidar a maior parte do movimento clandestino. Parei de fazer perguntas, Doutor. Talvez eu devesse me sentir constrangida, mas tenho de admitir que eles conseguiram mais nas últimas horas do que nós durante seis meses.

— O que vai acontecer em seguida? Outros alvos?

— Não disponho de informações a respeito, Paul. Washington controla tudo. É o que acontece quando se chama a artilharia pesada. Somos agora apenas infantes, verificando as pistas.

— Chefe, o que aconteceu com o infiltrador em South Central? Todos os envolvidos na força-tarefa precisam saber quem são os infiltradores. Afinal, podemos matá-los sem saber.

Paul temia a possibilidade de já ter confrontado outros infiltradores. Harriet deu de ombro.

— Era apenas um morador das ruas. Um drogado. Prejuízo secundário.

— Eu gostaria de pensar que se tivéssemos alguém dentro do movimento... um agente de verdade... talvez não liquidássemos essas pessoas tão depressa.

— Não está entendendo, Paul. Não somos nós que fazemos isso com essas pessoas. São elas próprias que atraem o que lhes acontece. Quanto à infiltração de um agente de verdade, por que não você?

Infiltração?

— Eu?

— É capaz de falar a linguagem deles.

— É um trabalho muito perigoso.

— Pensei que tivesse sido da Força Delta. Perigo não era uma constante ali?

Paul forçou-se a sorrir. Compreendeu que há muito tempo isso não acontecia.

— Posso lhe adiantar uma coisa, Harriet. Se algum dia eu aceitar uma missão assim, insistiria em ser o infiltrador mais conhecido da história. Haveria de querer que todos em sua equipe soubessem de que lado eu estava, para não mencionar as pessoas na força-tarefa e no exército. Os cristãos nesta cidade têm o hábito de acabarem mortos.

— E mais vão morrer.

Não conte com isso.

• • •

Paul voltou para a casa de Allendo.

— Pode deixar o motor ligado — disse um dos motoristas, quando Paul parou na frente da porta.

O mordomo abriu a porta. Conduziu-o para um salão de jogos. Tiny Allendo jogava cartas numa enorme mesa de feltro verde. Ele e Ranold, com lindas mulheres ao lado, fumavam charuto. Paul reconheceu os outros dois homens à mesa como executivos da L.A. Idea Co. Algumas das mulheres que ele vira antes na piscina jogavam sinuca.

— Sente conosco — disse Tiny, quando viu Paul. — Estamos comemorando. Nem mesmo eu esperava tanto sucesso desde a última vez que conversamos.

— Eu não jogo — respondeu Paul.

Num gesto ostensivo, Tiny deixou as cartas se espalharem sobre a mesa.

— Então também não vamos jogar. No final das contas, preferimos partilhar histórias de guerra, não é mesmo?

— Eu prefiro! — exclamou Ranold, a voz muito alta, já meio embriagado. — Venha nos fazer companhia, Paulie. Que dia, hem?

Paul sentou, incapaz de simular qualquer entusiasmo.

— Foi um dia e tanto.

— Pegaram o vândalo dos cartazes — disse Tiny.

— Eu já sabia — comentou Paul. — Alguma espécie de maníaco de computador?

— Um hacker alucinado... e armado.

— Encontraram alguma coisa em seus computadores?

— Tudo destruído — informou Ranold. — Em pedacinhos. Ninguém jamais conseguirá recuperar o programa de sabotagem.

Era um alívio. Paul presumia que Specs guardava muitas informações sobre seus irmãos e irmãs escondidos em algum lugar dos computadores.

— Ouvi dizer que a polícia de Los Angeles vai investigar — comentou Paul. — Para dissipar o medo do público.

— É melhor eles não se meterem! — gritou Ranold. — Onde você ouviu isso? Não quero saber o que aqueles idiotas de South Central pensam a respeito. Não vamos ficar de braços cruzados e deixar que nos condenem. Que história é essa da polícia de Los Angeles? Vou telefonar agora mesmo...

— Era brincadeira, Ranold. Tenho certeza de que eles ficarão satisfeitos com os restos carbonizados de um arsenal como nenhum de nós jamais viu antes.

— Os locais não investigam os federais, Paul. E você sabe disso. Ao contrário, nós os investigamos. E eu gostaria de saber por que a polícia de Los Angeles nunca descobriu as ameaças que encontramos numa questão de horas.

— Apoiado! Apoiado! — interveio Allendo, levantando o copo.

31

PAUL ARRIOU NUMA das camas mais confortáveis em que já deitara, mas o sono se esquivou. Sentia-se atormentado, sem saber como poderia acabar com o massacre, enquanto servia numa força-tarefa determinada a exterminar os inimigos. Começou a orar pelos fiéis clandestinos do país inteiro, por sua esposa e filhos, até mesmo por Ângela Pass, que sabia que tratara muito mal.

Ó, Deus, por que estou aqui? Não posso testemunhar a chacina de meus irmãos e irmãs. Por favor, avise-me qual é o propósito que tem para mim.

Ele acabou cochilando. Acordou às cinco e meia, surpreendentemente revigorado. Pediu ao criado que comunicasse seu pesar por faltar ao café da manhã, porque tinha um encontro cedo. E mandou que trouxessem seu carro para a porta da frente. Embora ainda não fossem seis horas quando saiu da casa, a torre de água de trinta metros de altura do extravagante chafariz de ouro de Allendo já se projetava para o céu, jogando borrifos em sua cabeça e rosto. Paul experimentou a sensação de que cuspiam nele. Era difícil determinar o que era mais desagradável em Tiny Allendo, em meio a todos os seus infames excessos. Mas aquele chafariz não podia deixar de ocupar um lugar de destaque na lista.

Paul não podia deixar de admitir que ser servido com toda atenção e presteza, ter o carro levado para a garagem e trazido até a porta por alguém, eram privilégios agradáveis. Mas aquilo não era a vida real. Quem vivia assim? Pessoas que não mereciam, concluiu ele.

Paul ajustou o GPS e seguiu para o porto. Ao alcançar o quebra-mar que protegia a enseada, ele compreendeu no mesmo instante que não seria uma tarefa fácil. Os armazéns e cais formavam uma parede que se estendia por quilômetros e quilômetros.

Como acontecia quase todos os dias, o porto já estava em plena atividade. A Baía de San Pedro tinha navios do mundo inteiro, atracados ou manobrando para descarregar peixes e outras mercadorias. Em qualquer outra ocasião, Paul teria adorado o cheiro de maresia e de peixe. Mas parecia que ele atraía a desgraça para seus irmãos, e torcia para não estar condenando aquele grupo apenas por procurá-lo.

O sedã comum não atraiu qualquer atenção, enquanto ele avançava para a área mais movimentada. Estacionou numa rua transversal e continuou a pé. Nenhuma das placas oferecia uma pista, mas ele também não esperava que alguma anunciasse ostensivamente os Pescadores de Homens. Enquanto o sol subia pelo céu, o suor aflorou em sua testa. A missão parecia inútil. Paul calculou que se encontrava a uns seis ou sete quilômetros de seu carro quando uma placa o fez parar.

Era um prédio de metal, azul e cinza, enferrujado em alguns pontos, num píer que se projetava pela água. Não havia qualquer indicação na frente, mas uma placa pintada à mão, por cima da porta de serviço, no lado, dizia "Sapiens Fisheries". *Uma hábil insinuação.*

Ele bateu na porta, firme, o som metálico ressoando pela beira da água.

— Está aberta!

Os aromas que seduziam Paul lá fora deixaram-no nauseado num espaço fechado. O lugar fedia. O chão de concreto imundo levava a um balcão de aço e madeira, que continha balanças de todos os tamanhos. Havia uma empilhadeira perto de um enorme lençol de plástico, que separava a frente da plataforma de carga nos fundos, onde as cargas de peixe deviam ser descarregadas.

O interior do prédio era pouco iluminado. Paul ouvia o som de intensa atividade nos fundos, mas a única pessoa na frente era um homem corpulento, provavelmente próximo dos 30 anos. Usava uma capa e botas. Os cabelos louros sujos saíam de baixo de um boné seboso, úmidos e emaranhados. Tinha uma barba meio ruiva, e os lábios eram quase inexistentes.

— Não parece um pescador — disse o homem. — E todas as licenças estão em dia. Portanto, o que deseja?

— Vocês são pescadores de homens, não é?

Barba Ruiva hesitou.

— Na verdade, somos apenas trabalhadores comuns, descarregando para um corretor de peixes que serve a comerciantes locais... peixarias e restaurantes. Em que posso ajudá-lo?

— Dr. Paul Stepola. — Ele estendeu a mão. — De Chicago.

— Barton James. — O homem tirou as luvas molhadas antes de apertar a mão estendida. — Em que posso ajudá-lo?

— Meu propósito é dar vida...

Barton empalideceu.

— ... em toda a sua plenitude — arrematou ele, sorrindo. — Você me deixou apavorado. Acho que há anos ninguém passa pela porta lateral. Pensei que havíamos sido descobertos. Todo mundo está nervoso agora, depois do que aconteceu ontem. Perdi um amigo em South Central.

— Aquilo foi terrível.

— Uma abominação. Venha conhecer os outros lá atrás.

Barton passou pelo plástico pendurado, para uma área de armazém com caixotes empilhados. O lugar recendia a peixe podre. Ele sorriu à careta de Paul.

— Desencoraja os visitantes.

Havia cerca de doze pessoas na plataforma de carga, a maioria com menos de 30 anos, descarregando um caminhão.

— Eles estão quase acabando.

Barton puxou uma placa de madeira compensada, que revelava a escada de uma área oculta.

Desceram por uma escada de madeira estreita, que parecia terminar numa sala de caldeira. Por trás de uma parede de madeira havia um compartimento grande, sem janelas, com móveis diversos, que a maioria das pessoas teria rejeitado. Uma velha com um xale estava sentada ali, com uma Bíblia aberta no colo. Um homem idoso parecia estar estudando um comentário. Escrevia anotações.

— Nossos mestres — disse Barton, apresentando o casal a Paul como Carl e Lois. — Carl era um pastor antes da guerra. Tem uma coleção de Bíblias e outros livros que seria suficiente, por si só, para mantê-lo na prisão pelo resto de sua vida.

— Eles que venham — resmungou Carl, erguendo os punhos, como um pugilista. — Eu deveria mesmo...

Lois sorriu, acenando com a mão para interromper a tirada.

— É maravilhoso que você tenha uma biblioteca — comentou Paul.

— É valiosa em nossa missão. Trabalhamos com obras impressas. Fornecemos literatura impressa à maior parte dos outros grupos no oeste.

— Fico surpreso que eles precisem — comentou Paul. — Pode ser difícil obter um documento original. Mas depois que os grupos conseguem... por seu intermédio ou de outras fontes, através da Internet... não podem tirar tantas cópias quanto quiserem?

— Algumas coisas, claro que sim. Volantes, folhetos, até mesmo cópias de livros para distribuição... é o que todo mundo... mas temos aqui um produto oficial. Já viu algum livro da época anterior à impressão por computador?

— Duvido. Quando foi isso?

— Há setenta ou oitenta anos. Posso lhe garantir que são muito diferentes.

Lois folheou a Bíblia e tirou um pequeno folheto.

— Este é um dos nossos trabalhos — disse ela. — Pode ver que é a duas cores... sei que os computadores podem imprimir milhões de cores... mas procure senti-lo. Feche os olhos e passe os dedos pelo papel.

Foi o que Paul fez.

— As letras são comprimidas contra o papel.

— Isso mesmo... e é o motivo pelo qual chamam de impressão tipográfica. É um método muito antigo de impressão, de um tipo que pode ser feito sem computadores, sem impressoras... até mesmo sem eletricidade, se for necessário. Por isso, é tão valioso. Acreditamos que, muito em breve, o mundo será bastante diferente do que é agora.

— Depois do Arrebatamento.

— Talvez não imediatamente depois. Mas se você leu sobre todas as coisas que estão para acontecer, não é difícil imaginar que os equipamentos eletrônicos se tornarão inúteis em algum momento.

— É verdade.

— Mas essa não é nossa razão imediata para usar a impressão tipográfica na Operação Breve. Achamos que se as pessoas encontrarem publicações assim, hoje ou depois do Arrebatamento, vão querer preservá-las, mesmo não sabendo o que são. Se uma coisa é fora do normal, agradável no contato, bonita ainda por cima, é evidente que alguém teve bastante trabalho para criá-la. Obviamente, deve ter algum valor. Por isso, tentarão ler... e esperamos que também queiram guardar.

— Uma boa teoria — declarou Paul. — Sei que eu não jogaria fora uma obra assim.

— Vou mostrar a prensa — disse Barton.

Ele levou Paul para o fundo da sala, onde havia uma cortina. A máquina de impressão estava no outro lado.

— É difícil encontrar peças, tintas, óleo lubrificante, essas coisas, mas funciona muito bem.

Paul estendeu a mão para tocar nas placas de impressão, mas Bart deteve-o.

— Não faça isso. O óleo em seus dedos pode estragar a impressão.

— Desculpe.

— Podemos não ser tão produtivos quanto as pessoas em Detroit, mas fazemos a nossa parte. Reservamos o prelo, é claro, para projetos especiais. Fazemos a maior parte dos folhetos... e também as transmissões... por computador. E agora, com todos os problemas recentes, estamos realizando uma grande campanha.

Barton mostrou pilhas de folhetos.

— Vamos distribuir uma parte para os outros grupos e inundar Los Angeles com o resto.

Os folhetos tinham como título "Como Arriscamos Nossas Vidas Por Vocês". O texto declarava, expressamente, que os cristãos clandestinos de Los Angeles não tinham armas, e nunca teriam. Paul leu o trecho: "O massacre de fiéis secretos é genocídio, puro e simples. Não somos uma ameaça para o governo, ou para o *status quo*. Apenas acreditamos que Deus é real, que Jesus está vivo, que morreu pelos pecados do mundo e que virá de novo, em breve. Insistiremos em espalhar nossa fé até que não reste mais nenhum de nós".

O folheto era concluído com vários versículos da Bíblia, explicando como uma pessoa podia receber Cristo e ser perdoada de seus pecados, com a certeza de uma vida com Deus para a eternidade.

— A penalidade por distribuir esse texto é a prisão — comentou Barton.

— E para criá-los é a morte — acrescentou Carl.

— Não sei do que eles têm medo — murmurou Lois. — Estamos falando apenas sobre o livre intercâmbio de idéias.

— Mas são idéias perigosas — ressaltou Paul. — Não se pode deixar de admitir. Estudei religião, e há um longo legado de atrocidades relacionadas com a religião ao longo da história da civilização.

— Mas religião e o verdadeiro cristianismo são duas coisas totalmente diferentes.

— Isto é óbvio. Mas é importante sabermos de onde vem nossa oposição, qual é sua disposição. O pavor deles é o que a verdadeira espiritualidade e a fé podem fazer com as pessoas. Levadas a extremos, têm resultado em guerras.

Os trabalhadores da plataforma de carga começaram a descer. Foram apresentados a Paul. Eles tiraram as luvas e casacos molhados. Sentaram no chão.

— Trago saudações de seus irmãos e irmãs na Terra Central — disse Paul. — Eles estão orando por vocês.

— Não ouvimos as manifestações deles por South Central — disse Barton. — Um contato costuma transmitir suas mensagens.

— Quinn? — indagou Paul.

— Isso mesmo. Specs.

Outros sorriram e balançaram a cabeça.

— Tenho más notícias.

Paul informou-os sobre Specs. Todos ficaram atordoados. Alguns cobriram o rosto e choraram.

— É uma perda e tanto — murmurou Barton, a voz embargada. — Tudo o que ele sempre quis foi ajudar as pessoas e espalhar a fé. O que vamos fazer? Não podemos permanecer escondidos por muito mais tempo. Nem queremos. Mas se vão lançar o exército contra nós, que chance temos? Estamos numa posição de fraqueza total. Não temos nada para resistir.

— Precisamos fazer alguma coisa de impacto — interveio Carl. — Algo que atraia a atenção da nação. Temos de frustrar esse exército, a menos que queiramos que mais de nós sejam exterminados.

Barton levantou-se.

— Os ensinamentos de Carl nos últimos meses nos levaram ao ponto em que estamos, prontos para nos projetarmos, porque acreditamos em nossa causa. Se vão nos matar de qualquer maneira, só porque espalhamos a palavra sobre Jesus, podemos muito bem levar alguns conosco. Concordo que temos de fazer alguma coisa para retardar a campanha do exército. Se não o fizermos, não estaremos aqui por muito mais tempo.

— Os vários grupos terão de se unir — declarou Paul. — Tem de haver alguma força nos números.

— Mas não somos adversários para o exército.

— Gideão também não era — lembrou Paul. — Não é o poder que faz com que tudo seja certo, nem o governo. Temos Deus do nosso lado, e precisamos dele para nos proporcionar a vitória, como aconteceu com Gideão.

O velho Carl levantou-se.

— Gideão é um modelo perfeito, pessoal. Deixem-me lembrá-los de sua história.

Ele virou apressado as páginas da Bíblia, e começou a ler:

Então o Anjo do Senhor lhe apareceu, e lhe disse: O Senhor é contigo, homem valente.

Respondeu-lhe Gideão: Ai, senhor meu, se o Senhor é conosco, por que nos sobreveio tudo isso? E que é feito de todas as suas mara-

vilhas que nossos pais nos contaram, dizendo: Não nos fez o Senhor subir do Egito? Porém, agora o Senhor nos desamparou, e nos entregou nas mãos dos midianitas.

Então se virou o Senhor para ele, e disse: Vai nessa tua força, e livra Israel da mão dos midianitas; porventura não te enviei eu?

E ele lhe disse: Ai, senhor meu, com que livrarei a Israel? Eis que a minha família é a mais pobre em Manassés, e eu o menor na casa de meu pai.

Tornou-lhe o Senhor: Já que eu estou contigo, ferirás os midianitas como se fossem um só homem.

— Os israelitas foram libertados do cativeiro no Egito — continuou Carl. — Mas quando esqueceram e desobedeceram a Deus, caíram sob o jugo dos midianitas, que os atormentaram durante sete anos. Quando Deus chamou Gideão de herói, e lhe disse para ir com a força do Senhor, muitas pessoas não sabiam o que era isso. Gideão mobilizou um exército de 32 mil homens.

Carl fez uma pausa.

— Deus lhe disse que eram muitos. Se ele vencesse com um exército tão grande, os israelitas assumiriam o crédito pela vitória. Por isso, ele disse a Gideão que mandasse que todos os homens assustados ou com medo fossem embora. E 22 mil se retiraram. Ficaram apenas dez mil. Lembrem-se que teriam de enfrentar um exército de 135 mil homens. Mas Deus disse que ainda eram muitos. Gideão recebeu a ordem de levar os dez mil homens para uma fonte. Os que ficaram de quatro e enfiaram a boca na água foram mandados para casa. Só trezentos recolheram a água com as mãos. E eles se tornaram o exército de Gideão.

Carl olhou para os presentes, enquanto concluía a história:

— Quando Gideão atacou os midianitas, eles ficaram tão assustados que 120 mil mataram uns aos outros. Os restantes quinze mil fugiram pelo deserto. E Gideão foi atrás deles. Não sei como Deus vai usar o que restou dos fiéis em Los Angeles para derrotar o exército. Mas creio que o Senhor fará com que sejamos como os homens de Gideão, bravos e dispostos a fazer tudo o que for necessário. E o Senhor vencerá a batalha.

32

BARTON JAMES acompanhou Paul até o carro.

— Se fizer a ronda, cumprimente os outros por nós — disse ele. — E avise que estamos dispostos a morrer pela causa.

— Espero que isso não seja necessário — murmurou Paul.

— Devo informá-lo de que estamos planejando um espetáculo sensacional para o final da tarde, ao crepúsculo.

— Devo saber?

— Claro que deve. Não é exatamente como Gideão, mas será extraordinário. Temos acesso a um avião-robô, que posso controlar do solo. Ou melhor, da água. Decola e pousa na baía. Vamos cobrir a cidade de panfletos, torcendo para que o avião não seja derrubado. Se isso acontecer, perdemos um aparelho caro, mas nenhuma pessoa.

— Tenho de reconhecer que é um plano audacioso — comentou Paul. — Mas o que acontece se você for apanhado?

— Estarei metido na maior encrenca.

— Ficará numa situação crítica.

Uma pausa, e Paul acrescentou:

— Não é o tipo de ação que vai impedir o exército de massacrar os fiéis. Mas gosto da idéia. É ousada, e espalha a notícia. Algum de vocês já foi apanhado?

— No nosso grupo, ninguém. Embora numa ocasião tenha sido por pouco. Três dos nossos foram perseguidos a pé uma noite, por quase um quilômetro. Conseguiram escapar sem mostrar o rosto... e esperamos que sem ter levado ninguém até nós. Há fiéis morrendo em outros estados como aqui?

— Não nesta escala — respondeu Paul. — Tem havido mártires. Mas usar o exército é uma iniciativa terrível e sem precedentes. Parece que o governo decidiu travar uma guerra total contra nós. Os mais tímidos começam a nos deixar, como se pensassem que há uma possibilidade de não sobreviverem.

— Não há tímidos por aqui, senhor — garantiu Barton. — Este não é um movimento para os que ficam em cima do muro.

— Seria ótimo se descobríssemos alguma coisa ao estilo de Gideão, Barton. Algo que aglutine todas as pessoas e demonstre que Deus vai atuar por intermédio delas, até para frustrar o poderio do exército. O que deixaria esta cidade de joelhos?

— Ao voltar, vou orar pela cidade — murmurou Barton. — E orar para que Deus lhe dê uma idéia.

— Talvez a idéia seja dada a você.

— Não tenho esse tipo de mente, senhor. E não preciso desse fardo. Mas pode apostar que o ajudarei a pôr em prática a idéia que tiver.

— Teve uma idéia para esta noite, não foi?

— Quer saber a verdade? A idéia foi de Lois.

• • •

Enquanto comia, sentado no carro, no estacionamento de uma lanchonete, Paul recebeu um telefonema da sogra.

— Jae pediu que eu ligasse. Lamentou ter perdido seu telefonema e pediu que informasse que vai ligar para você assim que puder.

Será mesmo? Não é uma atitude comum de Jae.

— Sabe onde ela está?

— Não. Ela ainda não me disse.

O que também não é típico de Jae.

— Imagino que seu marido a mantém informada sobre o que está acontecendo aqui.

— Não tenho notícias dele quando viaja a trabalho. Ranold fica ocupado com reuniões de alto nível, de manhã à noite. Mas tenho certeza de que ele me contará tudo quando voltar.

Paul ligou para Straight, que atendeu ao primeiro toque da campainha. Parecia arrasado.

— Qual é o problema? — perguntou Paul.

— Quer dizer que você ainda não sabe?

Straight parecia tão angustiado que não conseguiu falar mais nada.

— Não precisa se apressar, amigo.

Enquanto esperava, Paul foi trocando os canais de seu computador de bolso, até encontrar um *site* de notícias. *O quê?* O exército atacara a área da antiga Universidade Loyola Marymount, em Westchester, a poucos minutos do aeroporto de Los Angeles. Depois de um longo momento, Straight recuperou o controle, o suficiente para informar:

— Ligações lá de dentro, Paul, pouco antes da invasão, informaram que havia cerca de duzentas pessoas lamentando os mortos de South Central. Estavam numa capela improvisada, e não havia qualquer arma no local. A liderança viu a concentração do exército e tentou negociar. Mas não houve qualquer negociação. As pessoas foram fuziladas na porta assim que saíram do prédio para a tentativa de conversar. Depois, o exército arrasou o local. Aquelas pessoas foram massacradas.

Paul meteu no saco o resto da comida e partiu em disparada. Condenava a si mesmo por não ter encontrado uma maneira de alertar os fiéis em Loyola. Pedira a Specs que os procurasse, mas ele não devia ter conseguido falar a tempo.

O tráfego estava engarrafado. A distância, já se podia avistar a fumaça preta turbilhonando por cima do local do massacre. Finalmente, Paul largou o carro e correu por quase dois quilômetros até o local. Ofegante e suado, encontrou o sogro ao lado de Bia Balaam, com um repórter de uma rede de televisão estendendo um microfone.

— Estamos falando ao vivo com Bia Balaam, chefe do comando tático, e com o General Ranold Decenti, herói da III Guerra Mundial e agora consultor militar da nova Força-Tarefa Nacional Anticristã. Chefe Balaam, o que aconteceu aqui?

— Nosso serviço de informações vinha monitorando as atividades subversivas anti-americanas de uma facção fortemente armada e perigosa de fanáticos religiosos, com mais de mil pessoas, que planejava assumir o controle de Los Angeles e depois de Pacífica. Cercamos a área antes do amanhecer. Despertamos a liderança e mandamos que se rendessem sem qualquer resistência. Prometeram que conversariam com seus companheiros, para encontrarem uma solução amigável. Demos um prazo até meio-dia para que se rendessem e entregassem as armas.

Balaam fez uma pausa.

— Como não houvesse mais nenhuma comunicação dos subversivos, tratamos de nos preparar para o pior. Um minuto depois de esgotado o prazo, eles abriram fogo contra as nossas forças. Fomos obrigados a nos defender. Felizmente, não sofremos baixas, nem mesmo feridos. Ao que tudo indica, eles viraram suas armas contra si mesmos. Fomos obrigados a recuar, enquanto eles bombardeavam e queimavam os prédios, matando a si mesmos.

— Quantos mortos espera?

— Várias centenas.

— General Decenti, o que tem a dizer sobre o testemunho de moradores da área, segundo os quais os soldados só chegaram depois de onze e meia e o senhor apareceu apenas um momento antes da batalha?

— Eles estão enganados. Cheguei antes do amanhecer. Devem ter me visto chegar de outra área do perímetro, e se equivocaram.

Assim que Ranold ficou livre, Paul confrontou-o:

— Por que não fui sequer informado de que havia um ataque planejado? Estou aqui para interrogar os presos e interpretar suas respostas, para você e os outros, desde que se relacione com o quadro religioso geral. Venho tomando conhecimento desses cercos ao mesmo tempo que o público, e parece que nunca sobra ninguém para interrogar.

— Em primeiro lugar, Paul, esta é uma operação da Chefe Balaam. Em segundo, não se pode considerar que houve cercos. Adoraríamos se essas pessoas reagissem de maneira apropriada, se cooperassem, o que nos permitiria oferecer inúmeras pessoas para você interrogar. Mas são fanáticos, extremistas. Eles não iriam usar a razão, nem tampouco negociar. Ao primeiro sinal de que o governo se aproxima, começam a atirar.

— Atirar?

— É o mesmo tom argumentativo e indignado que você usou em South Central... e ainda se pergunta por que não foi informado de que desfecharíamos um ataque.

— Eu merecia saber. Se não, por que estou aqui?

— Quer a verdade, Paul? Achei que você não tinha condições. Por isso é que Balaam, não você, comanda a operação. Talvez seja por causa de seus ferimentos, não tenho certeza, mas o fato é que você se tornou muito mole. Há meses que está assim, filho. Chegou a hora de dar a volta por cima. Até lá, deve compreender o valor de uma intervenção cirúrgica.

— Intervenção cirúrgica? O que aconteceu aqui foi mais uma carnificina. E é essa a sua idéia de blecaute da imprensa?

Ranold lançou-lhe um olhar fulminante.

— Você é um caso perdido, Paul. Quantas vezes já conversamos sobre o uso da imprensa em nosso proveito? A verdade é a percepção. As pessoas acreditam no que ouvem, especialmente no que sai no noticiário. Era o momento de enviar uma mensagem com um ataque em larga escala... a de que essa subversão religiosa é um câncer, uma ameaça ao nosso próprio modo de vida. Não se pode tolerar a insurreição. Devemos combatê-la... e faremos isso... com toda a nossa força. Devia se orgulhar do que foi feito aqui hoje, Paul. O resto da América vai se orgulhar.

Paul não sabia o que mais falar. Balaam ainda estava ocupada com os repórteres, e pelo menos ele foi poupado de sua arrogância em relação ao ataque. Ele afastou-se, à procura de sobreviventes para interrogar.

Mas não havia nenhum.

• • •

Um dos motoristas acenou com a cabeça para Paul, quando ele passou pelo portão da propriedade de Allendo. Um empregado esperava quando ele parou na frente da casa, agora à sombra do chafariz de ouro, o gêiser que nunca parava. Paul teve de fazer um esforço para manter a cordialidade. O criado informou:

— O jantar continua marcado para sete horas. O Sr. Allendo pediu que o avisasse de que ele e o General Decenti já estão a caminho, e chegarão a tempo.

Foi o que aconteceu. Pelo clima das comemorações, era evidente que apenas Paul tinha um problema com o que acontecera naquele dia. Ranold estava certo. A América orgulhava-se do que haviam feito. Tiny convidara muitos amigos e associados na indústria do cinema. Todos se agruparam em torno da Chefe Balaam, que parecia a lâmina de uma faca num vestido prateado.

Para a festa, Allendo ordenara que os fornecedores não medissem esforços. Todos os tipos de iguarias eram oferecidos, a maioria colorida com o dourado, que era a marca registrada de Tiny. Ranold parecia estar se divertindo como nunca. Devorava torradas com caviar dourado e preto, e tomava champanhe numa taça com a borda dourada. Mas a *pièce de résistance* entre os *hors d'oeuvres* era o *sushi* vivo, pequenos peixinhos dourados que circulavam num aquário no meio da mesa, e que os mais bravos espetavam com pequenos espetos. Paul sentia-se revoltado. Bia Balaam aproximou-se, com um espeto na mão.

— Já pegou um?

— Não — respondeu Paul. — Nem tentei.

— Talvez seja o esporte pelo qual não se interessa.

— Espetar peixinhos dourados num aquário não me parece nada esportivo.

— Parece muito escrupuloso, Dr. Stepola.

— Tento fazer o que é certo, Agente Balaam.

— Tenho certeza quanto a isso. Mas o que mais conta é a capacidade de fazer o que é necessário.

— Pensarei a respeito.

— Espero que pense mesmo. E, por favor, não se esqueça de que sou a *Chefe* Balaam.

• • •

Ao crepúsculo, a atenção dos convidados foi atraída pelo zumbido de um avião.

— Está voando perto demais — comentou Tiny. — Até mesmo os pequenos aviões pessoais são desviados deste bairro.

O som foi se tornando mais e mais alto, até que o zumbido soava diretamente por cima.

— Vou apresentar uma queixa — declarou Tiny. — Prejudicar uma festa dessa maneira... Não sei quem essas pessoas pensam que são, ou quem pensam que nós somos. Afinal, isto não é um mero churrasco em algum bairro da periferia.

Uma nuvem encobriu de repente o céu, que estava escurecendo. Enquanto Paul e os outros observavam, pareceu se desintegrar e flutuar para o solo. Papel caído do céu. Centenas de volantes balançavam no ar.

Alguns convidados soltaram gritos estridentes. Outros pegaram os volantes e leram em voz alta. Citavam milagres, advertiam para a iminência do juízo final e ofereciam a salvação através de Cristo. Tiny gritou ordens, e os empregados puseram-se a correr de um lado para outro, frenéticos, recolhendo os volantes.

Com o rosto vermelho, Balaam exigiu um telefone. Ranold sacudiu o punho para o céu, bradando ameaças de porre. Paul ficou emocionado, mas com medo por Barton. Para esconder seus sentimentos, Paul foi até o chafariz. O fundo estava repleto de volantes encharcados. Os últimos a caírem balançavam na superfície, impelidos pelos borrifos. E um plano aflorou em sua mente... um plano tão claro e completo que ele acreditou que era inspirado por Deus.

Paul sabia o que ele e os fiéis na clandestinidade de Los Angeles deviam fazer.

33

NO DIA SEGUINTE, ao desjejum, Ranold já recuperara o bom humor.

— Fizemos uma grande descoberta ontem à noite, Paul. Nosso pessoal conseguiu localizar o avião que despejou os volantes sobre Los Angeles ontem à noite. Era um aparelho não-tripulado, o que foi possível determinar por meio do reconhecimento de sensibilidade ao calor. Pediram permissão para derrubá-lo, mas a esta altura a maior parte da carga já tinha sido lançada na cidade. Balaam mandou que apenas seguissem o avião até o dono. O aparelho seguiu para a Baía de San Pedro. Nossos homens assumiram posições discretas, para não afugentarem quem controlava o avião.

"Como era de prever, apareceu um num barco para buscá-lo. O único erro que o nosso pessoal cometeu foi o de prender o subversivo antes que levasse o avião para o lugar em que é guardado. Desconfio que poderíamos ter capturado também alguns de seus companheiros. Mas assim que notou que era seguido, ele permaneceu na água e obrigou-nos a segui-lo.

"Um garoto insolente. Frio, articulado. Fedia a peixe. Ainda tinha um suprimento de volantes. Descobrimos mais no barco e no avião. Volantes diferentes, Paul, mas também falando sobre Jesus, a salvação e o juízo final. Quer alguém para interrogar? Ele está à sua disposição."

— Para onde o levaram?

— Ele está numa cela no arsenal.

— Irei até lá agora.

— Ele não vai a parte alguma. Relaxe e termine de comer em paz.

— Não. É melhor eu ir até lá antes que Balaam decida que o homem está armado e é perigoso, e providencie para que ele se mate.

Ranold lançou-lhe um olhar irritado.

— As pessoas mortas mereciam o que tiveram, Paul, a começar por seu amigo Pass. E você sabe disso. A Chefe Balaam, quase que sozinha, reprimiu as seitas subversivas em Washington, algumas bastante virulentas, responsáveis por atos de sabotagem. A morte das cerejeiras... destruir um símbolo nacional e abalar a economia da cidade... foi um ato de guerra, tanto quanto seria a explosão da Estátua da Liberdade. Foi um ato de terrorismo total. É um incêndio do mesmo tipo que estamos apagando aqui em Los Angeles.

— Já esqueceu que ninguém foi capaz de provar que alguém matou as cerejeiras deliberadamente, Ranold? E ainda temos neste país o devido processo legal.

Ranold sacudiu a cabeça.

— Juro, Paul, que estou começando a acreditar que você tem inveja de Balaam. Insiste nas críticas, mesmo depois que conseguimos esmagar duas importantes células terroristas, eliminar o sabotador dos cartazes e prender o insurreto da noite passada. Não percebi a princípio, mas você se desespera porque é ela quem comanda o espetáculo... e muito bem. Você pode ser um herói que sofreu pela causa, mas isto é maior do que o ego de qualquer pessoa... até mesmo o seu. Balaam está no comando porque obtém resultados. Portanto, trate de se controlar e faça o seu trabalho, em vez de criticar seus superiores. Dê um jeito para que o garoto diga onde seu pessoal se esconde. Vamos descobri-los e eliminá-los, como somos pagos para fazer.

• • •

No arsenal, Paul foi levado para uma ala em que os guardas do exército fumavam e conversavam, na entrada de um corredor comprido.

— O garoto é duro na queda, senhor — comentou um dos homens, depois que Paul se identificou. — Duvido que consiga lhe arrancar qualquer coisa.

Na sala de interrogatório, Paul encontrou Barton numa posição fetal, no chão, ainda usando o casaco volumoso, com as mãos algemadas nas costas. A respiração saía em ofegos estridentes.

— Ponha esse homem de volta na cadeira — disse Paul ao guarda. — E tire as algemas.

— Ele nos atacou, senhor. Eu não o aconselharia a fazer isso.

— Tire as algemas e deixe-nos a sós. Se ele me atacar, eu o matarei.

— Gosto do seu estilo.

Com Barton na cadeira, as mãos no colo, Paul mandou que o guarda se retirasse e trancasse a porta.

— Atacou aqueles homens, Barton?

— Claro que não.

Um dos dentes fora arrancado. Um filete de sangue escorria do nariz. Havia um talho por cima de um olho. O sangue ainda escorria atrás da cabeça.

— Quer tirar o casaco?

Barton acenou com a cabeça em aceitação. Paul ajudou-o.

— Fale comigo.

— Você me denunciou? — indagou Barton.

— Claro que não. Ninguém denunciou ninguém. Agora, mantenha a voz baixa. Vim para cá assim que soube. Conte o que está acontecendo.

— Ainda não sabe? Não me deixarão preso aqui. Vão me matar, como fizeram com todos os outros.

— É uma possibilidade real. Não vou mentir para você. Mas estou tentando encontrar um meio de salvá-lo. O que você contou a eles?

— Nada sobre a nossa operação. Não andaram investigando o local, não é mesmo?

— Não, pelo menos que eu saiba.

Barton comprimiu as bases das mãos contra os olhos.

— Não há como escapar, senhor. Eles devem ter pelo menos dois mil soldados aqui.

— Mais ou menos isso. O melhor que posso fazer neste momento é lhe proporcionar uma chance melhor. Pretendo tirá-lo da custódia do exército e levá-lo para o escritório da ONP no centro. Não são garantias, mas pelo menos você não será um prisioneiro para ser exibido. E talvez ali eu possa ajudá-lo a encontrar uma oportunidade de escapar.

— É muito difícil, senhor.

— Será ainda mais difícil se continuar aqui.

— Eu sabia o risco que corria. Há quanto tempo é um fiel, Doutor?

— Não muito.

— O suficiente para orar por mim?

— Pode apostar sua vida que sim.

Ele pôs a mão no ombro de Barton e orou para que a vontade de Deus se consumasse em sua vida. Pensou na justaposição da oração e do local. Não pôde deixar de especular o que pensaria qualquer pessoa que estivesse lá fora e pudesse observar aquela cena.

Depois que deixou Barton, Paul ligou para Harriet Johns, e lhe disse para esperar um suspeito que queria que ficasse detido para interrogatório.

— Cuidarei pessoalmente de tudo, Paul. Será bom ter de novo alguma ação por aqui. O suspeito estará aqui todas as vezes que você quiser interrogá-lo.

Paul preencheu os formulários apropriados e esperou para ter certeza de que a transferência seria efetuada. Observou os guardas levarem Barton, pulsos e tornozelos acorrentados, através do estacionamento, até embarcarem num jipe. Orou para que Barton chegasse inteiro ao escritório da ONP.

• • •

Como cobertura, Paul consultou alguns dos *sites* na lista da força-tarefa, antes de seguir para Sapiens Fisheries, dando uma volta grande. Já era o final da tarde quando chegou. O grupo acabara de realizar uma sessão de orações por Barton.

— Foi um risco e tanto — murmurou Lois, chorando.

— Barton é jovem e ousado — comentou Carl. — Agora, precisamos ter fé.

— Tive uma idéia sobre a maneira de acabar com os massacres — anunciou Paul. — Mas vamos precisar de um hidrologista.

— Um especialista em água?

— Conhece algum? Qualquer pessoa aqui ou em outro grupo?

Lois disse que uma mulher que trabalhava no departamento de serviços públicos pertencia a um grupo clandestino que estava baseado perto do reservatório de Stone Canyon.

— São todos maravilhosos, Dr. Stepola. Homens e mulheres mais velhos, com instrução superior. Tenho certeza de que gostariam de ajudar.

— Fale-me sobre essa mulher.

— Ela trabalha no serviço de água e esgoto do condado de Los Angeles.

— É bom demais para ser verdade.

— Seu nome é Grace Dean, e é uma mulher decidida.

— Conhece-a bastante bem para convidá-la a vir até aqui?

— Agora?

— O mais depressa possível.

Poucos minutos depois, Lois comunicou a Paul:

— Grace disse que não queria violar a lei, mas lembrei-a de que vem fazendo isso há mais de dois anos, desde que ingressou no grupo.

— Como ela sabe que eu quero que viole a lei?

— Grace não é burra, Doutor. Estará aqui dentro de uma hora, assim que sair do trabalho.

• • •

Grace Dean chegou em companhia de três outras pessoas de seu grupo. Tinha quarenta e poucos anos, era baixa e corpulenta, cabelos pretos, bem curtos. Falava depressa, incisiva. Logo ficou evidente que conhecia muito bem seu trabalho.

Reunido com ela e seu pessoal, mais Carl e Lois, Paul foi direto ao assunto:

— Se eu quisesse fechar a água de toda a cidade, deixando Los Angeles e o exército em desespero, o que teria de fazer?

Grace contraiu os lábios. Olhou para o teto.

— Há quase duzentos anos que Los Angeles tem de trazer sua água de muito longe. Há cerca de 135 anos o Aqueduto da Califórnia foi finalmente concluído, e traz uma grande parte de nossa água do vale de Sacramento, mais de mil quilômetros para o norte. Depois que chega aqui, a água é redirecionada para diversos pontos do condado, através de uma vasta rede de canais e canos.

— Mas o que teríamos de fazer se quiséssemos interromper o fornecimento?

— Pode fazer uma sabotagem no aqueduto. Mas o que faríamos com toda aquela água? Tem de ir para algum lugar. Se bloqueia a vinda para Los Angeles, a água vai inundar outro lugar.

— E qual seria o melhor lugar para se inundar, sem prejudicar outras pessoas?

— Há vários pontos para conseguir isso. Mas teria de procurar um lugar que não fosse muito vigiado, o que passou a acontecer desde que os terroristas tiveram a idéia de envenenar o suprimento de água. Mas deve compreender que a água é tão importante que a cidade, o condado, toda a região da Terra do Sol e o governo federal empenhariam todos os seus recursos para resolver o problema. Já viu o que eles podem fazer. Quanto tempo acha que pode escapar impune depois de sabotar o fornecimento de água? Conseguiria mesmo fazer Los Angeles se submeter, ou seria apenas um estorvo de um ou dois dias?

— Não sei — respondeu Paul. — Você é a especialista.

— Tenho a impressão de que o melhor seria pedir a Deus que fizesse alguma coisa.

— Às vezes me pergunto se Deus nos abandonou — interveio um homem. — Sua mão ainda se estende para nós? Ou nos afastamos tanto que estamos longe do alcance de sua bênção? Não o culpo por todas essas mortes, é claro, mas se ainda estivesse conosco ele permitiria que seus fiéis fossem exterminados como vermes?

Carl ergueu a mão.

— Não peço desculpa por ser um homem da Palavra. — Ele folheou uma Bíblia muito usada. — Escutem o texto de Isaías, 50:2. Deus está falando, e diz: "Acaso se encolheu tanto a minha mão que já não pode remir ou já não há força em mim para livrar? Eis que pela minha repreensão faço secar o mar e torno os rios deserto, até que cheirem mal os seus peixes; pois, não havendo água, morrem de sede".

Ele olhou para os outros, antes de continuar.

— Mais adiante, nos versículos 7 e 8, o profeta diz: "Porque o Senhor Deus me ajudou, pelo que não me senti envergonhado, por isso fiz o meu rosto como um seixo, e sei que não serei envergonhado. Perto está o que me justifica; quem contenderá comigo? Apresentemo-nos juntamente; quem é o meu adversário? Chegue-se para mim".

Carl virou uma página.

— E no capítulo seguinte, versículos 12 a 16, Deus faz uma promessa: "Eu, eu sou aquele que vos consola; quem, pois, és tu, para que temas o homem, que é mortal, ou o filho do homem, que não passa de erva? Quem és tu que te esqueces do Senhor que te criou, que estendeu os céus e fundou a terra, e temos continuamente todo o dia o furor do tirano, que se prepara para destruir? Onde está o furor do tirano? O exilado cativo depressa será libertado, lá não morrerá, lá não descerá à sepultura; o seu pão não lhe faltará!".

Paul sentia-se emocionado. Podia ver que o mesmo acontecia com os outros, por seus rostos e pela linguagem do corpo.

— Agora ouçam isto, meus irmãos e irmãs cristãos de Los Angeles: "Pois eu sou o Senhor teu Deus, que agito o mar, de modo que bramem as suas ondas: o Senhor dos Exércitos é o seu nome. Ponho as minhas palavras na tua boca, e te protejo com a sombra da minha mão, para que eu estenda novos céus, funde nova terra e diga a Sião: Tu és o meu povo".

Carl sentou, apenas por um breve instante. Projetou-se para a frente, caiu de joelhos e prostrou-se no chão. Subitamente, os outros fizeram a mesma coisa. Paul descobriu-se a chorar. Era como se o próprio Deus tivesse falado em voz alta. Paul não se sentia digno para ficar de pé ou sentado.

— Tu és Deus — orou Carl. — E nós te adoramos.

E dos outros vieram murmúrios de concordância.

— Isso mesmo, Senhor. Nós te agradecemos. Cremos em ti e em ti confiamos, Senhor. Ajude-nos a não o esquecer.

Paul, hesitante e apreensivo, dirigiu-se a Deus em voz alta, pedindo um milagre.

— Deus, estamos pedindo que feche a boca dos ateus, que recupere o terreno conquistado por nossos inimigos. Oramos para que aja de uma maneira tão poderosa e sobrenatural que até os exércitos dos Sete Estados Unidos saibam que é a sua manifestação e se intimidem. Deus, precisamos que faça alguma coisa.

Enquanto os outros oravam, Paul sentia-se mais próximo de Deus do que nunca. Agradeceu em silêncio pelo milagre de sua visão e pediu a Deus que lhe mostrasse o que fazer em seguida. Não podia continuar a trabalhar nos dois lados da rua. Como poderia exercer o máximo de impacto real, para melhor servir à causa, antes de ser descoberto e executado por traição?

Paul continuou prostrado, à espera de Deus, orando por uma resposta, uma pressão, alguma indicação, qualquer palavra. Sabia que apenas condenar o sogro e Balaam teria muito pouca utilidade, servindo quase somente para que fosse descoberto e denunciado. Não queria mais circular de carro por Los Angeles, para descobrir e encontrar companheiros na fé, apenas para partilhar a frustração e consternação enquanto seus irmãos e irmãs eram atacados e mortos pelo inimigo.

Estava comovido ao ouvir as orações dos outros. E, de repente, foi dominado por uma visão do que Deus podia fazer. Era como se recebesse uma orientação do próprio Senhor para mobilizar os fiéis de todos os sete estados... em particular da Terra do Sol, da Grande Los Angeles. Não ouvia uma voz audível, mas tinha a sensação de que podia sentir a mente de Deus. Se todos os cristãos na clandestinidade se unissem como um só, se assumissem uma devoção total, Deus agiria em favor deles.

Paul sentiu todo o seu propósito entrar em foco. Era por isso que estava aqui. Não haveria mais especulação, tentando decidir o que faria, qual a melhor maneira de servir, enquanto era um agente clandestino. Seu trabalho era motivar todos os fiéis clandestinos que pudesse encontrar para orar e pedir a Deus que se mostrasse ao inimigo.

Paul levantou-se, tremendo todo, sem o menor resquício de dúvida. Não sabia se devia anunciar ou guardar para si mesmo. Tinha um sentimento irresistível de que os fiéis de todo o país deveriam orar. Deus não podia ignorar — e não ignoraria — as orações fervorosas das pessoas íntegras.

— Quero alcançar todos os cristãos clandestinos para que concordem numa oração pedindo a Deus que faça alguma coisa em Los Angeles para acabar com os massacres — disse ele. — Creio que devemos ser específicos. Vamos orar para que Deus interrompa o fluxo de água para Los Angeles. Depois, temos de comunicar de alguma forma à liderança que foi Deus quem fez isso, e que ele pode fazer a mesma coisa em todo o país. A matança dos fiéis deve parar. Eles devem ter liberdade para espalhar a verdade da Bíblia. Ligarei para Chicago e pedirei ao meu contato ali que se comunique com tantos centros clandestinos quanto puder. E, depois, vamos esperar um milagre.

34

ERAM QUASE 7 horas.

Grace e seus companheiros foram para seu carro, acompanhados por Paul, que se oferecera para buscar o jantar do grupo da Sapiens. O clima no porão era tão exuberante que ninguém queria ir embora. Além disso, havia muito para discutir.

— Grace, suas palavras foram uma tremenda inspiração — declarou Paul. — Sei que está nervosa por nos ajudar, mas devo lhe agradecer.

— Meu empenho é real, mas minha coragem é morna. Quando Lois me disse o que você queria, achei que era muito mais perigoso do que nossas reuniões em Stone Canyon. Ainda me sinto muito nova na fé.

— Também sou novo. Eu era cego... literalmente... e Deus restaurou minha visão antes que eu desse o salto. Mesmo assim ainda demorei algum tempo.

— Ajudou muito que eles se dispusessem a me acompanhar — Grace gesticulou para os companheiros. — Sempre me dizem para continuar a orar.

Depois de se despedir do grupo, Paul ligou para Straight para informá-lo de tudo. O amigo aplaudiu o plano e prometeu mobilizar tropas para a oração. Depois, Paul ligou para Tiny, a fim de avisá-lo que não o esperasse para jantar. Ouviu música ao fundo — era inevitável que houvesse convidados na noite de sexta-feira — e Ranold entrou na linha.

— O que estava pensando ao transferir um criminoso de um lugar seguro para outro incerto?

— Ele era meu prisioneiro, Ranold. Não havia motivo para deixá-lo sob custódia do exército. Acabarei de interrogá-lo pela manhã.

— Nem pense nisso. Ele quase escapou.

Quase?

— Quer dizer que ele foi apanhado de novo... é isso o que quer dizer?

— Exatamente. E ele pagou por tudo o que fez... de maneira apropriada.

— O prisioneiro parecia morto de tanto que apanhou. O que mais espera arrancar dele? Conversarei com ele para tentar descobrir alguma coisa.

— Não entendeu, não é mesmo, Paul? Não vai encontrá-lo para uma conversa. Volte logo para cá, antes que eu comece a desconfiar que você se encontra por trás de tudo o que se interpõe em nosso caminho.

— Desconfiar de mim?

— Já disse para você controlar seu ego. Balaam ficou furiosa quando você decidiu transferir seu prisioneiro. Considerou como um desafio direto à sua autoridade. Expliquei que você era impetuoso, talvez estivesse se sentindo um pouco preterido...

— O que fizeram com o prisioneiro, Ranold?

— Não houve tortura, se é isso o que está insinuando. Estamos ocupados demais para perder tempo a espremer um panfleteiro. Esse trabalho é seu. Esta tarde recebemos o aviso de que os terroristas planejam uma grande operação. Por isso, aproveitamos a oportunidade para um contato com a imprensa que seu homem proporcionou. Mais nada.

— E o que isso significa?

— É melhor parar por aqui, Paul. Não vai querer criar um problema por causa disso. Vai voltar agora?

Paul rangeu os dentes.

— Está me ouvindo, Paul?

— A ligação é cada vez pior.

Paul desligou.

• • •

Paul ligou o rádio e encontrou uma emissora só de notícias. Mas transmitia um boletim esportivo. Só depois é que ele ouviu a informação que tanto temia.

— Ao final desta tarde, o carro que transportava o líder rebelde Barton James, um subversivo cristão, caiu de um penhasco, na Peace Canyon Road, e pegou fogo. James conseguiu escapar do lugar em que se encontrava detido, o escritório local da ONP. Fora detido sob a acusação de porte de drogas e armas e agressão a pessoal militar. Os bombeiros estão tentando apagar o incêndio no penhasco. Levaram cães para localizar o corpo...

Peace Canyon Road... Paul vira a estrada no mapa, quando procurava se orientar na cidade. Não havia quase nada naqueles penhascos, a não ser uma folhagem densa, coiotes e as poucas casas que haviam resistido ao último terremoto. Não havia nenhum motivo para que um veículo oficial escolhesse aquele percurso.

Paul não sentia a menor vontade de comer, mas mesmo assim comprou uma seleção de fast food para o grupo. Voltou e deu a notícia sobre Barton James. Carl e Lois ficaram bastante arrasados, mas todos se mostraram chocados.

— Pode ser o pior momento possível, mas talvez a melhor maneira de lamentar Barton seja continuar a planejar — declarou Paul.

Paul informou que seu amigo Straight assumira o encargo de espalhar a notícia por grupos de fiéis de todo o país.

— Todos os fiéis do país vão focalizar suas orações em vocês. Sou novo nisso. Embora acredite que Deus tenha falado comigo, minha fé será testada. Apesar de todos os milagres que Deus fez por mim, às vezes ainda duvido.

— Não é tão extraordinário assim — comentou Carl. — Lembre-se do que Jesus disse: "Qualquer coisa é possível àquele que crê". E um homem que pedia sua ajuda disse: "Eu acredito, mas ajude-me a não duvidar!".

Paul teve a impressão, enquanto falava, de que o grupo pequeno e triste se tornava cada vez mais animado. Os olhos úmidos e brilhantes estavam obviamente dispostos a acreditar que Deus agiria... que podiam contar com o Senhor para responder às suas orações.

— Comecei a trabalhar num texto enquanto Paul se ausentava — informou Carl. — Agora, vou imprimi-lo. Será um agradecimento a Deus por tudo o que está prestes a fazer.

Uma batida na porta lá em cima provocou um sobressalto em todos. Carl apontou para uma moça.

— Rhoda, vá ver quem é, por favor. E tome cuidado.

Os outros oraram, alguns de joelhos, outros estendidos no chão. Um minuto depois, passos rápidos desceram a escada.

— Desculpem, mas... — balbuciou Rhoda, pálida e trêmula. — Mas é Barton!

— O quê?

— Quem?

— Deixe-o entrar!

— Onde ele está?

— Continua vivo?

— Vou subir!

— Eu também!

Todos subiram a escada, afobados. Desceram em seguida com Barton James, claudicando, desgrenhado e exausto. Havia pedaços de fita adesiva grudados em sua camisa e calça.

— É mesmo você?

— O que aconteceu?

Paul esperou, depois de Carl, para abraçar Barton.

— Você tentou mesmo escapar, ou...

— Foi isso que lhe disseram? Não fomos para o centro. Seguimos para o outro lado. Eu sabia que havia alguma coisa errada.

— Disseram que o carro caiu de um penhasco em Peace Canyon.

— É verdade. — Barton arriou num velho sofá. — Tiraram as algemas e me puseram num carro velho. Passaram fita adesiva em torno de meu corpo, deixando-me como uma múmia, para me imobilizar no banco de passageiro. Puseram latas de gasolina no chão do banco traseiro. Abriram e taparam com pedaços de pano. O carro estava de frente para o *guardrail*. Ligaram o motor, atearam fogo nos pedaços de pano e aceleraram o carro. Orei durante o tempo todo para não sofrer demais e alcançar o paraíso antes de ficar completamente queimado.

"O carro bateu no *guardrail* em alta velocidade. Mal me mexi, porque estava imobilizado no banco. O carro saiu voando, capotou várias vezes. Quase sufoquei com a fumaça da gasolina. Quando bateu lá no fundo, alguém abriu a porta do meu lado, cortou as fitas que me prendiam ao banco e me tirou de lá de dentro. Rolamos juntos pela encosta, e nos escondemos nas moitas, enquanto o carro explodiu ao descer o penhasco.

"O homem disse que a fita adesiva em torno do corpo me salvara, mas eu seria queimado vivo se ele não me tirasse do carro. Passei algum tempo deitado nas moitas, meio inconsciente. O homem desapareceu. Tive uma boa vista do que restou do carro. O fogo persistiu por muito tempo, alaranjado, com uma fumaça preta. Eu sabia que tinha de sair dali, antes que descessem à procura de meu corpo.

"Subi para a estrada principal, e fui andando até alcançar o monotrilho. Não podia deixar que alguém me visse. Por isso, segui o trilho até onde podia. Depois, vim para cá, por ruas transversais, tomando o cuidado de me manter nas sombras."

— Incrível!

— Um milagre!

— Só podia ser um anjo!

Lois pediu a atenção de todos, e levou o grupo num hino:

Abençoado o laço que une nossos corações no amor cristão:
A companhia de mentes semelhantes é um caminho para o alto.

Carl conduziu uma oração de graças. Depois, informou a Barton:

— Estávamos planejando um contra-ataque.

— Como? Quero saber de tudo.

Carl resumiu o que Paul planejara. Barton, sentindo uma dor evidente, inclinou-se para a frente.

— Vamos fazer isso — declarou ele. — Devemos confiar em Deus.

Carl estendeu-lhe uma cópia do que acabara de escrever.

— Eu estava prestes a ler isto.

Paul leu o corajoso manifesto de Carl, por cima do ombro de Barton. Declarava que os cristãos da Grande Los Angeles estavam orando para que Deus secasse o suprimento de água para a cidade, como um meio de suspender a brutal perseguição aos fiéis.

Sabemos que as orações fervorosas dos fiéis são sempre válidas. Se o massacre de inocentes não cessar imediatamente, confiamos em Deus para responder às nossas orações e dispensar o julgamento a nossos algozes.

Se o exército não se retirar imediatamente, deixando-nos conduzir o nosso culto em paz, acreditamos que isso vai acontecer. Quando acontecer — e é inevitável — vocês saberão que Deus se manifestou. Para evitar a catástrofe, convocamos todos os cidadãos afetados para protestarem e forçarem as autoridades responsáveis a mudarem suas leis cruéis e injustas contra as pessoas de fé.

Desejamos expressar nossa fé em público, com todo o nosso amor e respeito a todos.

Quando a seca chegar, lembrem-se do que Jesus disse: "Se têm sede, venham a mim! Se acreditam em mim, venham e bebam! Pois as Escrituras declaram que os rios de águas vivas fluirão do interior".

— Está perfeito — declarou Barton. — Eu não mudaria uma vírgula. Vamos enviar o texto pela Internet para todos os grupos que conhecemos e exortá-los a passar adiante. Vão rir e escarnecer, mas Deus agirá... e o riso e o massacre cessarão.

Ele e outros foram para os computadores, a fim de começarem a transmitir o manifesto. Paul sentia-se ansioso em partir, sabendo que Ranold devia estar à sua espera, irritado.

— Eles acabarão num instante, e sairemos dentro de poucos minutos — disse Carl. — Mas temos uma coisa para você, amigo. Tem arriscado a vida por nós, e queremos que fique com este símbolo de nosso reconhecimento.

Ele ofereceu um penny a Paul, que o apertou na palma fechada sem dizer nenhuma palavra. Carl adiantou-se e pôs a mão em sua cabeça.

— Judas 1: 24-25 diz: "Ora, àquele que é poderoso para vos guardar de tropeços e para vos apresentar com exultação, imaculados diante da sua glória, ao único Deus, nosso Salvador, mediante Jesus Cristo, Senhor nosso, glória, majestade, império e soberania, antes de todas as eras, e agora, e por todos os séculos. Amém".

Paul murmurou um agradecimento, e depois saiu para a noite.

• • •

Ele voltou para Beverly Hills, agradecendo a Deus por poupar Barton.

— E agradeço também por me conceder a idéia sobre a maneira como pode se manifestar para o povo da Terra do Sol. Como acredito que fará, com toda a força do meu coração.

Paul estava a menos de um quilômetro da mansão de Allendo quando ouviu o chamado. Respondeu no mesmo instante.

— Paul?

Era Jae... e ela parecia diferente.

— Eu mesmo. Tudo bem?

— Acordei-o?

— Não. Algum problema?

— Não. Eu apenas queria ouvir sua voz.

— É mesmo?

— E, agora, quero vê-lo.

— Não sei quando poderei voltar para casa, Jae. Mas espero encontrar você e as crianças aí.

— Quero vê-lo esta noite, Paul.

— Eu adoraria, Jae. Tenho sentido muita saudade. Mas ainda estou em Los Angeles, trabalhando...

— Estou no aeroporto de Los Angeles, Paul.

— Fala sério?

— Venha me buscar na Helios Air.

• • •

Quase uma hora depois, Paul saiu correndo de carro para os braços de Jae, cheio de perguntas. Ela apertou-o com força e beijou-o com ansiedade.

— Nunca mais quero me separar de você, Paul.

Ele levou a bagagem para o carro. Deixaram o aeroporto.

— Tenho muita coisa para lhe contar, Paul.

— Fico satisfeito em vê-la, Jae. Mas o que a trouxe a Los Angeles? E por que agora?

— Vamos para um lugar em que possamos conversar.

Enquanto Paul guiava, Jae falou sobre as crianças, como estavam se divertindo em Washington.

— Mas sentem saudade de você, Paul. Sempre perguntam quando papai irá visitá-los. Expliquei que você tinha muito trabalho para fazer, depois de passar tanto tempo doente. Os dois têm medo de que você se machuque de novo. Prometi que você conversaria a respeito.

— Claro.

E a carta de meu pai? Foi você quem a pegou? Paul esforçava-se em descobrir qualquer coisa fora do normal na voz de Jae. *E por que a visita inesperada?*

Finalmente, ele parou no estacionamento de um restaurante de luxo, a cerca de alguns quilômetros da propriedade de Allendo. Dispensou o manobrista com um aceno de mão e mostrou sua insígnia para o segurança que veio verificar o que eles faziam. Virou-se para Jae quando ficaram a sós. Ela pegou as mãos do marido entre as suas.

— Sinto muito, Paul. Não confiava em você. Fiquei convencida de que me enganava.

— Não a enganava.

— A carta de Ângela me atormentava. Não podia acreditar que era inocente... não depois da última vez. Os investigadores não descobriram com quem você se encontrara em Toledo, mas você também não ofereceu qualquer álibi... não que eu fosse acreditar. Ainda assim, não queria deixá-lo. Se quisesse mesmo, teria entrado com o pedido de divórcio, em vez de simplesmente me mudar para Washington.

— Era o que eu insistia em dizer a mim mesmo.

— Sabia que Ângela Pass Barger só podia ser a filha de Andy Pass. Lembra que você não me deixou acompanhá-lo ao funeral? Isso me fez ter certeza de que a suspeita era justificada. Sabia que a ONP tirara fotos no tribunal. Pedi a papai que me arrumasse uma.

— E ele atendeu ao pedido? É contra os regulamentos.

— Sou sua filha, Paul. E não pedi que a localizasse ou intimidasse. Quando vi como ela era jovem, bonita e exuberante, pensei que nosso casamento havia chegado ao fim. E logo ela apareceu com você na TV, depois daquela prisão em Las Vegas.

— Tudo isso é circunstancial, Jae.

— Mas tinha substância como um todo. Ainda assim, eu não podia deixar que nosso casamento acabasse. Ela mencionava a Biblioteca do Congresso na carta. Telefonei à sua procura. Informaram que ela deixara o emprego havia alguns meses. Voei para Las Vegas, a fim de encontrá-la e confrontá-la.

Paul bateu com a mão na cabeça.

— E conseguiu encontrá-la?

— Não. Mostrei a foto no Babylon, onde você efetuou a prisão. Uma das *hostesses*... ou o que quer que elas sejam... a conhecia. Disse que a mulher fazia uma espécie de trabalho social com as prostitutas.

— Foi um bom trabalho de detetive, Jae.

— Foi quando compreendi tudo.

— É mesmo?

— Deduzi que você a conhecera no funeral e concluíra que ela podia ser uma boa fonte. Mesmo que não fosse uma fanática, poderia conhecer os companheiros do pai. Lembrei de uma coisa na carta a que não dispensara muita atenção, sobre amostras de caligrafia, ou algo parecido. Isso me ajudou a entender tudo... que você a usava para obter informações. Não era de admirar que não quisesse me falar sobre Ângela.

— Muito do que eu faço tem de ser secreto...

— Sei disso, Paul. Acho que o ciúme era um reflexo para mim. E decidi que lutaria para salvar nosso casamento, independentemente do que ela pudesse representar para você. Dez anos é muito tempo... tempo demais para se jogar fora. Você a ama?

Paul suspirou.

— Não posso negar que a achei atraente. Mas juro, Jae, que nunca... mas nunca mesmo... estive envolvido com ela.

— Pelo bem de nossos filhos, podemos esquecer os últimos seis meses? Podemos tentar fazer a felicidade um do outro de novo?

— Jae, isso significaria o mundo para mim.

Mas Paul não pôde se livrar do pressentimento de que estava fácil demais.

35

QUANDO PAUL finalmente chegou à mansão de Allendo, o homem no portão informou:

— O General Decenti pediu que fosse informado no momento de sua chegada. Deseja lhe falar.

— São três horas da madrugada — murmurou Paul.

— Ele disse que a hora não seria problema.

— Dê-nos alguns minutos. E, por favor, não o avise que minha esposa, a filha dele, veio comigo. Quero fazer uma surpresa.

— Pedirei a ele que o encontre no salão principal dentro de dez minutos.

• • •

Depois que entraram na casa, Jae disse:

— Paul, lamento muito minha participação em tudo isso. Espero que possa me perdoar.

— Eu também errei. Não fui um marido exemplar por muitos anos.

— E eu também não fui uma esposa exemplar. Era obcecada por sua fidelidade... ou pela ausência. E depois, quando você foi ferido, senti que me excluía, o que causou um profundo ressentimento. Não levei em consideração como deve ter sido terrível ficar cego.

— Eu só conseguia pensar em meu próprio sofrimento, Jae. Não considerei o efeito da cegueira e da minha raiva em você e nas crianças. Quero ser um marido melhor, um pai melhor. Há uma profunda mudança que quero... preciso... explicar para você. Mas não tenho certeza se posso encontrar as palavras neste momento, com tudo o que está acontecendo aqui. Estamos numa zona de batalha.

— Desde que não mude seu amor por mim, Paul, posso esperar.

— Confie em mim. É uma mudança que me faz prezá-la mais do que nunca. Prometo isso.

• • •

Enquanto Jae arrumava suas roupas, Paul desceu, especulando se tinha o direito de ser feliz, aliviado ou desconfiado. Tudo acontecera muito depressa.

Encontrou Ranold com um casaco grená, pijama e chinelos.

— Onde você se meteu?

— Não sabia que estava subordinado a você.

— Pode não estar, mas vai me responder. Eu também tive de sair. Não sou de ficar chocado com facilidade, Paul, mas esta noite recebi uma bomba... uma bomba sobre você.

Paul sentiu que o sangue nas veias circulava mais devagar. A cabeça latejava. Sentiu as pálpebras comicharem — de maneira imperceptível, esperava — na tentativa de fecharem diante do olhar implacável de Ranold.

É agora.

Paul forçou-se a permanecer focalizado no sogro. Torceu para que a voz saísse firme e forte.

— Uma bomba a meu respeito?

— Conheci uma mulher chamada Grace Dean. Já ouviu falar?

O jogo de gato e rato. A resposta de Paul podia significar a vida ou a morte para a mulher e para si mesmo. Ele não vacilou, nem respondeu.

— Ela é hidrologista do departamento de água e esgoto de Los Angeles. Mas você sabia disso, não é mesmo, Paul?

Ele não pode esperar para ver se irei falhar.

— Grace foi convidada esta tarde por uma pessoa que conhecia apenas como Lois a conversar com seu grupo, uma célula de fanáticos terroristas, sobre a disposição do sistema de água de Los Angeles. Grace teve medo. Não sabia o que pensar. Já visitara um grupo similar, perto do reservatório de Stone Canyon, a intervalos irregulares, mas aquela era a primeira vez que era solicitada a ajudar no que poderia ser um ato terrorista. Ela pediu a alguns amigos de seu próprio grupo que a acompanhassem. E um deles era nosso informante.

"Nosso informante estava saindo para o trabalho. Grace disse a ele que não tinha importância, e chamou outra pessoa. É claro que nosso homem nos avisou. Mas quando mandamos alguém ao escritório de Grace, para segui-la, ela já havia saído.

"Ela morava sozinha, e por isso esperamos em sua casa. A sabotagem do fornecimento de água para Los Angeles era uma questão importante demais para ser tratada por um subalterno da ONP. Por isso, a Chefe Balaam, que tem talento para essas coisas, foi pessoalmente. Eu não queria perder nada, e decidi acompanhá-la. E o que você acha que aconteceu?"

Paul contraiu os lábios, como se não se importasse nem um pouco.

— Pode dizer.

— Sempre me perguntei por que as pessoas que cortam os pulsos tendem a fazer isso dentro de uma banheira cheia. Querem ver a água se tornar mais e mais vermelha, à medida que a vida se escoa? Foi esse o fim que Grace escolheu. Até deixou um bilhete, descrevendo seu desespero por ser enganada por extremistas religiosos, que ofereceram amizade a uma pobre solteirona, desesperadamente solitária, mas que na verdade queriam apenas explorar seus conhecimentos, para fins ilegais. Ela abriu os braços na vertical, dos pulsos aos cotovelos... é quando se sabe que o suicídio é para valer. É claro que ela precisou de alguma ajuda. E guinchou como um porco, diga-se de passagem. Igualzinho a um porco.

Paul teve de fazer um esforço para se manter impassível. *Monstros!*

— É neste ponto que você entra, Paul. Antes de abrir as veias, Grace foi submersa várias vezes... para refrescar a memória, digamos assim. Balaam vendou-a com um lenço de seda... um toque refinado. Cada vez que Grace subia, revelava mais um pouco sobre a célula perto do porto. Só sabia os primeiros nomes, mas deu uma boa descrição do líder, o homem que fez todas as perguntas sobre a água. Parece que ele era de Chicago... um agitador externo. Disse que se chamava Paul, e contou que estivera cego, mas Deus restaurara sua visão. Grace até viu o seu sedã azul-marinho.

A memória de Paul projetou a imagem de Stephen Lloyd, abraçando-o e murmurando:

— Ah, irmão, nunca fui testado assim. Você nunca sabe se terá coragem... quase não fui capaz...

— Paul, você nega ser esse homem?

— Não.

Paul tinha os punhos cerrados, e fazia um esforço para não explodir.

— Não, você não é? Ou não, você não nega?

— Oi, papai!

Jae correu pela sala, passou um braço pelo pescoço do pai e beijou-o no rosto.

— Jae! Querida, eu...

— Vocês dois parecem muito sérios. O que está acontecendo?

— Conversamos sobre trabalho. O que faz aqui, Jae?

— Sentia saudade de meu marido. Espero que o anfitrião não se importe se...

— Tenho certeza de que Tiny terá a maior satisfação. Falarei com ele pela manhã. Mas estamos envolvidos numa investigação, Jae. Você não pode ficar com Paul...

— Não vou atrapalhar. E provavelmente terei de voltar antes de qualquer problema. Eu só queria vê-lo.

— Isso é ótimo. Quer dizer que vocês dois estão reparando os problemas?

— Já reparamos tudo.

— Ainda bem. Agora, Jae, se nos der licença, precisamos terminar nossa conversa. Paul já irá ao seu encontro.

— É bom ver você de novo, papai.

— O prazer é todo meu.

Depois que Jae se retirou, Ranold praguejou e retomou a conversa com Paul.

— Não podemos permitir que nossas esposas se juntem a nós em operações como esta... especialmente como esta. Você não estava aqui quando voltei, por volta das dez horas. Por isso, liguei para a casa da chefe do escritório da ONP em Los Angeles... Como é mesmo que ela se chama? Johns?

— Harriet.

— Isso mesmo. Disse a ela que se considerasse demitida, e que tornaria a demissão oficial quando falasse com o diretor da agência pela manhã. Ela insistiu que não autorizara qualquer trabalho secreto para você, muito menos uma manobra grande, sem a nossa aprovação. É claro que os locais se ressentem de nossa presença, e adorariam roubar nossa visibilidade. Mas Johns persuadiu-me de que não era bastante estúpida para tramar uma manobra assim, ainda mais com o abastecimento de água para Los Angeles em jogo... e muito menos com meu próprio genro. Disse que apenas comentara que você seria um bom infiltrador.

Paul estava aturdido.

— Paul, você me humilhou... e ainda mais a si mesmo... com sua arrogância. O que o levou a agir por conta própria, dessa maneira insensata e impulsiva? Pensou que podia competir comigo? Ou com Balaam? Ela é soldado duas vezes melhor do que você porque segue ordens... demonstra criatividade, é verdade, mas faz o que mandam. *Você* é que deveria ser demitido. Não há lugar na agência... ainda mais agora... para agentes independentes. Como pode justificar isso?

— Não posso.

— O que me insulta mais é o fato de você ter pensado que podia escapar impune porque sou seu sogro.

— Nunca tentei me beneficiar de sua posição na agência.

— Quer dizer que apenas pensou que poderia obter um resultado sensacional sozinho? Pensou que tinha de percorrer cem quilômetros extras porque fracassou em San Francisco e na Terra do Golfo? Posso compreender essa atitude, Paul. Mas todos nós temos missões que fracassam. Um soldado de verdade aceita isso, e segue adiante. Ou foi uma questão de compaixão? Desaprovou nossa tática e pensou que seria melhor pôr os renegados em algemas, em vez de caixões. Mas não é assim que funciona com terroristas.

Ranold balançou a cabeça.

— Você é ingênuo demais. Deixa-me repugnado. E poderia ter lhe custado mais do que o emprego. Merecia apodrecer na prisão se esses maníacos sabotassem mesmo o abastecimento de água e os deixasse escapulir. Felizmente, Grace disse que não havia a menor possibilidade de sabotagem sem um milagre. Ela não tinha mais razão para mentir a esta altura.

— Então por que ela foi assassinada?

— Acha que ela poderia ter nos contado mais? Seja como for, ela era parte dos fanáticos, mesmo que relutante. E, como eu disse, foi um suicídio.

— Com um braço cortado do cotovelo ao pulso, ela ainda conseguiu cortar o outro?

— Não deixamos pistas, Paul. Não se preocupe. Alguns podem especular sobre a maneira como ela conseguiu, mas ninguém vai desconfiar de nós.

— O que me diz sobre a célula no porto?

— Demoramos para descobrir o local, mas acabamos fazendo uma batida. Não havia ninguém ali, mas encontramos um prelo antigo, computadores, livros, impressos em geral. Pense um pouco, Paul. Se você estivesse com essas pessoas no momento da invasão, poderia ter sido morto também. No mínimo, teria muito que explicar.

"Vamos vigiar amanhã quem entra e quem sai do local. Depois, no domingo, será o alvo do nosso primeiro grande ataque. O serviço de inteligência já descobriu mais sete outras células grandes. E ainda veremos se os amigos de Grace têm mais alguma coisa para acrescentar. Domingo é o dia da reunião mais importante dessa gente. Assim, talvez possamos pegar todos ao mesmo tempo. Mesmo que ataques maciços simultâneos não acabem com o movimento clandestino, vão com certeza enfraquecê-lo. O problema agora, Paul, é o que devo fazer com você."

— O que julgar mais apropriado.

— É difícil avaliar o grau dos danos que você causou. Sua intromissão nos proporcionou um novo alvo, e deu uma idéia dos ataques que os terroristas podem planejar. Só Balaam e eu sabemos como você se comportou que nem um idiota. Pareceria um conflito de interesse se eu assumisse o encargo de puni-lo. E não vou humilhá-lo ainda mais ao deixar que a Chefe Balaam decida o seu destino. Em vez disso, comunicarei tudo a seu superior, Chefe Koontz, e deixarei que ele decida a punição.

Paul tinha a sensação de que poderia derreter a qualquer instante.

— Parece justo.

— Eu lhe darei uma chance de se redimir no domingo. Ficará ao meu lado durante os ataques. Espero que seu desempenho possa atenuar a severidade de meu relatório para Koontz. Até lá, você está suspenso. Não pode usar um carro da agência. Talvez, se Tiny for bastante gentil para lhe oferecer um transporte, possa levar Jae para um passeio pela cidade amanhã. Agora, vou deitar, e sugiro que você faça o mesmo.

• • •

Dormir era a última coisa em que Paul podia pensar. Sentia-se horrorizado pelo que acontecera com Grace, frenético para advertir os Pescadores de Homens a permanecerem longe do porto no dia seguinte e desesperado para alertar o resto do movimento clandestino em Los Angeles para não comparecer a seus lugares habituais de reunião no domingo. Mais abaixo na lista de suas preocupações — embora nem por isso menos aterrorizante, tinha de admitir — estava a compreensão de que não fora apanhado por pouco. Poderia ter acontecido com a maior facilidade.

Paul sentia-se inexplicavelmente abençoado por Ranold ter se enganado tanto. O sogro não costumava tirar conclusões precipitadas. *Se ele estivesse com a carta de meu pai, teria interpretado a situação de uma maneira diferente. Jae é que deve ter pegado a carta.*

A que horas ela telefonara? Seria possível que Ranold mandasse Jae ligar para tirá-lo de Sapiens antes do ataque... não tanto para salvar Paul, mas para se poupar do embaraço?

Ranold dissera que chegara em casa às dez horas, o que podia ou não ser verdade. Grace deixara o porto pouco antes das sete. Se tivessem extraído a informação dela até nove horas, Ranold poderia ter organizado a batida, e depois determinara que Jae telefonasse. Podia ter mandado que ela fosse para o aeroporto. O resto da história de Jae podia até ser verdade, mas era possível que Ranold ordenasse que ela viesse para Los Angeles muito antes.

Por quanto tempo permanecemos ali, conversando sobre Barton e o manifesto? E por quanto tempo permaneci no carro?

Com tanta coisa acontecendo, o cálculo do tempo era demais para Paul esclarecer naquele momento. Alertar os outros era sua prioridade.

Paul saiu. Podia estar sob vigilância, mas precisava ligar para Straight. O chafariz esguichava água, como sempre. Paul aproximou-se tanto quanto era possível. Ficaria encharcado com os borrifos, mas o barulho encobriria o som de ligação. A fim de evitar mais suspeitas, como aconteceria se entrasse na casa molhado, ele tirou a camisa e a calça, e deixou-as em um lugar seguro, onde permaneceriam secas.

Como Paul, Straight ficou atordoado com o que acontecera.

— O grande problema é como fazer contato com as pessoas — disse Paul. — Precisam ser avisadas para se manterem a distância da Sapiens Fisheries amanhã e transmitirem o alerta para todas as células de Los Angeles. E os amigos de Grace Dean, do grupo de Stone Canyon, estão prestes a ser presos para interrogatório, se é que já não foram. E eu estou retido aqui, sem poder fazer nada... com certeza vigiado por Ranold, e talvez por Jae também.

— Ela não pôs um microfone em você, não é?

— Com toda essa loucura, nem pensei nessa possibilidade. Por sorte... — Paul desatou a rir. — ... mesmo que isso tivesse acontecido, de nada adiantaria, pois estou de cueca, junto de um chafariz, a água me encharcando.

— Eu queria mesmo saber o que fazia esse barulho — murmurou Straight.

36

TINY ALLENDO transbordava de charme pela manhã, comportando-se como se a presença de Jae valesse o seu mês.

— Não poderia ter chegado numa ocasião mais oportuna — disse ele. — Esta noite vou oferecer um elegante jantar à beira da piscina, para celebrar a ação iminente. Claro que você está convidada. O governador da Terra do Sol e a esposa estarão presentes, assim como as pessoas mais importantes nesta cidade, junto com a Chefe Balaam e seu pai. E Juliet Peters também virá.

— A estrela do cinema?

— A própria. Estou pensado em escolhê-la para o papel da Chefe Balaam no filme. Loura bonita esforça-se para subir na hierarquia da ONP, até que finalmente tem sua grande oportunidade, no comando de uma força de ataque de elite. Ainda não sei sobre o ângulo do amor... talvez o belo líder dos fanáticos, que cai prisioneiro. Talvez uma sedução em cela de prisão... ela entra num macacão dourado bem justo, botas de saltos altos, para mostrar que é uma mulher fazendo um trabalho de homem... mas é um triângulo. O verdadeiro homem certo é o velho e sábio diretor da agência. Ele pode ser 35 anos mais velho, mas é um tigre. Experiente. Firme e decidido. Rico como o Rei Midas.

"No final, o fanático revela-se como um homem brutal. O diretor salva a loura, que descobre que ele é muito mais forte e melhor do que o jovem atraente e musculoso. Ou talvez seja o contrário, e o velho se mostra a encarnação do mal. Tudo depende dos atores que Juliet vai querer."

Paul mal podia disfarçar sua repulsa.

— Obrigado por sua hospitalidade para Jae.

Tiny fez uma reverência.

— Até esta noite.

• • •

Tiny oferecera a Paul e Jae o uso de seu carro, com motorista, durante o dia inteiro. Ranold devia ter planejado assim, porque Paul não pedira. Recusou-se a contar a Jae que só lhe faria companhia durante o dia inteiro porque o pai dela o suspendera. Paul não conseguira dormir direito, angustiado com os destinos dos Pescadores de Homens, dos três amigos de Grace Dean, do grupo de Stone Canyon e os outros grupos que seriam atacados no domingo. Straight e os outros haviam conseguido avisá-los? De alguma forma, Paul precisava fazer contato com Straight naquela manhã. Mas como seria possível, com Jae ao seu lado?

Sentira-se genuinamente feliz ao ver Jae, embora um pouco confuso. Mas ainda não falara sobre a carta de seu pai, e ela nada comentara. Não tinha a menor idéia se fora mesmo Jae quem pegara a carta; e se fora ela, o que faria. E ainda havia o telefonema de Jae na noite anterior, que poderia ter sido calculado para tirá-lo de Sapiens um momento antes da chegada do exército.

Mesmo sem essas suspeitas, Paul não podia correr o risco de contar que passara para o outro lado, e agora trabalhava para salvar as pessoas que seu pai se empenhava em exterminar. A notícia destruiria não apenas a imagem que Jae fazia dele, mas também os valores básicos de sua criação. Com tantas vidas inocentes em jogo, ele não ousava apostar na compreensão da esposa.

O dia amanhecera quente, e às dez horas a temperatura já era alta, beirando os 33 °C. Paul estava encharcado, mas não do calor.

Jae precisava comprar um vestido para a festa daquela noite. O motorista de Tiny levou-os à famosa Rodeo Drive, agora um *shopping center* de dez andares, para aqueles que não se contentavam em fazer compras *on-line*.

— É incrível! — exclamou Jae. — Nunca pensei que veria pessoalmente um lugar assim. Mas duvido que tenhamos condições de comprar qualquer coisa.

— Vamos esbanjar. Com que freqüência você janta com Juliet Peters?

— Um macacão dourado, com botas de saltos altos... a trilha sonora do filme a acompanhá-la. Mas sei como você detesta fazer compras, Paul...

— Eu já esperava que você dissesse isso.

— Então por que não pede ao motorista que o leve a algum lugar? Esta é a minha única grande chance em Rodeo Drive, e não quero me preocupar por você estar se sentindo chateado.

Paul já ia aceitar, desesperado em saber o que acontecia no porto, quando uma idéia lhe ocorreu: *Isto é um teste.* Talvez Jae esteja em conluio com Ranold, talvez não. Mas Ranold providenciara a limusine e o motorista logo depois de privar Paul do carro da agência. Se o homem ao volante não fosse um agente destacado para vigiá-lo, Paul ficaria surpreso.

— Estou cansado de circular de carro. Foi o que fiz durante toda a semana. E num dia como hoje, tenho certeza de que me sentirei muito bem num shopping center refrigerado. Se eu ficar chateado, darei uma volta sozinho.

• • •

O prédio era uma maravilha da arquitetura, com vigas de cobre curvas e vidro dourado. Jae verificou a lista de lojas, com murmúrios de admiração ao ler os nomes famosos.

— Começarei por cima e descerei, sem pressa. Acha que pode agüentar, Paul?

— Vamos embora.

Por cima do ombro de Jae, Paul avistou uma loja no décimo andar que parecia um oásis: Cicero's Games. Saltaram do elevador e Jae se encaminhou para uma loja que achou interessante. Paul deixou-a na porta e foi para a Cicero's. Lá dentro, além das fileiras de jogos interativos, em tamanho natural, havia uma seção inteira dedicada a jogos de tabuleiro antigos, como mexe-mexe e xadrez. Não havia funcionários ou clientes ali. Enquanto fingia examinar os jogos, Paul ligou para Straight.

Straight tinha uma boa notícia. Alguém na mina de sal conhecia Carl e Lois, por causa dos livros em impressão tipográfica, e conseguira avisá-los para se manterem a distância de Sapiens. Os dois forneceram contatos para muitos dos outros grupos de Los Angeles. A má notícia era que os três amigos de Grace, do grupo de Stone Canyon, ainda não haviam sido encontrados.

— Não há mais esperança, a esta altura — murmurou Paul. — Eles já devem ter sido torturados até a morte.

— Nada é um caso perdido — protestou Straight. — Pelo que sei, Deus ainda está em seu trono.

Straight informou que facções em todos os estados oravam fervorosamente pelo julgamento de Deus em Los Angeles, por sua proteção aos fiéis.

— Seus contatos estão dando resultados — acrescentou Straight. — De Abraão, Sara e Isaque, no grupo de Detroit, a Arthur Demetrius, em Nova York, a notícia está se espalhando. San Francisco e Washington aderiram, todos ansiosos por que Deus vingue seus mártires. E deve saber de mais uma coisa: A imprensa tomou conhecimento do manifesto cristão. O país inteiro está olhando para Los Angeles, Paul.

Obrigado, Senhor.

Paul foi buscar Jae. Desceram para o nono andar, e depois para o oitavo, onde Jae parou duas vezes para avaliar vestidos, com Paul assistindo na maior paciência. No sétimo andar, Paul foi para uma loja de aparelhos eletrônicos, com as televisões mais modernas na vitrine, todas sintonizadas numa rede de notícias.

— Vamos saber o que é isso — murmurou ele.

O manifesto cristão aparecia em todas as telas. Porta-vozes da polícia alegavam que o aviso era um embuste, e recomendavam que os cidadãos o ignorassem. Mas os apresentadores de programas de entrevistas recebiam telefonemas de toda parte, e ninguém queria falar sobre outra coisa. A ameaça de suspensão do abastecimento de água para Los Angeles assustara muitas pessoas. Também se tornara o tema de muitas piadas, com brincadeiras e risos, nas histórias mais extravagantes.

— Mas o que está acontecendo? — indagou Jae.

Quando ela e Paul chegaram ao térreo, o manifesto já se tornara um fenômeno nacional.

• • •

Eles voltaram para a propriedade de Allendo horas antes da festa. Passearam pelo jardim, no calor sufocante. Jae manteve-se distante do chafariz, para não estragar os cabelos. Mas foi até a grade que separava a área da piscina do resto do jardim.

— Quem são essas mulheres?

— Enfeites para a festa.

— E você teve...

— Não.

— E papai?

— Não me pergunte.

Paul descobriu-se a orar silenciosamente, em todos os momentos possíveis. Agora que o alerta alcançara o grupo de Sapiens, além de quase todo o resto do movimento clandestino em Los Angeles, ele podia se concentrar em sua própria situação. Se os alvos estivessem vazios quando o exército atacasse, na manhã de domingo, ele sabia muito bem que cabeças iam rolar. Procurariam pelo vazamento, e alguém pagaria caro. Paul sentia-se aliviado por Ranold não ter informado que grupos específicos estavam na mira, mas ainda se preocupava pela facilidade com que sua posição poderia ser descoberta. Queria continuar infiltrado na agência até tomar a decisão de deixar. Mas algo assim forçaria uma decisão por ele. Teria de sair antes de ser apanhado.

• • •

Allendo estava esplendoroso em seu traje preto habitual, com óculos escuros, de lentes espelhadas douradas. Parecia não suar, enquanto Paul tinha a sensação de estar encharcado. A comitiva do governador chegou às dez para as seis, quando Ranold também apareceu, apertando mãos e posando para fotos. Orgulhoso, apresentou Jae a todas as autoridades. A esposa do governador pareceu aliviada pela presença de Jae. Insistiu em ficar ao seu lado, e sentou junto dos Stepolas ao jantar.

Bia Balaam apareceu com uma pose de presunção, em outro vestido prateado, este de cetim, colado na pele, mostrando os ângulos do corpo ossudo, com botas de saltos finos combinando. Jae murmurou para Paul:

— Dá até para pensar que ela ouviu as idéias de Tiny para Juliet Peters. Não posso acreditar que essa mulher seja mesmo da ONP.

Balaam esnobou Paul e Jae, talvez irritada pela ligação de Paul com a Sapiens Fisheries. *Você não sabe a metade.* Paul ficou satisfeito por Jae demonstrar uma aversão instantânea à mulher.

Havia um inebriamento no ar, como se todos partilhassem um segredo maravilhoso. Ranold ria a todo instante, em conversas com Balaam, com os militares, com o governador, com Tiny e seus amigos.

— Há muito riso para o que devia ser um dia de abstinência — sussurrou Jae. — Era de imaginar que planejassem uma festa surpresa.

— Muito estranho, considerando que inúmeras pessoas podem morrer — comentou Paul.

A esposa do governador concordou.

— Sei que vamos atacar terroristas, mas é difícil aprovar a jovialidade num momento como este.

Subitamente, a atenção de todos foi desviada para as portas de vidro, por onde Juliet Peters passou, tímida, sem o ego ostensivo que se podia esperar. Era uma loura cheia de curvas, usando um vestido sem alça, com a cabeleira platinada, sua marca registrada, descendo até a cintura muito fina.

— Juliet, querida, finalmente! — exclamou Tiny. — Agora, vamos todos sentar para jantar.

Tiny ofereceu o braço a Juliet, e levou-a para a mesa. Ela ficou sentada entre Tiny e Bia Balaam.

Paul e Jae sentaram na outra extremidade da mesa, perto da piscina. Os "enfeites da festa" continuaram a se divertir na água durante o jantar. Paul invejou-as, ansioso por dar um mergulho e se refrescar um pouco. Os garçons mantinham os copos sempre cheios de vinho, mas Paul limitou-se a tomar água gelada.

E se houvesse mais alvos do que o pessoal de Straight conseguira fazer contato? E se ele tivesse de presenciar o assassinato de seus irmãos e irmãs? Lutara para manter sua fé. Tinha de acreditar que Deus ouviria as orações de uma nação inteira e se manifestaria.

• • •

— Fomos todos devidamente advertidos sobre o julgamento de Deus? — indagou Juliet Peters, enquanto os garçons traziam a sobremesa.

Ela sorriu e tomou um gole de água. Os outros riram.

— Claro! — respondeu Ranold, à beira de uma gargalhada. — É melhor tomar cuidado com a água.

— Tem toda razão — acrescentou Allendo. — Comprei até canudos muito compridos, para podermos beber a água da piscina, se necessário.

Paul podia ouvir o barulho do chafariz na frente da casa, a água se projetando acima do telhado, e as mulheres brincando na piscina. *Poupe-nos*, pensou ele.

Bia Balaam fitou-o. Paul apressou-se em desviar os olhos, temendo que ela pudesse ler seus pensamentos. Como se sentisse a ansiedade do marido, Jae apertou sua mão, por baixo da mesa.

Juliet Peters tossiu. Alguém gritou. Paul olhou, a tempo de ver uma mulher descer pelo escorregador da piscina e bater com um estrépito no fundo seco. Suas amigas gritaram.

O chafariz parou de funcionar.

Os copos de água à mesa não apenas estavam vazios, mas também secos. Até as gotas por fora dos jarros de água gelada haviam desaparecido.

Tiny Allendo levantou-se de um pulo, tão depressa que a cadeira caiu para trás. Olhou para a piscina, depois virou-se na direção do chafariz.

Paul estudou a mesa. Até mesmo o líquido dos alimentos se evaporara. A torta de fruta murchara. O sorvete se transformara em pó colorido. Havia um resíduo grudento nos copos de vinho. A voz de Tiny saiu fraca e assustada:

— Água mineral!

Os garçons correram para dentro da casa. Voltaram um momento depois, atordoados.

— As garrafas continuam fechadas, senhor, mas estão vazias.

Paul olhou para a relva no extenso gramado. Estava murchando. No dia seguinte, seria uma enorme mancha marrom.

Balaam levantou-se e correu para seu carro. Ranold também levantou, retorcendo as mãos, os lábios trêmulos. Tiny gritou para seus empregados:

— Corram para a loja! Tragam toda a água mineral que puderem!

Mas Paul sabia o que encontrariam. Mais garrafas vazias. Deus mais do que atendera às orações dos fiéis. Fizera mais do que interromper o abastecimento de água para Los Angeles.

O poderoso Senhor e Criador do universo retirara cada gota de água da cidade iníqua. A notícia haveria de se espalhar por toda parte, e os fiéis clandestinos haveriam de se apresentar com força e confiança, proclamando a mensagem da fé. As autoridades parariam de massacrar o povo de Deus, ou murchariam como a grama e morreriam.

• • •

O milagre seria conhecido no mundo inteiro em poucos minutos. Para os que levavam uma vida pública, assinalou o início do que se tornaria conhecido como a Guerra de Guerrilha Cristã. Para os que viviam na clandestinidade, foi com certeza o início do fim, o sinal do que — e de quem — estava para vir.

Em breve.

PARABÉNS!

Você acaba de ler mais um livro publicado por uma editora que faz diferença no mercado editorial.

Caso tenha algum comentário ou sugestão, escreva, citando o livro que leu, para

EDITORA MUNDO CRISTÃO
Caixa Postal 21.257, CEP: 04602-970
São Paulo – SP

Caso queira conhecer outros livros da Editora Mundo Cristão, visite nosso *site* na Internet através do seguinte endereço:

www. mundocristao.com.br

ou peça nosso catálogo pelo telefone:
(11) 5668-1700

Este livro foi composto por Idéia Dois Design,
em Calisto MT, e impresso pela Imprensa da Fé,
em papel polen soft 70 g/m^2